KB114663

쉬운 천국

쉬운 천국

뉴욕, 런던, 파리, 베를린, 비엔나
잊을 수 없는 시절의 여행들

유지혜 지음

어떤 책

운명은 어딘가 다른 데서 찾아오는 것이 아니라
자기 마음속에서 성장하는 것이다.

- 헤르만 헤세

프롤로그

사랑해, 라는 말은 이미 들어 봤다며 마다하는 사람은 없는 것처럼

한국에서 유럽 또는 아메리카 대륙까지 열 시간이 넘는 비행 동안 우리의 시간은 마비 상태가 된다. 재미없는 영화 두 편을 내리 보고 화장실 앞에서 얼쩡거리며 갖은 음료를 다 골라 마셔도 시간은 좀처럼 흐를 줄 모르고 멈춰 있다. 창밖을 내다봐도 자욱하고 희미한 구름뿐이다. 그 풍경은 너무 아득해서 시간의 비현실성만 더해 줄 따름이다. 우리는 가혹한 시간의 궤도를 몇 안 되는 선택지로 채우며 맴돈다. 잠, 영화, 밥, 잠, 잠, 책, 잠…….

이때 나와 함께 갇혀 버린 승객들을 관찰하면 실시간 다큐멘터리가 된다. 주변에 앉은 이들을 슥 둘러본다. 고요히 벅찬, 혹은 편의점을 가듯 익숙해 보이는 여행객들. 이륙도 하기 전에 이미 잠들어 버린 사람이나 비행 내내 휴대폰을 붙들고 있는 사람.

같은 항공편에 오른 사람들은 일종의 무의식적인 전우와도 같다. 한마디로 한 배를 타고 운명을 함께할 사이가 된다. 비행기가 조금이라도 흔들릴 참이면 무참히도 무력한 존재임을 수차례 자백하면서 생명이 위태로운 이들의 공동체가 된다.

나는 비행이 주는 이런 단순함을 좋아한다. 생명 말고는 사실 그 무엇도 가치 없다는 것을 일러 주어 아차, 하게 만드는 순간순간. 나의 나라 혹은 남의 나라에 두고 온 지극히 사소한 일들과 계획들이 성스러워지는 시간이다.

만약 지금 비행기가 바다로 고꾸라진다면 우리들은 어떤 표정을 짓게 될까? 우리들은 생전 알지도 못하던 사람들과 섞여 어떤 말을 하게 될까?

영화 〈올모스트 페이머스〉의 한 장면이 떠오른다. 경비행기를 타고 콘서트를 다니던 한 밴드가 치명적인 난기류를 만나 죽음이 코앞에 닥친 상황에서 하나둘씩 자신의 비밀을 폭로하는 장면이다.

"나 사실 재랑 잤어!"

"나 사실 처음부터 네가 마음에 안 들었어!"

"나 사실…… 게이야!"

그렇다면 절체절명의 순간에 내가 외칠 한마디는 무엇일까.

나 사실…… 여행 싫어해.

만약 여행이라는 것이, 잘 알지 못하는 곳을 탐험하고 이국의 낯선 풍경에 도취되는 일이라고 한다면 더더욱 그렇다. 엄마는 어느 날 내게 이렇게 물었다. "너는 친구가 좋은 거니, 여행이 좋은 거니? 내가 봤을 때 넌 여행 자체를 좋아하는 게 아니야." 뜨끔했다. 나는 그저 멀지만 익숙한 곳에 사는 친구들의 품으로 자꾸만 도망치는 것이었다. 여행책을 쓰는 작가가 여행을 좋아하는 편이 아니라면, 대체 내 정체성을 어떻게 설명해야 할까 난처하지만 수많은 여행책 작가 중에, 매번 똑같은 곳을 질리도록 찾는 사람이 한 명쯤 있어도 좋지 않을까 싶다.

나는 새로운 것을 그다지 즐기는 편이 아니다. 더 정확히 말하자면, 무언가를 느끼기 위해 꼭 새로운 환경을 찾아 나서는 타입은 아니라는 뜻이다. 나는 오히려 윤이 나는 새것들로부터 떨어져 오래되고 손때 탄 것들에 집착하는 편에 가깝다. 매번 똑같은 사람을 만나고, 똑같은 카페에 가고, 좋아하는 영화라면 백번을 넘게 다시 본다. 좋아하는 노래가 있다면 가수의 숨소리, 음을 당기고 미는 구간, 드문드문 달라지는 발음까지 기억할 정도로 누가 벌칙이라도 준 듯 빠져 버린다. 매일 똑같은 동네를 산책하는 일이 처음인 듯 즐겁고, 새 옷보다는 누군가의 사랑을 받았던 낡은 옷에 더 눈길이 간다.

오래된 것들에 얼굴을 부비고 애정을 쏟으면, 그것들은 매번 새로운 의미를 입고 반짝반짝해지곤 했다. 이런 내 습성 때문에 나는 파란만장한 에피소드가 가득한 여행보다는 숨죽이고 주변을 관찰하다가 돌연 그 나라와 내가 하나가 되는 여행을 계속해 왔던 것이다. 낮잠을 자고, 장을 보고, 아침마다 매일 가는 카페에 들러 똑같은 메뉴를 주문하고 주인과 조용하지만 살가운 눈인사를 주고받는, 그런 일상 같은 떠남을.

반복을 알면서도 계속하고 싶은 것, 그것이 나에게는 여행이었다. 내 마음속에 천천히 쌓여 오던 그 무엇들은 새것이 아니라도 좋았다.

너무 좋은 것은 언제까지나 익숙해지지 않기 마련이다. 표현도 마찬가지이다. 뻔하고 지나치게 솔직한 그 말들은 들을 때마다 매번 처음처럼 충만하다. 사랑해, 라는 말을 이미 들어 봤다며 마다하는 사람이 있을까? 내게 여행은 그와 같다. 언제나 처음 같은 것. 결코 지겨워지지 않는 것, 공기처럼 무해하고 습관적이나 꼭 필요한 것. 매번 들어도 좋은 사랑의 고백처럼, 매번 다른 감촉과 매번 다른 분위기처럼, 나는 장소만 바꿔서 그 일들을 해 나가는 것이 좋았다.

비행은, 장소만 바뀐 똑같은 나날들 사이의 근사한 연결고리가 되어 주었다. 비행기를 타는 것이 좋았다. 왠지 멋있어 보였으니까. 이 지루한 비행의 시간을 거뜬히 견딜 만큼 간절한 목적지가 꾸준하다면, 내가 원하던 삶에 조금이나마 가까워질 수 있지 않을까. 나의 가성비 나쁜 바람이다. 젊음이 지나간 자리를 메꿀 기억이 저금해 둔 돈보다 적다면, 견딜 수 없이 후회할 것만 같다. 후회하기 싫어서 장소를 옮겨 똑같은 일을 반복하는 것, 일상을 사는 것. 그것이 내 직업이고 특기이고 세계다.

이번에도 장소만 옮겼다. 두 번의 뉴욕, 다섯 번의 런던, 네 번의 파리, 세 번의 베를린, 그리고 비엔나. 들리는 언어와 지나가는 버스 색깔만 다를 뿐, 그 안의 내 행동반경은 한국과 다를 바가 없다. 낮잠 자기, 운동하기, 책 읽기, 카페 가기, 걷기, 친구 만나 수다 떨기, 일기 쓰기, 영화 보기, 외식하기, 대중교통 이용하기. 하나의 연결된 동작이라고 해도 무방할 평범하고 선선한 행동들. 그 속에서 나는 또 어떤 장면을 보고 놀라게 될까? 어떤 순간이 내게 와 줄까? 몇만 번 다시 사랑하게 될 그런 순간들이, 처음처럼, 마지막처럼.

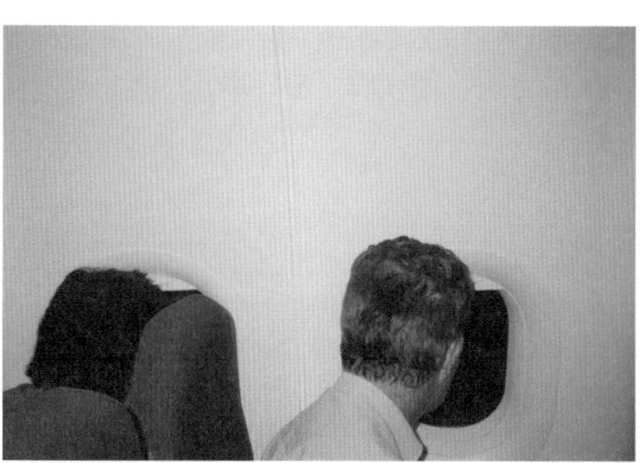

차례

1

스물여섯,
뉴욕 베를린 파리 런던

이것은 씩씩하지만 가난하고
때때로 볼품없지만 자유로운
2017년 겨울
3개월간의 기록이다.
명랑하지만은 않은 하루들과
사례 없이 받았던
사랑에 관한 이야기이다.

그녀가 지배하는 센트럴파크

문득 내가 좋아하는 예술가의 소식이 궁금해진 날이었다. 구글에서 그녀의 이름을 검색하고, 운영 중인 것인지 아닌지를 알 수 없는 허술한 홈페이지에서 공연 일정표를 훑어보고 있었다. 나는 무심해 보이기까지 하는 홈페이지의 디자인이 마음에 들었다. 음악 말고는 사실 아무것도 중요하지 않다는 듯한 태도, 혹은 끊임없이 새로워져야 할 필요가 있겠냐는 듯한 태도가 꼭 그녀 같았기 때문이다.

세계 각국의 도시 가운데 눈에 띄는 장소의 공연이 하나 있었다. 뉴욕의 센트럴파크에서 열린다는 야외 공연이었다. 나는 무모하지만 끈적한 이끌림에 당장 콘서트 티켓을 끊었다. 그녀를 처음 마주하기에 뉴욕보다 완벽한 곳은 없으리라 확신했다. 그다음, 있는 돈을 탈탈 털어 가장 싼 뉴욕행 항공권을 샀다.

두 가지 결정을 끝내고 나니 새벽이 되어 있었다. 삶에서 가장 중요한 선택을 할 때 우리는 시간의 궤도를 벗어나 무서울 정도로 집요한 몰입을 하게 되는데, 그 새벽이 내겐 그런 순간이었다.

이제 캐나다 유학생 친구에게 연락할 차례였다. 그녀에게 여행에 합류할 것을 제안했다. 그리하여 친구는 일주일 계획으로, 나는 무계획으로 각자의 비행기에 올랐다.

충동적인 기운을 띠는 이 여행은 단 하나의 목적으로 시작되었다. 나의 우상 패티 스미스를 보러 가을의 뉴욕을 방문할 것. 좋아하는 뮤지션의 공연을 보겠다고 나선 발걸음이 3개월간의 떠돌이 생활로 이어질 줄은 전혀 모른 채였다. 막무가내의 열정은 왠지 모를 맥락을 가지고 있었고, 왕복보다는 편도 티켓과 더 어울렸다. 그렇다. 나는 돌아오는 비행기표는 끊지 않았다.

스물셋. 첫 유럽 여행에서 돌아오자마자 아무런 기대나 정보 없이 패티 스미스의 책《저스트 키즈》를 접했다. 표지를 이리저리 살폈다. 유럽의 길모퉁이 어딘가에서 잔뜩 멋에 취한 채 포즈를 취한 이 서양인의 거만한 눈빛이 나는 탐탁지 않았다. 그때만 해도 그 책이 그녀의 삶 자체가 예술임을 증명하는 내용임을 전혀 알지 못했다. 그저 옛 감성을 흉내 내는 가짜처럼 보였던 그 사진이 70년대 그녀의 첫 파리 여행을 찍은 필름 사진이라는 것을 아직 몰랐다. 흐릿한 편견의 눈초리로 소제목을 읽었다.

> 패티 스미스와 로버트 메이플소프의 젊은 날의 자화상
> 1960 · 70년대 뉴욕을 배경으로 한 두 젊은 예술가의 사랑과 성장의 기록

첫 장을 펼친 날, 마지막 장을 덮었다. 나는 그들의 뉴욕 속으로 빨려 들어갔다. 가난했지만 눈부신 그들의 사랑은 젊음을 정의하는 내 나름대로의 표식과 기준을 완전히 앗아가 버렸다. 그들만의 이야기가 나의 취약한 세계를 덮어 버렸다. 이 책은 문학소녀였던 10대의 패티가 뉴욕 한복판에서 우연히 미대생 로버트를 만나 삶과 예술을 함께할 영혼의 짝을 이루는 이야기를 담고 있다. 패티의 기억에서 쓰였고, 그들의 생활과 사랑이 처음부터 끝까지 어제 일어난 일처럼 세밀하

게 기록되어 있다. 두 남녀는 서점과 백화점에서 일하며 밤에 작업을 이어 나갔고 자신들의 포트폴리오를 맡겨 방을 얻었다. 벼룩이 들러붙은 매트리스와 반쪽짜리 샌드위치도 그들의 예술을 막을 수 없었다. 그들은 항상 함께 다녔고, 젊음이 주는 무한한 가능성과 황금과도 같은 뉴욕의 70년대를 배경으로 서로를 사랑하고 키웠다. 롤링스톤스와 밥 딜런의 음악을 밤새 들으며 도화지를 채우고, 불확실한 미래에 용기 있게 맞서고, 팔짱을 끼고서 뉴욕 거리를 누볐다. 서로에게 헌책이나 직접 만든 엽서, 자작시, 그림을 선물했다. 그들이 만나고 헤어지고 영원한 친구로 남을 때까지의 여정은 영화보다 더 흥미롭고, 깊고, 환상적이었다. 그들은 주저함이 없었다. 그들은 늘 만들거나, 그리거나, 사랑했다.

패티 스미스는 고집이 세고 항상 의기양양한 로버트와는 달리 가냘픈 자아를 가지고 있었다. 책 속에서 그녀는 자신의 재능을 의심하기도 하고, 동료 가수를 시샘하기도 하는 인간적인 모습을 보였다. 이기적이게도 그녀가 낙심하는 장면은 내게 가장 큰 위로가 되었다. 자신의 약점을 드러내는 당당함과 패기가 존경스러웠다. 그런 조바심과 가난을 뚫고 그녀는 록의 여왕이 되었고 나는 그 이야기를 읽을 때마다 무엇이든 할 수 있을 것 같은 힘을 얻었다.

나는 로버트와 그녀의 관계보다도, 그녀 자체에 더 마음이 갔다. 타고난 사람이 아니라 스스로를 미워하면서까지 노력하는 예술가였기에 그녀를 응원할 수밖에 없었다. 그 모든 습작과 고민이, 창작에 목마른 이의 절박한 에너지가, 삶을 예술로 살아 내려는 투쟁과 존재 자체에 새긴 비범함이, 닮고 싶었다. 때때로 내가 살지 못했던 70년대의 그 고귀한 젊은 날들이 못 견디게 부러웠지만, 질투는 금세 내 안으로 파고들어 자유로운 상상과 자극이 되었다. 그녀는 내게 꿈을 꾸는 일이 한심하지 않다는 것을, 쓰고 그리는 일이 영혼을 구원할 수 있음을, 오직 그것만이 젊음의 도덕임을 끊임없이 납득시켜 주었다.

나는 책이 끝날 때까지 결코 그녀의 노래를 듣지 않았다. 눈물을 흘리며 마지막 장을 덮고 나서야 그녀의 대표곡 하나를 재생했다. 그날의 차분한 감촉을 나는 잊을 수가 없다. 그 후 그녀가 쓴 책을 모두 샀다. 노래는 하루에 한 곡씩만 찾아 아껴 들었다. 한 번에 한 발짝씩만 다가가야 할 만큼, 나는 그녀를 좋아했다. 실제로 만나는 것처럼 공을 들여야 했다.

하루에 한 번씩은 그녀를 떠올렸다. 좋아하는 예술가가 누구냐는 질문을 받으면, 나는 단박에 그녀 이름을 외쳤다. 누구라도 내가 패티 스미스의 광팬이라는 것을 알 정도였다.

2017년의 어느 가을날, 드디어 그녀를 만나러 갔다. 무대까지 100미터. 공연장은 공공연히 자신의 존재감을, 즉 자신이 패티의 열렬한 팬임을 한껏 드러내고 있는 사람들로 북적였다. 거의 대부분이 중년층이었다. 쏟아지듯 밀려오는 그들은 뉴욕의 공원을 히피들의 샌프란시스코로 만들어 버렸다.

그들 모두는 누가 봐도 패티의 영혼과 맺어지고자 하는 사람들이었다. 누군가의 엄마일 수도 있는 저 40대 여성은 히피처럼 가슴을 드러내고 동물의 뼈나 스웨이드 조가리로 만든 팔찌를 주렁주렁 매달았다. 반바지에 카우보이 부츠, 가죽 재킷에 찢어진 청바지, 가슴팍에는 세월에 부식된 은 목걸이와 깃털 장식이 가득했다. 그들은 아직 가시지 않은 젊음을 증명하는 듯했다. 패티의 신곡을 라디오에서 직접 들었던 시절의 그들이 부러웠다. 그 시절 패티는 젊었고 그들은 어렸고 나는 아직 태어나지도 않았다. 그 모든 때가 모이는 역사적인 결집이었다. 형용할 수 없는 그 무엇으로 충만한 그들의 눈. 사람들의 특정 시절이, 추억이 몰려드는 장면이었다. 나는 나만의 연결고리를 찾으려 애쓰며 좋아하는 노랫말을 중얼거렸다. 나는 환절기처럼, 잠시 그들 사이에 끼어들었다. 누군가를 같이 좋아한다는 것만으로도 환영받는 기분을 느꼈다. 굽이 투박한 부츠에 나뭇잎이 밟히는 소리를 들으며 그녀가 나타나기만을 기다렸다.

곧 그녀는 날씨처럼 등장했다. 멀리서 걸어오는 강한 실루엣을 마주하자 모든 환호가 내 속에서 멈췄다. 누군가 자고 있던 내게 물벼락을 안기는 기분이었다. 오래 바라던 것을 막상 이루었을 때의 통쾌함과 허무함이 나를 지배해 가만히 서 있을 수밖에 없었다.

은빛 곱슬머리에 언제나 그렇듯 큰 검정 재킷을 입은 모습이 믿을 수 없을 만큼 반짝였다. 그녀는 노래를 불렀다. 그러다가 마치 한적한 연못가를 누비듯 무대 이쪽저쪽을 산책했다. 그녀가 직접 만든 노랫말이 실시간으로 울려 퍼졌고, 그것은 이내 평소 자유로워 보인다는 소리를 많이 듣는 중년 여성과 젖기 직전인 나무들과 내팽개쳐진 소지품들과 눈치 보며 우뚝 서 있는 멍청한 고층 건물들을 놀래켰다. 이 순간은 그녀와 그녀를 사랑하는 사람들의 기분으로 지배되었다. 모두가 일상의 혁명, 그 한가운데 서 있었다.

창피하게도 눈물이 터져 나왔지만 구태여 우는 상태에 머물러 있지는 않았다. 모두가 춤을 추길래, 나도 몸을 흔들고 힘껏 뛰었다. 나는 이 순간이 머물 내 마음의 공간을 찾아 청소하고 있었다. 현재 진행 중인 이 사건에 대해 과거와 미래의 의미를 찾아내야겠다는 조바심이 들려는 찰나, 그녀의 존재감에 이미 압도당했다. 모든 것을 기억하고 싶어 나는 그녀의 얼굴을 아홉 번 쳐다보고 한 번은 고개를 돌려 상황을 응시했다. 사람들의 눈 안에 담긴 패티를, 푸르스름한 자연에 비친 몇천 개의 눈동자를, 같은 시각의 저녁 속에 한 사람의 영혼을 두고 열광하는 관객들의 심정을, 면밀히 기억하기 위해 애썼다.

비가 내릴 듯 내리지 않았다. 하늘이 빗방울을 참는 것처럼 보였다. 하늘은 금방이라도 모두를 적실 만한 물을 안고 있으면서도 계속 비를 참았고 결코 내 뺨에 닿지 않았다. 나는 그것마저 우리의 만남을 축복한 하늘의 배려 같았다.

그 순간 그녀가 이런 말을 했다.

"Look at the sky. They look like they are holding pee, as if we are victims of rain." (하늘을 좀 보세요. 마치 오줌을 참는 것처럼 멈춰 있어요. 마치 우리가 비의 제물이라도 된 것처럼요.)

그녀와 내가 같은 생각을 하고 있었다는 사실에 나는 으쓱해졌다. 나는 속으로 투정 섞인 호언장담을 했다. 오, 나의 패티. 난 당신을 다시 만날 거예요. 우리가 점심식사를 함께하는 날엔, 왜 우리가 친구일 수밖에 없는지 말해 줄게요.

그녀가 하는 모든 말을 받아 적은 왼쪽 팔은 엉망이 되어 있었다. 몇몇은 내 머릿속에 떠오르던 생각과 똑같았고, 우리 둘 사이에 공통점을 발견하는 일은 그녀의 신간을 미리 읽는 것처럼 짜릿했다.

집으로 돌아오는 길, 나는 왠지 아무 말도 하고 싶지 않아졌다. 최고의 시간을 맛본 사람은 오직 고요함 속에서 그 결말을 곱씹어 보아야 했다. 집에 도착하자마자《저스트 키즈》를 캐리어에서 꺼내 책상 위에 올려 두었다. 모서리가 닳도록 거센 사랑을 받은, 검정색의 그 책은 꼭 성경책처럼 보였다.

리암 니슨을 닮은 남자

일주일 동안은 에어비앤비에서 여느 여행객들과 비슷하게, 안락한 생활을 했다. 그러는 동안 모아 둔 돈을 거의 다 써 버렸다. 친구는 돌아갔고, 나는 홀로 뉴욕에 남았다. 카우치 서핑을 며칠 내내 알아봤지만 지도를 확인해 보면 대부분 외곽 지역이라 실망만 거듭했다. 어떤 집은 male only라는 문구와 함께 헐벗은 남자들이 자쿠지에서 엉켜 있는 사진들이 100여 장 속출했다. 거절만 당하면서 지쳐 가고 있을 때 문자가 한 통 도착했다. 대학 때 몇 번 같은 수업을 들었던 친구가 뉴욕에서 살고 있었던 것이다. 딱히 친한 사이도 아니었지만 내 책이 나올 때마다 서점에서 직접 구매한 책을 찍어 보내던 그 친구의 마음 씀씀이를 기억하고 있었다. 친구는 뉴저지에 살고 있다고 했다. 그렇게 해서 나는 그 집 거실 소파를 차지하게 되었다.

브루클린에서 뉴저지까지 택시로 이동했다. 우버 기사는 자기가 믿는 에너지에 대해 열광적으로 설명했다. 이 세상의 모든 일이 에너지로 순환한다면서. 어떤 미신에 현혹되어 있는 듯했는데 확신에 찬 태도가 싫지만은 않았다. 무언가에 빠져서 매 순간 연관지어 생각하고 음미하며 사는 것도 나쁘지는 않을 것이다.

듣는 척을 하면서 창밖만 봤다. 골골 대며 정체되어 있는 차들 사이로 뉴욕을 보며 묘한 느낌이 들었다. 숨막힐 듯 빽빽한 건물들과 태어나 처음 접하는 너무 큰 트럭, 너무 큰 스쿨버스, 너무 시원하게 입은 사람들, 너무 거침없고 자극적인 표현들. 이곳은 정교하고 심각하고 위태롭고 근사했다. 이곳이 뉴욕이라는 사실을 그곳을 채운 모든 것들이 끊임없이 말해 주고 있었다. 영화를 너무 많이 본 탓인지 갑자기 누군가 택시 앞으로 끼어들어 다리 위에서 숨막히는 추격전이 벌어질 것 같았다. 나는 촌스럽게 두리번거렸다. 그렇지 않으면 이 엄청난 도시에 적응할 수 없을 것 같았다.

친구는 편지함에 초록색 리본을 단 열쇠를 두고 출근한

뒤였다. 행여나 내가 헤맬까 꼼꼼하게도 알려 주었다. 키 꽂는 법, 장 볼 곳, 화장실 사용법 등.

그곳에서 나는 매일 늦잠을 자고 일어나 잠시 맨해튼 시내에 다녀오거나 마트에서 꽃을 사 와서 이곳저곳에 꽂아 두었다. 친구가 퇴근해서 돌아오면 우리는 직접 만든 파전이나 감바스알아히요를 곁들여 술을 왕창 마셨다. 잔뜩 흥이 오르면 밤 산책을 나갔다. 길을 건너자마자 초대형 마트와 그 주차장이 펼쳐져 있었고 주차장을 가로지르면 말로만 듣던 허드슨강이 보였다. 그 앞에 철푸덕 앉아 시시콜콜한 이야기를 나누는 일이 꽤 괜찮은 여행을 하고 있음을 확인시켜 주는 매일의 의식이 되었다. 아직 슬리퍼를 신어도 좋을 날씨였다.

어느 저녁, 부쩍 친해진 우리들은 집 앞 계단에 앉아 수다를 떨고 있었다. 새벽 3시쯤, 한 중년 남자가 큰 검정 개를 데리고 지나가며 인사를 건네왔다. 인사하거나 말 거는 것을 너무 좋아하는 나라라 대수롭지 않게 생각했다. 그는 이야기를 이어 나가고 싶은지 가던 길을 멈추고 잠시 곁에 앉아도 되냐고 물었다. 자기는 이 동네 사는 이웃인데 종종 밤에 산책을 나온다고 했다. 그는 언뜻 배우 리암 니슨을 닮아 보였고 멀끔하고 훤칠한 인상이었다. 그가 데려온 개는 놀랄 만큼 컸으나 인형처럼 순했다. 우리는 달빛 아래서 원래 알던 사람들처럼 다정히 속닥거렸다.

"친구는 여기서 직장 다니고, 저는 잠깐 여행 왔어요. 뉴욕은 처음인데 역시 대단한 도시인 것 같아요."

다정하다고 해 봤자 이런 의례적인 말들이었다. 시침은 어느덧 4에 가까워져 있었다. 조용히 놀란 우리는 은근슬쩍 작별 인사를 고했지만, 그는 거실에 들어가서 잠깐 더 이야기를 하고 가도 되냐고 물었다. 우리는 의아한 흥미를 느끼며 꽤나 흔쾌히 그를 집으로 들였다. 우리는 교회 수련회에 온 학생들처럼 동그랗게 둘러앉았다. 모두가 갑작스러운 호감에 들떴고 꼭 어릴 때처럼 수건 돌리기라도 해야 할 것 같았다. 맥주를 한 병 비운 그는 술기운이 올랐는지 솔직하게 자기 이야기를 하기 시작했다. 자기 부인은 사실 한국 사람이고, 아내와 자신은 중년의 위기를 겪고 있다는 내용이었다. 겪어 본 일이 아니라서 해 줄 말은 없었지만 친구와 나는 정성을 다해 들었다.

그를 돌려보내고 우리는 바로 뻗었다. 나는 현관문 바로 옆 소파에 잠들어 있었는데 누가 쿵쿵 하고 문을 두드렸다. 시계를 보니 새벽 5시를 지나고 있었다. 너무 무서웠다. 구멍을 들여다보니 그 아저씨였다. 이번엔 개 없이 혼자였다. 친구를 깨우고 문을 열지 않은 채로 무슨 일이냐고 물었다. 죽을 듯이 간절한 표정을 하고 그는 "제발요, 제발 부탁이에요. 문 좀 열어 주세요. 진짜 중요한 할 말이 있어요"라고 계속해서 외쳤다. 너무 무서웠지만 그가 자기 신분증을 내보였고, 나는 어쩔 수 없이 문을 열어 주었다. 그사이 잠에서 완전히 깬 친구가 옆에 와 있었다.

그는 가늠할 수 없는 추상적인 얼굴을 하고서, 무시무시한 이야기들을 늘어놓기 시작했다.

"나 사실은 어제 코카인을 하고 거리로 나온 거였어. 이미 한껏 취해 있는 상태에서 너희들을 본 거야. 너무 이야기가 하고 싶었고, 다른 의도는 없었어."

그러고는 거친 속마음을 내보였다.

"사실은…… 너희가 너무 섹시해 보였어. 그렇게 얇은 슬립을 입고 어깨를 들썩거리는데 나보고 어쩌라는 말이야. 난 어제 정말 많이 취했어. 머릿속으로 온갖 상상을 했지."

친구의 얼굴은 점점 구겨져 갔다.

"사실…… 아내는 나를 원하지 않아. 난 너무 괴로워. 그래서 매일같이 코카인을 하고 어제처럼 산책을 나와. 아내랑 아들은 이 사실을 절대 모르지. 중독이야, 난. 약이 나를 기쁘게 하는 유일한 거야. 사실 너무 외로워. 혹시 괜찮다면, 가끔씩 여기 찾아와서 너희에게 내 이야기를 털어놓아도 좋을까?

난 정말 너희가 필요해."

친구와 나는 두려움을 숨기며 공손히 거절했다. 속으로는 기겁을 하고 있었다.

다행히도 이후로는 그를 볼 수 없었다. 순진했지만 정상적이지 못한 그 사내는 늪에 빠진 것처럼 보였다. 우리는 그를 도울 수 없었고, 친구가 퇴근하면 함께 집 앞을 산책하는 일은 무언의 합의하에 서서히 줄어들고 말았다.

친구네 집에서 사흘을 지내고 문득 이곳을 떠나야겠다고 생각했다. 오래 머무는 것은 실례였고 그로 인해 서로가 불편해지는 일이 싫었다. 잘 곳이 없는 나는 다시 불안해졌다. 순간 뉴욕에 도착하자마자 받았던 메시지가 생각났다. 뉴욕에 살며 바리스타 일을 하는 사람이었는데 자기가 일하는 카페에 놀러 오라고 했었다. 내가 도움을 청할 곳은 이 집뿐이라는 생각이 들었다. 문제는 그의 성별이 남자였다는 것이지만, 물불 가릴 때가 아니었다. 대뜸 내가 생각해도 갑작스럽고 황당한 내용의 메시지를 전송했다.

혼자 사세요?

혼자 산다는 답이 왔다. 나는 주절주절 내 상황을 설명하고 재워 달라고 부탁했다. 잠깐 답장이 느려졌다. 고민하는 듯했다.

저 혼자 사는 집인데 괜찮으시겠어요?

연이어 또 질문이 왔다.

음식은 뭐 좋아하세요?

그는 주소를 찍어 보내 주었다. 친구의 집에서 멀지 않은 곳이었다.

친구도 애인도 아닌 사람의 일기

택시에서 캐리어를 내리고 햇살에 눈을 반쯤 감고 새로운 숙소의 현관을 바라볼 때, 나는 작은 모험심을 느낀다. 낯선 환경과 반드시 누군가에게 빚져야만 하는 이 여행의 특징을 고려해 볼 때, 최고의 나를 보여 주어야 한다는 다짐으로 비장해진다고나 할까. 난생처음 보는 그의 집에서 5일간 묵기로 했다. 영락없는 '미국 집' 느낌의 외관. 용도를 모르겠는 낮은 울타리와 너저분한 창고가 숨어 있는 마당. 나무로 된 우직한 문을 열면 오른편에 화장실이 있고 긴 복도를 지나면 왼편에는 식당만 한 부엌이 있었다. 부엌에 맞닿은 거실에는 커다란 통유리가 있었고, 거기에 맨해튼의 풍경이 전시돼 있었다. 거실 오른쪽 모서리에는 그의 침실이 있었다. 나는 이 집에서도 거실의 소파베드를 차지하게 되었다.

남자는 덩치가 컸고, 선한 인상을 가졌다. 툭툭 농담하기를 좋아했다. 요리에 소질이 있고 집은 나보다 훨씬 깔끔했으며 틈틈이 배어 나오는 미소가 천진한 사람이었다. 우리는 어색하게 첫 인사를 했다. "짐 푸세요. 편하게 지내다 가세요." 나는 바로 잠옷으로 갈아입고 죽은 듯이 잠에 들었다. 아마 코도 골았을 것이다.

다음 날 아침에 일어나니 남자가 있었다. 오늘 휴무라는 그가 따끈한 커피를 내려 주었는데 내가 산책을 나갈 거라고 하니 그가 따라 나왔다. 빽빽한 주택가를 연결 짓는 내리막길을 내려오니 큰 놀이터가 있었다. 강이 내려다보였고, 펜스에 닿은 햇살들이 부서져 아이들 어깨 위에서 흩어졌다. '축복'이라는 말이 떠오르는 햇살은 너무나 강렬하게 몸과 마음을 데워 내 머릿속은 노랗게 변했다.

우리는 그네에 앉았다. 대부분 그가 묻고 나는 답했다. 주로 여행 이야기였다. 유럽에 가 보고 싶다는 그의 말에 나는 열변을 토하며 유럽이 좋았던 이유를 말했다. 남자는 그 순간만큼은 마치 사랑에 빠진 눈빛으로 나를 쳐다보았다. 텀블러에 담아 온 커피는 식어 갔다.

친구와 저녁을 먹고 들어오는 길에 꽃을 한 아름 샀다. 머무는 곳에 꽃을 두는 것은, 내게 최소한의 감사 표현이다. 남자 혼자 사는 집은 생각만큼 칙칙하지는 않았으나 내가 머물고 간 자리만큼은 조금 밝아져 있기를 바라는 마음이었다. 생전 상상해 보지도 못했던 미국의 거실과 미국의 부엌과 미국의 화장실에 나의 온기를 담은 작은 꽃이 놓였다.

그는 밤마다 맛있는 음식을 대접해 주었다. 어찌나 다정한지 나는 미국 사는 사촌오빠가 생긴 기분이었다. 하루는 된장찌개, 하루는 치즈가 듬뿍 들어간 파스타, 하루는 연어회와 와인이었다. 자주 가는 생선집에서 떠 왔다는 연어는 아주 싱싱했고, 와인은 6년산이었는지 5년산이었는지 기억이 잘 나지 않지만 묵직하고 알싸한 그 맛은 어렴풋이 기억이 나는 듯하다. 평소와는 다른 양의 연어를 포장 주문하며, 그가 가게 주인에게 어떤 말로 둘러댔을지 상상해 보는 일은 꽤나 재미있었다.

어느 날은 시내 데이트를 했다. 뉴욕 현대미술관 앞에 우뚝 서 있는 그를 보니 왠지 쑥스러웠다. 밖에서 만나니 나란히 걷는 게 정말 어색했다. 친구도, 애인도 아닌 애매한 사이와 그럼에도 불구하고 다섯 밤을 재워 주는 이례적인 친절. 사랑을 강요하는 듯 온통 로맨틱한 분위기가 가득한 거리에서 우리는 지칠 기세 없이 걸었다. 미술관과 도서관을 지나 성당에 들어갔다. 떨어져 앉아서 기도하고 싶다고 내가 말했다. 그는 나의 돌발적인 행동들을 친오빠처럼 모두 받아 주었다.

떠나기 전, 새벽 4시쯤 베를린으로 가는 티켓을 알아보는 와중 그가 일어나는 소리가 들렸다. 나는 쪼그려 앉아 있던 자세를 바꿔 잽싸게 누워 자는 척을 했다. 9월의 뉴욕은 여름이 연기되었는지 몹시 더웠다. 남자는 내가 잠든 줄 알았는지 내 이불도 덮어 주고 선풍기를 내 쪽으로 돌려 주었다. 딱 그만큼의 어색함으로, 그에게 깨어 있던 내 새벽을 숨겼다.

그가 이른 아침 출근을 하고 나는 혼자 정오쯤 잠에서 깼다. 그의 방을 구경하다가 펼쳐진 노트를 발견했고 나는 심장이 철컹 내려앉았다. 즉각적으로 거기에 나에 관한 이야기가 쓰여 있을 것임을 알았지만 흡수하듯 눈에 와 닿는 글씨들을 모른 체할 수 없었다. 큰 잘못을 저지르는 마음으로 메모 하나를 단숨에 읽어 내려갔다.

티셔츠, 청바지, 운동화를 좋아하고 편하게 입는다.

작은 이벤트를 할 줄 아는.

가리는 것 없이 다 잘 먹고,

아무데서나 쉽고 편하게 잘 줄 아는.

용감하고 씩씩한.

자기가 경험한 좋은 기억을 공유하고

남도 경험하게 해 주고 싶어 하는.

누군가의 비밀스러운 기록을 읽었다는 죄책감을 느낄 새도 없이, 나는 벅찬 감정에 휩싸였다. 꽤 긴 그의 일기 한 페이지를 모조리 외워 버렸다.

떠나는 날, 그로부터 작별 편지를 받았다. 사진들도 함께 받았는데 뒤에서 찍은 내 모습들이었다. 꽃의 잎사귀를 정리하는 모습, 걷는 모습, 성당에 홀로 앉아 있는 모습. 애정이 담긴 사진을 보며 나는 그의 글이 묘사하고 있는 것이 나였음을 다시 한번 확신했다. 나는 이미 선물을 받았다고 말하고 싶었지만 당신의 비밀스러운 관찰 덕분에 나 자신을 조금 더 좋아하게 되었다고, 차마 말하지 못했다.

2017년의 베를린

스물여섯, 지독한 조울증을 달고 살던 나는 잠시 인생이 멈춰 있다고 여겼다. 겉으로 티는 내지 않았지만 속은 무너져 가고 있었다. 그래서 한국으로 돌아가지 않고, 여행 비자를 꽉 채우는 3개월짜리 무모한 여정을 계획했다. 지푸라기라도 잡는 심정으로. 아무도 모르는 곳으로 가면 나 말고 다른 사람들이 성장하는 모습은 당분간 볼 수 없을 테니까, 나만 제자리걸음이라는 기분을 느끼지 않아도 될 테니까. 항시 바쁜 서울의 신(scene)에서 벗어나 숨어 있고자 했다.

가을의 뉴욕을 지나 베를린으로 왔다. 뉴욕에서 돈을 다

써 버리는 바람에 빈털터리가 되었다. 스물셋의 여행과 달라진 거라고는 한풀 꺾인 자신감밖에는 없다. 묵을 곳이 없었다면 바로 한국으로 돌아가는 것도 무리가 아닌 상황인데 다행히 곳곳에 퍼져 있는 친구들에게 신세를 지기로 했다. 망설이는 기색 없이 침대 한 편을 내주는 친구들이 없었다면 아무것도 할 수 없던 때였다. 뉴욕의 밤, 새벽에 출발하는 가장 싼 베를린행 비행기표를 끊었다.

베를린은 가난한 이가 여행하기에는 최고의 도시였다. 물가가 저렴하고 다들 섭섭하리만큼 서로에게 무심하다. 물론 겨울의 베를린은 최악이지만, 나한테는 선택권이 없었다. 이들이 맞물려 덜덜 떨렸다. 베를린에 사는 친구 소라가 어김없이 나를 데리러 공항으로 나와 주었다. 순식간에 구수한 찌개에 밥 한 그릇을 비운 기분이 된다. 자기혐오에 찌들어 있으면 정말 절친한 친구가 아니라면 만날 수 없다. 그 시절의 나는 당장에 소라를 만나야 했다. 계획, 구실 혹은 느끼고 싶은 것, 배우고 싶은 것은 당연히 없었다. 잠시 친구의 품에 기생해 보려는 것뿐이다.

베를린에서의 생활은 심플했다. 소라가 일찍 일을 나가면 나는 느지막이 일어나 책 읽고 영화 보고 밥해 먹고 그런 식이었다. 식사는 셋 중 하나였다. 삶은 면에 소스만 넣으면 되는 토마토 파스타 아니면 케밥, 혹은 라면이었다.

하루는 소라가 친구 집에서 하는 파티에 가자고 했다. 추석을 맞아 다 같이 한식을 차려 식사를 하는 자리라고 했다. 그녀는 음식 준비를 도와야 한다며 먼저 떠나고, 나는 집에 있다가 저녁 6시쯤 출발했다. 도착해서도 시간이 남아 근처 카페에 들렀다. 아껴 놨던 돈으로 와인 한 병을 샀다.

8층짜리 플랫 주택의 계단을 오르기 시작했다. 딱딱한 건물 딱딱한 날씨. 그러나 사람들을 만날 일을 상상하니 기분만큼은 흐물흐물해졌다. 7층쯤 도달했을 때 입술을 한 번 덧발랐다. 복도에는 네 개의 방이 들어서 있었고 주욱 따라가니 파노라마식의 긴 창문이 돋보이는 거대한 거실 겸 부엌이 나왔다. 사람들이 하나둘씩 도착했다. 밥을 푸는 친구의 모습이 몹시 예뻐 보였다. 의연하게 모두를 잘 챙기는 따뜻한 사람의 기운이 풍겼다. 소라는 좋아하지 않기가 더 어려운 사람이었다.

긴 나무 책상에 음식들도 도착했다. 쌀밥, 잡채, 부침개, 닭볶음탕, 꼬치, 맥주와 와인. 먼지가 낀 털털한 잔들도 하나씩 놓였다. 그리고 테이블보와 촛불, 기다란 촛대로 분위기가 잡혔다. 프랑스 여자애 한 명, 베를린 남자애 한 명, 나중에 합류한 홍콩 애들을 빼고 나머지는 여기서 공부하거나 일하는 한국 친구들이었다. 나는 어색해서 아무 말도 않고 있었다.

누군가 질문을 할까 두려워하면서 의기소침하게 밥만 축내고 있었다. 그때의 나는 언제나 조금 겉돌고, 루저처럼 행동했다. 자신감이 없어서였다.

쌀밥의 온기는 이내 내 마음을 누그러뜨렸다. 조금씩 이야기를 시작했다. 주로 옆 사람과 속닥이듯 대화를 나누었는데, 대화에 참여하는 사람들이 점점 늘어 갔다. 사람들이 자꾸 내게 무엇을 하느냐고 물어서 글을 쓴다고 했는데, 이제 와서 생각해 보니 그냥 "저는 새로운 경험을 좋아하는 사람이에요"라는 말이 나를 소개하기에 더 나을 뻔했다. 나에 대해 궁금해해 주는 것은 고맙지만, 사실 작가라는 이름으로 나를 말하기가 부끄럽다. 나는 그냥 때때로 움직이는 사람일 뿐이니까. 직업이 아닌 형용사로 설명되고 싶다면 큰 욕심이겠지만.

그 외에 다른 대화들은 이상하리만큼 기억이 나질 않는다. 소파에 둘러앉아 빔으로 이름 모를 아티스트의 비디오를 봤던 일만 기억난다. 시간이 지날수록 지루해져서 소라에게 계속 속삭였다.

"우리 집에 언제 가?"

어른들 대화에 못 껴서 심통이 난 어린애처럼.

며칠 뒤, 식사 자리에서 만났던 한 분이 라이브 페인팅

공연을 한다고 우리를 초대해 주었다. '릭 오웬스' 느낌의 장엄하고 어두침침한 분위기의 클럽에, 추석파티 때 만난 사람들 몇 명이 모여 있었다. 곧 공연이 시작되었다. 클럽에서 물감을 튀겨 가며 그림을 그린다고 하니 발 딛을 틈도 없이 꽉 찬 실내를 떠올리겠지만 실망스러울 정도로 사람이 없었다. 나는 그분이랑 친하지도 않은데 괜히 마음을 졸였다. 그가 잘 해내기만을 바랐다.

공연은 멋지게 끝났다. 관객이 많지 않았기 때문에 지인들이 더 그를 북돋는 데 힘썼던 것 같다.

밖에 마련된 모닥불에 둘러앉아 삼삼오오 대화를 하다가 나는 그만 즐거워지고 말았다. 지난번 만났던 남자애와 이야기를 나누는 중이었다. 턱수염에 준엄한 얼굴과는 달리 촐싹거리는 그의 말투에 모든 주제가 제법 흥미진진해졌다. 짧은 시간 동안 그의 스페인 여행 과정을 몽땅 다 알게 되었다. 패러글라이딩이 유명한 지역이 어디이며, 외국인들이 눈이 큰 그의 동생에게 얼마나 호의적이었는지. 뭐 그런 시답지 않은 이야기들.

일찍 출근해야 하는 친구를 먼저 보내고 그 말 많은 남자애랑 계속 붙어 다녔다. 로맨스 기류 따위는 없었다. 나는 그저 밤을 즐기고 싶었을 뿐이고 그는 자기 이야기를 잠자코

들어 줄 사람이 필요했을 뿐이다. 베를린은 전철이 24시간 운행된다. 새벽에 남자애가 우리 동네까지 데려다주었다.

며칠 뒤에, 새로운 사람을 또 소개받았다. 소라와 같이 일하고 있는, 나와는 동갑내기인 여자애였다. 우리는 베트남 음식점에서 만났다. 그녀는 밝고 쾌활한 성격이었다. 처음 보는 사람도 십년지기 친구처럼 스스럼없이 대할 수 있는 넉살 좋은 사람. 소라에게 전해들은 바, 그 친구는 물어볼 것이 산더미인 열렬한 독자에 가까웠는데, 정작 베트남 음식점에서는 내가 줄곧 묻고 그녀가 짧게 답했다. 그녀는 나에게 아무것도 묻지 않았다. 그런데 2차로 자리를 옮기자, 이번에는 그녀가 깊은 고민들을 포함한 사적인 이야기들까지 줄곧 쏟아냈다. 그녀 역시 미워하기 어려운, 보면 볼수록 예쁜 친구였지만 나는 의아했다. 그리고 그녀가 조금 외로워 보였다. 며칠 전 새벽과 똑같은 경험이 반복되고 있었다.

끊임없이 새로운 사람들을 만나니 피곤했다. 만남의 연속으로 생각할 여백이 없었다. 그래서인지 나는 소라에게 더 정이 갔다. 설명이 필요 없는 사이. 의아하면 저의를 대놓고 물어볼 수 있는 사이. 게다가 그녀는 매우 사려 깊은 사람이다. 늘 자신을 삭이고 남에게 좋은 것을 주려고 애쓰는 사람이다. 그런데 나는 이를 당연시 여겨 왔던 것이다. 그런 그녀를 그제야 깨닫게 된 것이다.

그래서 남은 시간 어떻게 해서라도 그녀를 사수하려 들었다. 그녀는 자기 이야기만 하는 사람이 아니어서 함께 있으면 두 배로 즐거웠다. 며칠 뒤 플리마켓에 가자고 하는 소라에게 나는 도끼눈을 뜨고 물었다.

“누구 또 와?”

“아니, 우리 둘이 가는 거야. 거기 가면, 들어가는 입구에 큰 마당이 있는데 진짜 맛있는 호박죽을 팔아.”

“호박죽? 진짜야?”

“응.”

코트도 없는 나는 몸을 녹일 따뜻한 음식이 간절했다. 도착하고 보니 호박죽 집은 이미 닫혀 있었다. 우리는 실망했지만 지하 벙커 같은 분위기의 플리마켓을 열심히 구경했다. 뭐라도 사고 싶어 눈을 치켜뜨고 둘러봐도 젊은 애들의 기운만 볼 만하고 건질 만한 건 없었다.

그 후로 우리는 자주 카페에서 시간을 보냈다. 살벌하게 다투기도 했다. 케밥을 사 와서 나눠 먹거나 단단히 차려입고 같이 외출해서 귀여운 것들을 구경하기도 했다. 그녀가 파트타임으로 일하는 한식당에 열쇠를 가지러 가기도 했다.

와인을 마시고 몽롱해진 상태에서 닦달하듯 그녀의 속마음을 들어 보려 한 적이 있었다. 착한 그녀가 내게 더 많이 말해 주기를 바랐다. 언제나 잘 들어 줘서 듣는 것만 좋아할 것이라는 내 착각을 깨고 그녀는 내게 사소한 자신의 비밀을 이야기해 주었다. 고마웠다. 내가 좋아하는 사람이라서, 어떤 이야기를 들어도 부담이 없었다. 우리 우정이 업그레이드되는 것을 처음 느꼈던 새벽이었다. 그래도, 한 달이라는 시간은 슬프고, 짧았다.

소라네 집에 도착한 첫날, 독일을 배경으로 한 홍상수 감독의 〈밤의 해변에서 혼자〉를 본 기억이 난다. 기념비적인 순간, 꼭 같이 보고 싶었던 영화였다. 추운 날씨에 여기에 오길 잘했다면서, 특히 초반 몇몇 장면들을 자꾸 돌려 보면서. 마치 우리 같은 대사들에 감정이 이입됐다. 고민과 방황을 위해 도망쳐 온 동생과, 그런 동생을 한없이 보듬어 주는 언니. 상황들이 꼭 나랑 소라 같았다.

플리마켓에서. 소시지와 커피를 앞에 두고 담배를 피우는 장면.

(* 소라 / -나)

- 나는 이런 길거리 시장 너무 좋아. 어디 여행 가면 이런 데 꼭 찾아보거든.

* 그렇구나.

- 소시지도 맛있고……. 이런 시장 분위기가 너무 좋아. 매일도 올 것 같아.

* 매일은 안 해.

- 그래?

* 일주일에 세 번밖에 안 해.

- 여기 와서 본 중에, 여기하고 공원이 제일 좋은 거 같아.

* 잘됐네. 이따 우리 공원에 또 가자.

- 공원 갔다 그 사람 집 가려고?

* 응, 좀 늦게 가기로 했어.

- 그렇구나.

* 너 여기가 사람들이 제일 살고 싶어 하는 도시로 뽑힌 거 알아? 작년인가 설문조사를 했는데, 이 도시가 사람들이 제일 살고 싶은 도시 1위로 뽑혔대.

- 그렇구나.

* 웃기지? 우리가 여기 있는 거야.

- 내가 운이 좋았네. (웃음)

집 테라스에서. 우중충한 독일의 겨울이 돋보이는 장면.

- 나도 여기서 살까?

* 그럴래?

- 그러면 좋겠어. 서울에 갈 이유가 하나도 없어.

* 그래, 그럼. 한번 살아 봐.

- 언니랑 같이 살까? 우리 그렇게 할까?

* 그건 모르겠다. (웃음)

- 왜, 나랑 같이 살기 싫어? (얼굴을 살짝 찡그리며 웃음)

공원에서.

- 매일 이런 데 산책하며 살면 얼마나 좋을까?

* 나도 너랑 같이 오니까 안 외롭고 참 좋다.

- 여기 사람들 축복받은 거야. 매일 이런 걸 누리면서 살고.

* 아무리 좋은 데도, 혼자 다니면 금방 외로워져.

- 맞아, 더 외롭지. 이렇게 좋은 풍경 앞에서.

* 아까 절하면서 뭐 한 거야? 물어봐도 돼?

- 그냥 다리를 건너기 전에 정말 내가 원하는 게 뭔지 다짐해 보고 싶었어. 기도한 거야.

* 네가 원하는 게 뭐야?

- 내가 원하는 건, 그냥 나답게 사는 거야. 흔들리지 않고, 무슨 일이 일어나도 나답게 살고 싶어. 그러기로 했어.

* 너도 참 솔직해.

- 언니도 솔직해.

* 고맙다. (웃음)

- 그것뿐이 없어. 솔직해야 돼.

그 영화를 보면 언제나 그녀 생각이 난다. 나의 장래희망 같은 사람. 가끔씩만 만날 수 있어서 더 따스한 겨울의 별 같은 사람. 그 곁에 머물며 수없이 다짐하던 그때의 베를린이 떠오른다.

잘 우는 사람

울고 있는 사람과는 사랑에 빠지기 쉽다. 눈물은 슬픈 폭죽 같아서 얼굴에 반짝거림을 드리운다. 나약한 모습을 보이는 것만큼 솔직한 행보는 없으며 덜 갖춰진 모습이야말로 사랑에 빠지기 위한 필수조건이다. 돌이켜보면 사랑하는 사람에게서 가장 보고 싶은 모습은 우는 모습이었다. 매사에 자신감 넘치고 당찬 사람일수록 그 눈물의 반전은 힘이 셌다. 괴롭도록 행복했다. 나만 아는 너의 슬픔이 생길 때.

나는 자타공인 눈물이 많은 사람이었다. 그러다 언젠가부터 울음을 참기 시작했는데 약한 모습을 보이기 싫어서라기보다 번거롭다는 이유에서였다. 그런 날이면 일기장 가득 후회가 채워졌다. 그 순간을 참고 넘어가서 좋은 점이라고는 휴지 몇 장을 아끼는 것 이외에 아무것도 없었다. 눈물은 저장했다가 다음에 실천할 수 있는 것이 아니었다. 시간이 지나고 나면 쥐어짜도 울어지지 않았다. 이미 훼손된 눈물이었다. 이는 당일 저녁에 뱉어 내듯 쓰는 그날의 일기와 다음 날 쓰는 일기의 생생함이 전혀 다른 것과 비슷했다. 지나 버린 것의 느낌이 아직 유효할 리가 없다. 북받침도 하루만 지나면 추상적으로 변하고 희미해졌다.

참아 내는 하루가 또 한 번 있었다. 견뎌 내는 하루였다. 나는 그만 우는 것을 까먹어 버려서 힘들수록 헤헤거리고 다녔다. 그러던 어느 날, 아무 생각 없이 누워 유재하의 노래를 듣다가 눈물이 줄줄 흐르고 있음을 깨달았다. 귓가가 촉촉해질 정도로, 베개가 축축해질 정도로 토해 내듯 울었다. 그 울음이 내가 얼마나 힘든 마음을 견디고 살아왔는지 말해 주었다. 스트레스란 일상의 방사능 같은 거다. 눈에 보이지 않지만 일상 곳곳에 스리슬쩍 배어 있어 온몸에 죽음을 퍼뜨릴 수 있었다. 그날의 울음에는 의식하지 못했던 예민한 촉수들을 전부 무너뜨리는 힘이 있었다.

그날의 눈물 이후 나는 주기적으로 울어야겠다고 생각했다. 단단한 것보다 인간적인 편이 낫다고 생각했다. 울고 나면 조금 창피하지만 마음을 헹군 기분이 들었다.

나는 잘 우는 사람이 좋다. 어떤 사연이 그 사람을 참지 못하게 만드는지 궁금해진다. 감히 이름 붙일 수 없는 그만의 감정을 가지고서 울어 버리는 모습이 사랑스럽다. 단어나 상황을 떠올리자마자 금세 젖어드는 모습에 어떤 치열함이 엿보인다. 눈물이 고여 눈앞이 몽글몽글해 보일 때, 우는 이만이 간직하고 있는 몇몇 장면들이 궁금하다.

가식적인 정적을 깨뜨리는 울음. 순수하고 직관적인 울음. 영혼의 의도를 전달하는 울음. 비밀을 공유하는 울음.

울어서 벌게진 얼굴만큼 예쁜 얼굴이 또 어디 있을까. 그만큼 찡한 색깔이 또 어디 있을까. 울고 싶은 기분이 들면, 기회를 놓치지 말고 울어 버리는 편이 좋다. 있는 그대로의 슬픔을 즐기려면 꼭 '지금' 울어 버려야만 한다.

음악 도둑

베를린필하모닉 홈페이지에 접속하는 것만으로도 고상해지는 기분이 든다. 주기적으로 열리는 런치 콘서트의 계획표를 살폈다. 추위 속의 외로움은 비교적 더 궁상맞기도 해서 혼자만의 시간을 꼼꼼히 즐길 필요가 있었다. 클래식은 단연 좋은 아이디어였다. 어색하면 어색한 대로 배우는 것이 있겠지, 생각했다. 혼자 계단 옆에 쭈그리고 앉아 음악을 듣는 내 모습을 상상하니 짜릿했다.

그러나 비까지 왔던 그날, 자리가 만석이라 공연장에 들어갈 수 없었다. 베를린을 떠나기 전날이라 마지막 기회였다. 여자 경찰이 애원 따위 받아 주지 않을 냉정한 눈빛으로 앞을 지키고 있었다. 너무 아쉬웠던 나머지 두리번거리다가 경비가 없는 창문가를 발견했다. 큰 유리창 안에 피아노 한 대, 바이올린 한 대, 그리고 모여 있는 사람들이 보였다. 만화 같았다. 유리창에 귀를 갖다대니 아주 희미하게 소리가 들렸다. 10분 정도를 그렇게 서서 음악을 들었다. 안에 있는 아이들은 내가 왜 들어오지 못하는지 의아한 표정을 지었다. 다소 쌀쌀한 날씨였지만 나는 충분히 만족하며 집중했다. 오히려 이런 시련이 더 로맨틱하게 느껴지기까지 했다. 음악을 훔치는 기분이 상쾌했다. 워낙 자유로운 베를린이니까, 품격 있게 듣는다면 더 할 나위 없겠지만 이것도 나쁘지 않아. 낙천적인 생각을 품었다.

거머리 같은 내 모습과 잘 모르는 깨끗하고 고급스러운 음악 한 귀퉁이. 음악회가 한창 진행 중인 그곳을 떠나 다시 버스를 타러 가야 했지만 생각보다 쓸쓸하지는 않았다.

베를린은 야망이 없다고 말하면서도 맡은 바 1등을 놓치지 않는 학생 같다. 유난스럽고 수줍지만 따지고 보면 제일 실력이 출중한. 파리처럼 대놓고 낭만적이지 않지만, 숨겨진 열정을 찾아냈을 때 덤으로 주어지는 독특한 희열이 있다.

매서운 추위에 온몸이 꽁꽁 얼지만, 이곳의 사람들은 적어도 불행해 보이지는 않는다. 그것은 어떤 상황에서도 베를린다운, 베를린만의 힘이었다.

여행을 오면 꼭 한 번은 울게 된다

여행을 오면 반드시 꼭 한 번은 울게 된다.

친구 집 벽에 이런 문구가 붙어 있었다.

나는 파리에서 미술 유학을 하고 있는 친구의 좁은 자취방에서 며칠 묵기로 했다. 우리는 서로의 처지를 이해하는 동갑내기였다. 망설임도 없이 자신의 은신처에 나를 들여 준 친구가 무척 고마웠다. 웃풍이 서리는 창가에 머리와 발을 번갈아 대고 누워 잤다. 발이 시려서 양말을 겹쳐 신고 자야 했지만 어떤 숙소보다도 아늑한 곳이었다. 편히 누울 곳만 있다면 모든 게 안심이었다.

얼마 지나지 않아 친구의 집에서 파티가 열렸다. 리옹에서 어학연수를 하는 친구와 파리에 사는 친구 몇몇이 모였다. 사람 여섯 명이 들어서니 방이 가득 찼다. 겨울은 바깥과 안의 극명한 온도차 덕분에 입장부터가 유달리 애틋했다. 몸을 꽁꽁 감싼 차림으로 들어오는 이들의 얼굴이 벌겠다. 각자의 머플러와 코트를 옷걸이에 걸어 두고 나면 복작복작 그럴싸한 파티 분위기가 된다. 책상 겸 테이블은 홈파티답게 저마다 가져온 음식들로 채워졌다. 염소치즈, 와인, 빵, 버터, 과일, 비스킷, 촛불. 천장이 높고 창문이 큰 근사한 스튜디오가 아니어도 괜찮았다. 서로 알지 못하는 사이가 몇몇 있어야만 한다. 그 어색한 분위기가 파티스러운 기운을 만든다.

시절을 공유하는 음악들을 듣는 동안 술병이 비고 슬슬 분위기가 풀렸다. 유난히 추운 날이었지만 몽글몽글 피어오른 이 분위기를 견딜 수 없어 다 같이 몽마르트 언덕을 향해 걸었다. 짝지어 개인적인 이야기를 나누기도 하고, 다 같이 한 사람의 말에 집중해 웃기도 했다. 같은 20대라는 점에서, 앞길을 몰라 불안해하며 오늘 하루를 어떻게든 견뎌 본다는 점에서, 우리는 서로를 이해할 수 있었다.

끝나지 않을 것 같은 밤도 결국 마무리되고 모두는 각자의 집으로 돌아갔다. 나도 술에 취해 잠에 들었다.

다음 날 아침 한바탕 소동이 났던 집을 정리했다. 설거짓거리가 주어지면 마음이 기뻤다. 신세 지는 미안한 마음을 이렇게나마 보답할 수 있었다. 친구와 단둘이 있을 때에는 주로 그녀의 미술 과제에 관해 듣거나 함께 그림을 그렸고 끝을 정해 놓지 않은 대화를 이어 나갔다. 사람은 적을수록 좋았다. 누구에게도 보이고 싶지 않은 마음을 들킬 확률이 그만큼 줄어드니까, 안도했다. 꽁한 마음을 그대로 간직하고 있어도 일대일의 만남 앞에서는 잠시나마 모든 고민이 사라지는 듯했다.

얼마 뒤 친구 집에서 더 이상 신세 질 수 없어서 급히 잘 곳을 구했다. 파리를 통틀어 가장 저렴한 게스트하우스였다. 게스트하우스에서 자는 일이 처음이었다. 지난 여행들이 넉넉한 자금이 확보된 여행이었다면, 이제는 혼자 먹는 콩 한 쪽도 쪼개고 버티는 여행이니 게스트하우스를 선택하는 게 당연했다. 그동안 꽤나 호사스러운 생활에 익숙해져 있었다. 더 단단해져도 좋을 터였다.

게스트하우스 1층의 리셉션은 흡사 클럽 혹은 피트니스 센터처럼 들뜬 분위기였다. 체크인을 기다리는 숙박객들이 북적였다. 비범한 차림의 배낭여행객들이 보였다. 레게머리 위에 빳빳하게 두른 반다나. 몹시 짧고 얇은 반바지를 입은 남자들. 한 사람도 빠짐없이 자기 자신만 한 배낭을 들고 의기양양하게 서 있었다. 서 있는 모습마저도 춤처럼 보이는 사람들이었다. 해맑고 강단 있는 얼굴이었다.

순간 누군가 힘주어 말해도 듣기 싫던 '청춘'이라는 단어가, 그 강요 섞인 푸름이 눈앞에서 걸어 다니는 듯했다. 그들의 태도가 청춘이었다. 바퀴가 부러진 25킬로그램짜리 캐리어를 데리고 버스와 지하철을 전전하느라 힘에 겨웠던 나는 다시 자신감을 찾았다. 위축된 마음이 기지개를 펴는 기분. 어깻죽지부터 시원하게 다시 제자리를 찾는 계몽적인 움직임. 피식, 웃음이 났다. 내가 하고 있는 고생이 누군가에게는 눈부신 기억으로 취급되고 있음을 목격했을 때, 나는 더는 불평할 수 없음을 깨달았다. 누군가 나에게 청춘이니까 힘내라고 한 것도 아니었는데. 그들이 아무렇지 않게 내게 말해주고 있었다. 우리 모두 잃을 것이 없지 않느냐고.

잃을 것이 없었다. 처음을 찾아가는 중이었다. 돈이 다 떨어지면 거리에서 노래라도 불러서 물 값을 벌면 됐고, 잘 곳이 없으면 성당에서라도 자면 됐다.

잠시 동안의 가난에 함부로 초라해지지 말 것. 잃을 게 있다는 오해 따위는 버릴 것. 모든 상황을 낭만의 장치로 취급해 버릴 것. 그것은 젊음의 특권이었다.

12베드 혼성 도미토리. 311호 bed H.

이곳에서 2주간 머물 예정이었다. 나는 일주일간 8베드 여성 방에서 지내다 더 저렴한 12베드 혼성으로 옮겨 갔는데, 여자끼리 사는 방이나 남자가 있는 방이나 사람 사는 건 다 똑같았다. 두 번 다 1층으로 배정되었다. 그 사실만으로도 이 게스트하우스에 애정이 생겼다. 그런 기회들을 꼭 잡아야 한다. 애정을 붙이고 마음의 여유를 찾을 만한 기회. 이층침대의 1층 자리는 제법 호들갑 떨기 좋은 기회였다.

나만의 침대가 생겼다. 각 침대에 커튼을 칠 수 있어서 완벽한 프라이버시가 제공되었다. 머리맡엔 콘센트 두 개, 미미한 독서등 하나가 있었다. 커튼으로 시선을 막으면 작은 호텔 방이나 다름없었다. 침대 한 칸짜리 나만의 공간. 아무도 엿볼 수 없는 자유.

그 자유에 취해 처음 며칠간은 꼼짝도 않고 숙소에만 있었다. 그곳에서는 뭐든 가능했다. 베개 왼편에는 읽고 있는 책과 노트를 항시 배치해 두어 손바닥만 한 미니 오피스가 만들어졌고, 미지근한 콜라가 그 곁을 지켰다. 내게 필요한 모든 것들이 그 안에 있었다. 나의 세계를 축소한 일기장과 볼펜, 노트북, 콜라만 있으면 나는 어디에나 갈 수 있었다. 집요하게 일기장을 채웠다. 생각을 뇌에 남겨 두기가 불안해서 꺼

내서 펼쳐 놓고 두 눈으로 보아야 했다. 혼자 있는 시간에는 맘껏 초라해질 수 있어서 좋았다.

위층 침대의 이스라엘 남자애가 웃옷 없이 잠옷 바지만 입은 채로 말을 걸어왔다. 붙임성 좋은 그 덕분에 나는 가벼운 주제로 이야기를 시작했다. 고향, 날씨, 파리 등등. 서로의 동선이 우연히 겹칠 때에 몇 마디 말하고 듣는 것. 계산할 때 빼고는 한마디도 안 한 날도 있었기에 그와의 짧은 대화가 기다려졌다.

다른 숙박객들도 자신들만의 자유가 좋았는지 모두가 커튼 속에 숨어 있느라 그 남자애 말고는 마주친 적이 없었지만, 느낌만큼은 수련회 같았다. 창밖을 내다보면 호루라기 소리가 들리고, 다른 반 애들이 이미 마당에 집합해 있는 강원도나 경주의 풍경이 펼쳐질 것 같았다. 나는 이런 상상을 하며 이곳이 파리라는 사실을 잠시 잊은 채, 부스스한 얼굴로 일어나 칫솔질을 하곤 했다.

2주간 나는 특식인 맥도날드를 제외하고 매일 규칙적인 식단을 지켰다. 하루에 만 원 정도를 쓸 수 있는 형편이라서 마트 음식으로 끼니를 때웠다. 어느 마트에든 반드시 인스턴트 파스타를 판매하고 있었고, 3유로 정도라 콜라까지 하면

총 4유로에 한 끼를 해결할 수 있었다. 마트 옆 피자 가게의 전자레인지를 빌려 쓰다가 게스트하우스 1층에 숙박객들을 위한 라운지가 있다는 사실을 알게 됐다. 라운지라는 말을 쓸 만큼 근사하지는 않지만 없는 것이 없었다. 전자레인지, 기본 양념 이를테면 통후추와 소금, 소파와 책상과 의자, 과자 자판기가 있었다. 공동의 거실이었다. 침대에만 머물러 있던 내 애정이 1층으로 분산되어 쏟아졌다.

나는 매일 두 끼를 그곳에서 해결했다. 플라스틱 포크로 소스를 섞고 있으면 매일 보는 할아버지가 내 앞에 앉아서 통통한 토마토에 소금을 뿌려 먹었다. 우리는 어떤 이야기도 나누지 않았지만 옅은 미소만큼은 매번 주고받았다. 어깨가 벌어진 청년들은 민소매 차림으로 탁구를 했고 생판 모르는 구경꾼들이 몰려와 응원했다. 모두가 밝았고, 할 일이 많아 보였다.

게스트하우스에서, 어떤 불편함은 일부러 계획할 만큼 값졌다. 최소한의 경비로 평생 가져갈 기억을 가공하는 일. 가장 싼 점심을 먹는 내가 초라해 보이지 않았다. 샹젤리제 거리, 에펠탑, 개선문, 그런 번쩍거리는 파리와는 따로 존재하는 공간, 가난한 여행객들의 영토였다. 소매치기로 악명 높은 파리이지만 샤워를 하고 있어도 아무도 내 소지품을 훔치지 않았다. 이곳만큼은 도둑도 없었다. 서로가 서로의 수호천사였다. 대화가 없는 마니또 게임을 하고 있는 것 같았다. 주고 받는 것은 눈짓 하나면, 안전하다는 마음 하나면, 충분했다.

일주일이 지났다. 게스트하우스에서도 머물지 못할 만큼 남은 돈이 빠듯했다. 엄마에게 10만 원 정도를 부탁했더니, 회신이 왔다.

마련해 볼게.

며칠 뒤 짐을 받았다. 날이 부쩍 추워지는데 챙겨 온 옷 중 가장 두꺼운 게 트렌치코트 정도여서 엄마가 꾸린 겨울 옷 몇 가지를 한국에서 오는 친구 편에 받았던 것이다.

상자 꾸러미에는 코트 하나와 성경책이 들어 있었다. 성경책을 펼쳐 보니 엄마가 쓴 편지와 100유로짜리 지폐가 있었다.

숨 막히는 그 기분 알아. 돈이 조금 생겼어. 일단 먼저 너에게 보낸다.

참았던 울음이 터져 버렸다. 여행을 오면 꼭 한 번은 울게 된다. 여행을 오면 반드시 꼭 한 번은 울게 된다.

맥도날드의 시절

빅맥 세트는 특식이었다. 파스타에 물릴 때면 에라 모르겠다는 심정으로 햄버거를 맛보러 갔다. 메인 메뉴에, 사이드 메뉴에, 디저트, 음료까지 사치를 부릴 수 있었다.

파리는 맥도날드로 기억되었다. 가장 많이 먹은 음식이었고 나름대로 단골 매장도 있었다. 처음 겨울의 파리를 겪던 2014년의 밤, 친구 주연과도 맥도날드에 갔었다. 파리시청 앞, 통유리가 돋보이는, 규모가 큰 맥도날드 매장은 디저트와 커피를 파는 맥카페까지 갖추고 있었다. 우리는 항상 똑같은 창가 자리에 앉았고, 빅맥 세트 하나를 나눠 먹었다. 어떤 것이든 반으로 나눌 수밖에 없던 스물셋의 나는 활기참으로 모든 걸 무마시켰다. 당시 나는 대체 불가능한 것들을 배워 나갔다. 파리가 아니면 볼 수 없는 색깔, 사람, 나무, 책, 말투, 음악. 걷기만 해도 마음이 충만해지는 도시.

그날 맥도날드에서 나는 다음 해 나오기를 희망하는 내 책의 이름을 고민했다. 아무것도 정해진 것이 없었다. 돌이켜 보면 유치한 여러 개의 제목 후보들을 적은 쪽지를 친구에게 보여 주었다.

주연은 말했다.

"언니, 이걸로 해야 할 것 같아."

'조용한 흥분' 앞에 그녀의 손가락이 멈춰 있었다.

잠시 잠깐의 침묵. 우리는 침묵 속에 동의하고 있었다.

조용한 흥분. 내 호들갑을 나눌 누군가가 곁에 없을 때에 홀로 긍정적인 기운의 폭발을 오롯이 느끼는 시간. 누군가에게 동의를 구할 수 없어 감정은 더 투명해지고, 명백해지고, 실제의 부피보다 더 증폭된다. 귀에 꽂은 이어폰 없이도 어떤 배경음악이나 효과음을 듣게 되는 이 순간은 내가 혼자 여행하는 이유기도 했다. 그 단어는, 내가 정의하는 이상적인 젊음을 담아내고 있었다. 응당 이 제목이어야만 했다.

첫 확신이었다. 그때만큼 반짝반짝하고 사랑스러운 확신은 없었다. 나는 그때를 회상하며 햄버거를 베어 문다. 촉촉하고 알찬 나의 소울푸드.

장소의 주문이라도 걸린 듯 펜을 잡았다. 조용한 흥분 속에서 글을 써 내려가며, 나는 세 번째 책을 꿈꾼다.

나의 여행은 언제나 맥도날드와 함께였다. 훗날 여유가 생기는 날이 와도 이 장소의 추억을 기억할 것이다. 언젠가 그때처럼, 결정적인 사건의 배경이 또 한 번 되어 볼 수도 있을 것이다.

그 가족과 보낸 시간

가지고 있는 옷 중에 가장 점잖은 검정색 터틀넥을 입고 어느 지하철의 종점으로 향했다. 내 사정을 잘 아는 윤정 언니는 집으로 나를 초대했다. 언니는 프랑스 남자와 결혼해 파리 외곽에 살고 있었다. 그녀는 안쓰러웠다는 말 대신 닭볶음탕과 매운 장아찌를 대접했다. 아까워서 일주일에 한 번 먹을까 말까 한다는 커피 알롱제도 두 잔을 연달아 마셨다. 허겁지겁, 각설탕을 듬뿍 넣어서. 집 밥은 좀처럼 오지 않는 기회였고 나는 국물에 밥을 말아먹으며 잠시 귀국의 기분을 느꼈다.

윤정 언니의 남편과 아들까지 세 식구와 함께 동네 이웃의 집으로 향했다. 파리와는 사뭇 다른 풍경, 소박하고 정갈한 집들이 늘어선 골목에 어둠이 내려앉았다. 직접 만든 사과 파이를 천으로 감싸 대롱대롱 손에 매달고 걸어갔다. 그 뒷모습은 도시스럽지 않은 적막한 동네 안에서 동화처럼 보였다. 눈이 와서 돌바닥이 미끌거렸다. 조심스러운 발걸음과 말을 할 때마다 뿜어져 나오는 입김이 매번 찾아오는 여느 저녁을 특별하게 만들었다.

노란 불빛이 가득 찬 이층집 앞에 도착했다. 집주인의 직업은 오페라 가수였다. 집은 르 코르뷔지에가 자신의 어머니에게 만들어 선물했다는 통나무집과 닮았다. 구조가 특이했고 구경하는 재미가 있었다. 거실과 부엌, 침실이 있는 지층에서 말끔히 마감된 나무 계단을 올라 집주인의 연습실을 구경했다. 악보가 마치 집권하듯 늘어서 있는 모습에서 사뭇 다른 공기를 느꼈다. 창작하고 연습하는 공간에는 항시 깨끗한 긴장감이 있다. 예술을 직업으로 삼는 것은 어떤 기분일까, 잠시 상상했다.

세 가족과 나, 집주인, 퇴근 후 합류한 이웃의 남성 건축가. 우리는 참치 크래커와 와인을 먹었다. 국적에 상관없는 일상 이야기. 나는 술에 조금 취해서는 하얀 피아노 앞에서 아이와 함께 얼쩡거리며 장난을 쳤다. 말도 안 통하는 아이와는 눈빛으로 대화할 수밖에 없었고 나는 그러는 편이 더 편했다. 아이의 순수함에, 고민 없는 평온함에, 묻어가고 싶었다.

며칠 뒤, 로댕미술관 마당에서 불꽃놀이가 예정된 밤, 윤정 언니네 가족과 다시 만났다. 나는 유심 없이 다녔기 때문에 와이파이가 연결된 숙소에서 장소와 시간을 확실하게 정한 다음 동선을 노트에 적거나 외워서 다녔다. 때로는 되는 대로 손에 장소를 적어 두어 손바닥이 늘 엉망이었다. 휴대폰에는 좋아하는 몇 개의 노래만 다운로드해 두고, 지하철 노선도는 사진으로 남겨 두었다. 어디에나 스타벅스와 맥도날드는 있었고 아주 절박할 때에는 와이파이 도둑이 되었다. 나 혼자 90년대의 여행객이 된 것 같았다. 항상 정신을 바짝 차려야 한다는 조건이 따라붙었지만, 제법 나쁘지 않은 기분이었다.

정시에 맞춰 로댕미술관에 도착했다. 장내가 이미 많은 인파로 떠들썩했다. 유난히 추운 날이었다. 한 시간 정도를 오들오들 떨며 야외 돌계단에 앉아 시작을 기다렸다. 완벽한 어둠이 골고루 퍼져 있는 밤, 자정이 가까운 시각이 되어 드디어 형형색색의 폭죽이 쏘아 올려졌다. 서로의 존재를 축복하는 연인과 가족들 가운데, 나는 더욱 외로워졌다. 나도 나의 가족이 보고 싶었다.

그나마 나 자신과 함께라서 다행이었다. 유체이탈을 하듯 나 자신을 바라보는 시선이 왁자지껄한 순간에 펼쳐졌다. 얇은 옷에 코가 빨개진, 늦은 밤 피곤하고 취해도 택시를 탈 수 없는, 인터넷이 없어 종이로 된 기차 시간표를 외우다시피 들여다보는, 사람들에게 하루에도 수십 번 시간과 길을 묻는, 나 자신과 함께였다. 누구보다 외로웠지만 평생 잊지 못할 시간임에 틀림없었다. 로댕이 죽은 지 100년 되었든, 나랑 무슨 상관이겠는가. 사람들은 그를 배경 삼아 각자의 추억을 쌓고 있을 뿐이다. 어떤 풍경이든, 자기 해석에 따라 다른 추억이 되는 거였다. 모두 자기 인생의 주인공이다. 모든 게 내 인생의 배경이다.

폭죽은, 반짝이는 에펠탑처럼 회상에 젖기 알맞은 온도를 제공해 주었다. 생각에 잠겨 한참 동안 하늘에 수놓아진 빨간 무늬를 바라보았다. 꿈꿔 왔던 곳에 막상 있게 되면 열심을 다하지 않게 된다. 그저 멍하게 시간을 흘려보내도 나를 미워하는 이가 없을 것이다. 다만 꿈틀꿈틀, 지우기 어려운 그리움이 밀려왔다. 내가 사랑하는 이들과 이마를 맞대고, 저 아름다운 하늘을 함께 만끽하고 싶었다.

이대로 헤어지기가 아쉬워서 다 같이 카페에 들렀다. 사람들이 모두 불꽃놀이에 대해서 떠들고 있다는 사실을, 나는 프랑스어를 모르면서도 알 수 있었다. 비엔나커피를 한 잔씩 앞에 두고 대화를 나누다 언니의 남편이 갑자기 선물을 건네 왔다. 파란색 CD였다. 드러머였던 20대에 녹음한 앨범이라고 했다. 그 시절 아프리카를 포함해 세계를 여행했다는 그는 어깻짓을 하며 지금까지와는 전혀 다른 눈빛으로 그 시절을 묘사했다. 분명 잊지 못할 기억들이었을 것이다. 처음으로 아빠가 아닌, 꿈꾸는 이로서의 그를 만난 것 같아서 가슴이 쿵쾅거렸다. 해적처럼 긴 머리에 해진 가방을 멘 20대의 그를 떠올리니 가슴이 벅찼다. 그가 떠올리는 호시절을, 나는 지금 지나고 있는 건지도 몰랐다.

우리는 어둠 속의 작은 빛들이 흔들리는 밤에 헤어졌다. 윤정 언니는 내게 멋진 아티스트가 될 수 있을 거라 했다. 꼭 글을 쓴다고 해서 예술가가 되는 것은 아니겠지만 아직은 방법을 모르니 일단은 계속해 보고자 한다.

나는 내가 아직 아무것도 아니라는 사실이 좋았다.

사랑의 김치볶음밥

얇은 담배를 문, 어두운 색의 판초를 입은 그 아이는 우아해 보였다. 시원한 눈매와 길쭉한 팔다리, 자주 웃어 보이는 밝은 얼굴. 누구에게나 상냥한 타입의 여자애였다. "ça va"(프랑스어로 '안녕'이라는 뜻)라는 말이 그 아이 입에서는 더 간지럽게 들렸다. 파리에 도착하자마자 홈파티에서 만난 그녀와 더 많은 이야기를 나눌 새도 없이 나는 게스트하우스로 옮겨 와 파고드는 시간을 보내고 있었다.

체크아웃 날이 얼마 남지 않았을 때, 그 친구에게서 연락이 왔다. 괜찮다면 며칠 재워 주겠다는 문자를 보자마자 나는 바로 짐을 꾸렸다. 몽파르나스 묘지와 파리 사람들이 가장 사랑한다는 룩셈부르크 공원 근처의 동네였다. 친구의 집 소파에서 며칠 묵게 되었다. 다시 맨발로 화장실을 갈 수 있고 아무데서나 옷을 갈아입을 수 있으며 매끼마다 한국식 반찬을 먹는 행운을 누릴 수 있는 생활이었다.

그다음 날 지친 기색이 역력한 친구가 갑자기 늦은 오후 집으로 돌아왔다. 감기 기운이 있어서 어학원을 건너뛰고 집으로 왔다는 것이다. 친구는 기절하듯 잠들었다.

어떤 순간에 불현듯, 표현해야겠다는 결심이 선다. 그날이 그랬다. 밥솥에 밥을 안치고는, 지갑만 챙겨 한인 마트로 향했다. 살뜰한 면이라고는 눈곱만큼도 없는 나지만 이런 상황이 되자 내게 없던 면이 튀어나와 나를 도와주었다. 내가 나를 돕는 것이다. 대파, 김치, 햄, 김, 계란을 사서 곧바로 집으로 되돌아갔다. 다행히도 밥은 고슬고슬 익었다. 잽싸고 야무지게, 내가 할 수 있는 최선의 요리 한 그릇을 만들어 냈다. 이것 말고는 보답할 수 있는 기회가 오지 않을 것이다.

김치볶음밥은 끝내주게 맛있었다. 백종원이 만들어도 이렇게 찰지지는 못할 것이다. 냉장고 안의 멸치 반찬과 함께 반숙 계란이 올라간 밥 한 공기를 뚝딱 해치우고, 친구는 한층 밝아진 얼굴로 외쳤다.

"티 마시자."

쿠키를 곁들인 한밤의 티타임이 시작되었다. 기약이 없어 더 진심으로 툭툭 내뱉는 새벽. 좋아하는 영화 제목, 여행 계획, 소도시 이름을 각자의 노트에 적으며 밤이 깊어 갔다.

너 떠나기 전에. 너 가기 전에.

친구는 그날 밤 이후로 이런 표현을 자주 썼다.

우리는 자연스레 이별을 아쉬워하고 다음을 계획하는 사이가 되어 있었다.

민박집 생활

파리의 마지막 숙소는 조선족 부부가 운영하는 민박집이었다. 기괴할 만큼 집이 좁았다. 이층침대가 세 개 들어가 있는 방과 주인 부부의 방, 1인용 화장실과 복도가 전부인 이 집은 제법 깨끗하게 운영되고 있었다. 집 안은 한국이나 다름없었다. 싱크대의 모양새나 샤워커튼, 이불 같은 것이 영화 세트장 같았다. 허름한 면모를 소름 끼칠 만큼 잘 재현한.

주로 명품 구매대행을 위해 파리를 찾은 20대 중국인들과 함께 방을 썼다. 안경을 쓰고 스스럼없는 얼굴로 대화를 주고받았다. 매번 잠들어 있는 모습만 봐서, 내 키가 그렇게 큰지 몰라 놀랐다고들 했다. 서로의 잠든 모습을 훔쳐볼 수 있다는 것이, 언어도 통하지 않는 우리를 급속도로 가까워지게 했다. 프랑스인은 일용 노동자도 시 몇 편을 외운다는 말이 있듯 중국인은 철없어 보이는 젊은 여자도 기가 막힌 탕 정도는 끓일 줄 아는 모양이었다. 파리보다는 홍콩이 더 어울리는, 지극히 생활적인 풍경의 부엌에서 그녀는 솜씨 있게 어묵과 버섯과 청경채를 넣은 국물을 끓였다. 마치 라면 끓이듯 가뿐한 몸짓이었다. 나는 한 그릇 받아 들고는, 이층침대와 짐 가방이 빼곡하게 들어선 방 중앙의 작은 테이블에 그들과 마주 앉았다. 여백이라고는 없는 공간이라서 물류 창고에서 도시락을 까먹는 알바생이 된 느낌이었다. 식사를 마치고는 설거지를 하고 돌아와 싸구려 믹스커피를 함께 마셨다.

나는 스스로를 파리에 유학 온 기숙사생이라고 상상하곤 했다. 사감 선생님 몰래 음식을 숨겨 두는 그런 비밀스러운 행위는 우리 방에서도 많이 일어났다.

밤마다 이층침대는 나름대로 낭만적인 장소로 변했다. 나는 밤 산책을 하면 반드시 맥주 한 캔을 샀다. 방에서는 음주가 금지이기 때문에 코트 안에 숨겨 들어와야 했다. 그러고는 방으로 들어가 베개만 한 감자칩 봉투를 열고 나만의 만찬을 즐겼다. 넷플릭스를 보는 질펀한 풍경에 양초도 켜 두었다. 천 원짜리 양초 하나로 낼 수 있는 분위기가 제법 좋았다.

당연히 촛대는 없어서 민박집에서 나눠 주는 물건 담기용 플라스틱 상자에 초를 꽂아 두고 노트를 북북 찢어 촛농이 흐르는 방향에 넉넉히 깔아 두었다.

영화를 틀어 놓은 채로 일기를 쓰면 내 밤이 완성되었다. 꼭 기숙사처럼, 정시에 소등한 깜깜한 밤에, 나 혼자 양초를 켜 두고 글을 썼다. 다른 이들의 코 고는 소리가 들렸다. 누군가와 함께 쓰는 공간은 프라이버시 따위는 제공해 주지 않지만 나 자신만이 아는 좀 더 깊숙한 시간을 만들어 주었다. 자기 안으로 파고드는 시간은 내게 관심 없는 타인과 한 방을 쓸 때, 오히려 더 강력해졌다. 영적인 위로의 시간. 그럴 듯한 밤이었다. 후, 양초를 끄는 입김과 함께 하루가 가고, 어김없이 아침이 왔다.

낮에는 일어나 하루 종일 걸었다. 북쪽이었던 게스트하우스와 달리 민박집은 시내 한복판에 위치해 있어서 걸음 닿는 대로 파리다운 풍경이 허락되었다. 생드니가의 즐비한 섹스숍을 지나, 예약제 레스토랑을 지나, 퐁피두미술관으로 갔다. 돈이 없어 미술관에 들어갈 수는 없었지만 걷고 느끼는 일은 공짜였으니 투정을 부릴 이유도 마땅치 않았다.

동네가 바뀜에 따라 식단이 바뀌었다. 숙소 아주 가까이 대형 프랑프리가 있었기 때문이었다. 닭다리와 그 기름에 찐 감자, 당근이 함께 포장되어 있는 식품이 3.9유로밖에 하지 않았다. 직원을 불러 재차 확인할 정도였다. 0이 하나 더 붙어도 좋을 만큼 아주 맛있었다. 나의 주식은 닭에 콜라, 혹은 맥주였다. 요리 양이 많아서 하루에 한 팩만 사도 충분했다. 돈이 남으면 가끔 라면이나 냉동 만두를 사서 먹었다. 민박집에서는 계란을 팔고 있었는데, 아주머니는 내가 싹싹하고 살갑다며 매번 다른 투숙객들 몰래 계란을 주셨다. 그곳에서 먹는 라면은 왠지 절대 질리지가 않았다.

식당을 가지 않은 지 벌써 몇 주가 되었을 때쯤 중학교 후배에게서 메시지를 받았다. 뜬금없이 밥을 사 주겠다고 했다. 나는 그 친구와 그다지 절친한 사이도 아니었을뿐더러 거의 10년 만에 연락이 온 거라 당황했지만 곧 반가운 마음이 번졌다. 끊임없이 고마운 사람들과 만나게 되는 것은 큰 행운이었다.

우리는 파리 중심부의 유명 소고기 레스토랑에서 만났다. 어떻게 지냈냐며 부산을 떨고는 익살맞은 웨이터의 주시를 받으며 푸짐한 식사를 했다. 아주 오랜만에 식사다운 식사를 한 것이었다.

커피를 사야겠다고 생각했다. 본능적으로 커피 값을 계

산하며, 나는 가장 싼 에스프레소를 마셔야겠다고 다짐했다. 카페로 걸어가면서부터 몸이 으슬거렸다. 본능적으로 잠깐 화장실에 다녀온다고 말하고 카페 안으로 들어서는 순간 구역질이 났다. 결국 화장실에서 다 토해 버리고 말았다. 장이 아플 정도로 모든 걸 게워 냈다. 다시 돌아가서는 방금 있었던 일을 도저히 말할 수가 없었다. 나는 상태가 더 안 좋아지고 있었고, 후배에게 그저 잘 가라는 말을 재빠르게 던질 기운만 남아 있었다. 숙소까지는 걸어서 15분 정도. 나는 곳곳에 주저앉아 구토를 했다. 지나가는 사람들은 이상한 듯 쳐다보거나 "Bless you"라고 외치고 지나갔다. 어떤 이들은 내가 과음을 했다고 여겼는지 그 숙취가 어떤 건지 이해한다는 표정으로 웃음을 보내왔다.

부랑자같이 퀭해진 상태로 계속 걸었다. 와이파이는 당연히 없고, 휴대폰은 꺼져 있고, 가진 옷을 모두 껴입은 내 모습. 식은땀에 스웨터가 젖었다. 그저 느낌으로 길을 찾아 숙소 근처에 무사히 도착했다. 마트에 들러 오렌지주스와 콜라를 샀다. 콜라는 만병통치약이다. 무조건 트림이 나온다. 꺼억 내뱉는 내 하얗게 질린 얼굴이 웃기다. 무사히 숙소에 들어와서, 이층침대에 미리 잠든 중국인 투숙객들의 얼굴을 본다.

이상하게도 마음이 놓인다. 자꾸 웃음이 나고 통쾌한 것이다. 혼잣말을 하며 창백해진 내 얼굴이 너무 웃긴 것이다. 그러면서도 아무리 취해도 집을 찾는 취객처럼, 지도도 없이 도착한 게 스스로 너무 기특한 것이다. 다른 사람 숨소리가 다 들리는 좁은 방인데도 도저히 짜증이 안 난다. 혹시 몰라 구토용 쇼핑백 하나를 바로 옆에 두고 잠에 들었다. 다음 날 일어나니 주인아주머니가 말을 걸었다.

"어제 많이 아팠더래요?"

앓는 소리가 들렸던 모양이다.

"아니에요. 저 이제 멀쩡해요!"

거짓말처럼 말끔히 나았기 때문이다. 간밤에 약이라도 먹은 것처럼 깊게 잠들었다.

파리에서의 모든 것이, 내게 고생으로 다가오지 않았다. 그 불안함, 외로움, 갑작스러움이 온전히 내 것같이 느껴졌다. 어차피 겪을 것이라면, 파리에서 겪는 게 좋을 것 같았다.

2017년의 런던

스물일곱, 스물여덟, 스물아홉…… 죽기에는 왠지 적당하지 않은 나이다. 시인은 스물한 살에 죽고, 혁명가와 로큰롤 가수는 스물넷에 죽는다. 그 나이만 지나면 당분간 그럭저럭 잘해 나가리라, 우리는 대체로 그렇게 생각했다.

-무라카미 하루키, 《중국행 슬로보트》에서

옆방에서 하우스메이트에게 말하는 지현의 목소리가 들렸다.

"Do you want to meet her now?"

(지금 그 애를 보길 원해?)

이를테면 이 말은 갓 태어난 아기를 보러 갈 때 하는 말과 표현이 같다. 아주 소중한 사람을 대할 때의 조심스러운 태도처럼 그녀의 말 한마디가, 다른 친구들에게 나를 소개하는 표정이, 유독 애틋했다. 발음이 좋은 것은 둘째치고 중저음의 매력적이고 다정한 목소리. 미국식이라고는 말할 수 없는, 호주와 영국의 억양이 기분 좋게 섞인 지현만의 말투였다.

런던 지현의 집에 도착했다. 집 앞에서 고개를 들어 창문에 기댄 지현의 얼굴을 보았다. 그녀는 목청껏 내 이름을 불렀다. 환한 표정. 혈색 좋고 털털한 미녀는 내가 한 번도 나쁜 감정을 가져 본 적 없는 사람이었다. 내 감정이나 경험을 묻는 일에 편견이 없다. 그녀는 의견 없이 기분을 맞춰 주는 둔하게 착한 사람은 아니었다. 나를 위해서 솔직한 조언을 건네기도 했지만 대체로 묵묵히 들어 주는 편이었다. 지현의 말은 달리기 좋은 평평한 땅 같아서 언제나 믿음을 준다. 그녀와 함께라면 언제든 보채지 않는 느긋한 시간이 보장되었다.

지현이 샤워를 하러 간 사이 나는 친정집에 도착한 기분이 들어 잠시 눈물을 훔쳤다. 그동안 참아 냈던 시간들이 밀려오면서 눈물이 터져 버렸다. 물감이 물 안에 퍼지듯 마음이 풀어졌다.

우리 집에 오면 어딜 놀러가거나 신기한 걸 구경하거나 낭만적인 재미난 일은 없겠지만 따뜻한 이부자리와 착한 중국 애들과 너의 얘기를 들어 줄 내가 있어. 와서 총각김치에 계란프라이 와구와구 먹자.

- 도착하기 전 지현의 문자

착한 강아지처럼 기다리는 생활이었다. 내게 그것이 무엇보다 값진 할 일이었다. 지현은 런던대학에서 석사과정을 다녔다. 맡은 프로젝트가 많아 늦게 귀가하는 일이 잦았다. 나는 퇴근하기 15분 전에 연락을 달라고 말하곤 했다. 연락이 오면 미리 장을 봐 둔 신선한 식재료를 꺼내 저녁을 만들었다. 지현이 도착하자마자 저녁식사를 먹기 위함이었다. 고기, 양파, 마늘, 버섯을 버터를 넣은 팬에 볶고 파스타 면은 납작하고 두꺼운 걸로 15분 끓인다. 재료를 같이 버무리면서 소금, 후추 간을 간단히. 레몬즙과 치즈는 되는 대로 많이 넣는 '야매' 파스타였다. 애정만 있다면 뭐든 가능하다는 것을, 요리를 하면서 알게 되었다. 모든 것이 핑계라는 걸. 좋아하는 사람과 함께라면 기다리는 시간마저도 행복해진다.

돌아오자마자 양말만 벗어 두고 호호, 입으로 불어 가며 음식을 먹는 친구. 야자 끝난 고등학생처럼 고단한 하루 끝의 친구. 쌩쌩한 나. 책상다리를 한 우리들. 왠지 찡한 풍경이다.

지현의 방은 지극히 런던다웠다. 평범한 런던 집에 대한 기대를 넉넉히 충족해 주는 곳이었다. 집을 나눠 사는 게 아니었다면 거실로 쓰였을 만큼 넓은 방이었다. 삐그덕대는 낡은 창문과 방 전체에 깔려 있는 베이지색 카펫, 모든 물건들이 제자리에 보기 좋게 놓인, 그녀다운 방이었다. 옷장 안에는 무채색의 스웨터들이 채도 순으로 단정하게 정리되어 있다. 한 달 동안은 나도 이 물건들처럼 이 방에 어울리는 기억이 되기를 바랐다.

우리는 대부분의 시간을 창가에서 음악을 들으며 보냈다. 건너편 집들엔 밤에만 알록달록한 불이 켜졌다. 크리스마스 장식, 거리에는 언제나 그 자리에 세워진 차들과 나무들.

낮은 데시벨의 밤. 우리의 기분은 차분함 속에 고조되어 갔다. 저녁 8시 정도에 시작한 식후 대화는 편안한 새벽으로 흘러들었다. 하루가 끝나가는 기분, 가라앉은 분위기 속에 우리의 사이는 아득히 멀어진다. 몸만 함께 있을 뿐 각자의 세계를 여행 중인 것이다. 지금 무엇을 골몰하고 있는지도 모를 만큼 새까만 어둠 속을 헤매고 있는 기분으로, 멍하니 있을 때도 많았다. 생각만으로 해결되는 고민은 있을 수 없었다.

우리는 다만 그 고민을 앓는 각자의 시간이 필요했다.

나는 지현의 머릿속에, 마음속에 무슨 생각이 지나가고 있는지 굳이 묻지 않는다. 그러나 그것이 서로를 섭섭하거나 불편하게 만들지 않았다. 그녀와 나 사이 바람이 불 만큼의 간격이 있고 그 간격은 서로 끌어안을 때 잠시 포개졌다가 다시 제자리를 찾는다. 그러다 누가 먼저랄 것도 없이, 아무런 예고도 없이 심각한 이야기를 꺼내는 것이다. 급속도로 달리는 열차에 가까스로 탑승한 기분으로 나는 그녀의 이야기를 듣는다. 설사 내가 엉뚱한 이야기를 하더라도 누구보다 진지하게 들어 줄 사람이 그녀라는 것을 안다.

점심시간 아이들이 놀이터로 쏟아져 나오는 소리를 듣고 잠에서 깨곤 했다. 12시가 되었는데도 아무 소리가 나지 않는다면 그제서야 주말임을 깨닫기도 했다. 그 집만의 알람 소리였다. 창문을 내다보면 닿을 듯이 가깝게, 큰 마당이 있는 지층의 유치원이 내려다보인다. 스키 바지를 입고 목도리를 칭칭 두른 어린이들이 뛰어노는 광경을 보며 차를 마신다. 대부분의 아침이 그렇게 시작되었다.

런던에서의 시간은 내 안으로 기어드는 시간이었다. 대체로 느슨한 날들이었다. 따뜻한 집과 음식이 보장되어 있었으니, 할 일은 생각하는 일뿐이었다. 걷거나 생각하거나, 둘 중 하나였다.

크리스마스 장식으로 가득 찬 런던 시내를 걸었다. 커피를 마시며 쉬다가, 다시 걸어서 1700년대 후반에 열었다는 서점을 구경하거나, 1937년부터 이어져 온 식당에서 아침을 먹었다. 미술관 로비의 빈자리를 차지하고 몇 시간이고 책을 읽었다.

길거리의 사람들을 필름카메라로 찍었다. 비닐봉지를 들고 걸어가는 할아버지. 누군가 벤치에 버리고 간 어제 날짜 신문. 눈사람. all day breakfast 식당 외관. 경찰. 세차장에서 쉬는 노동자들. 남들이 보면 왜 찍는지 이해하지 못할 장면들을 찍었다. 내 눈에는 흥미로운 찰나를 찍었다. 학교가 끝나고 스케이트장을 찾는 중학생들을 찍었다. 몰래 찍거나, 대놓고 찍거나, 말을 걸어서 포즈를 취하게 했다. 때로 손사래를 치며 거절을 하면 의기소침해지지만 감정에 잠길 일 없이 또 씩씩하게 다른 순간을 찾아 나섰다. 어떤 날에는 공원에 사람이 한 명도 없었다. 비가 너무 많이 내린 날이었다. 그런 날에는 흠뻑 젖은 채로 다시 집으로 돌아갔다.

지현의 책들은 따로 책장 없이 카펫에 쪼르르 세워져 있었다. 그 책 몇 권을 다 읽지 못하고 떠날 것을 생각하니, 문득 시간이 얼마 남지 않은 것처럼 느껴졌다. 수전 손택의《타인의 고통》같은 도전적인 책들이 몇 권 있다. 그것을 읽으며 신경을 곤두세우는 지현의 옆모습을 상상하다가, 불현듯 호탕하게 웃으며 책을 덮어 버리는 모습도 그려 본다. 배운 것이 많은데도 자신이 아는 것에 대해서 함부로 자랑하거나 나서지 않는 그녀였다. 무라카미 하루키의《중국행 슬로보트》라는 책 한 권을 집어 들었다. 파리에서 읽었던 전혜린의 책은 무척 멜랑콜리한 면이 있어서, 이번에는 수수하고 모호한 문체를 즐기고 싶었다.

주말 아침에는 지현이 나를 깨웠다. 주말에는 유치원이 쉬는 날이라 아침잠이 더 길어졌다.

"지혜야 일어나 봐, 빨리!"

첫눈이었다. 산발적으로 흩날리는 눈송이들이 세상을 덮고 있었다. 비현실적이라고 할 만큼 아름다운 풍경이었다. 예고 없는 자연의 일정에 우리를 맞추기 위해 세수도 하지 않은 채 대충 옷을 껴입고 카페로 갔다. 동네 산책을 하며 자주 마주쳤던 이 카페는 항상 실내가 복작복작해 보였는데, 나는 굳이 친구와 함께 그곳의 첫인상을 맛보고 싶었다. 그런 다짐이 자연스레 이루어지는 그런 아침이다. 꽤 이른 아침에 들렀는데도 인기 메뉴인 스콘이 동나 있었다. 시그니처 메뉴를 맛보지 못한 아쉬움이 지극히 현실적으로 느껴진다. 마치 이 아쉬움까지도 오늘 아침에 포함된 기분이라는 듯이. 김이 서린 통유리 창문을 앞에 두고 사람들을 구경한다. 주말 아침의 모습. 우아한 몸짓의 할머니가, 할아버지가 미리 맡아 놓은 자리로 가고 있다. 그녀가 입은 빨간 코듀로이 바지는 밑단이 땅에 살짝 끌릴 만큼 길어 멋스럽다. 나이를 무색하게 하는 풍성한 숱의 파마머리, 어깨선이 축 처진 니트. 나무 바닥과 커피 내음과 무척 잘 어울린다.

우리는 다시 집으로 돌아와 미니 트리나 호박 수프를 만들며 시간을 보냈다. 수프를 끓이는 시간에는 하우스메이트들과 부엌에 모여 중국어로 된 사랑 노래를 불렀다. 그리고 다시 창가.

우리가 좋아하는 노래를 몇십 번이고 반복해서 듣고, 형편없는 나의 지금에 심술을 부리고, 침대에 과자 부스러기를 흘리고, 지현의 하루를 듣고, 멍하니 창밖을 보고, 속옷을 개키고, 카펫에 누워 갑자기 잠들기도 하면서 잊지 못할 저녁을 보냈다.

시시콜콜한 이야기를 나누고 있으면서도 왠지 치유받는 기분이 들었다. 그해, 지현이 없었더라면 나는 죽었을지 모른다. 우울한 친구에게 최고의 친구는, 잠시나마 내 상황을 잊게 만들어 주는 존재다. 지현과 함께일 때면 나는 나를 잊었다. 아직 모르는 미래의 나에게 빙의되어 기세등등해졌다. 그녀 앞에서는 어두운 구석 속에 헤매고 있는 나를 잠시 지우고 찬란한 내가 되었다. 그녀는 내가 꾸는 꿈이 당연한 것이라 말해 주었다. 더 부풀려 내게 돌려주었다. 남겨 두는 것 없이 모든 최대한의 믿음을 꾹꾹 눌러 담아 전해 주었다. 친구의 마음속에서 나는 무엇이든 해낼 수 있는 사람이었다.

내가 어떤 고민을 펼쳐 보이든, 그녀는 언제나 한마디로 답했다.

"넌…… (고개를 저으며) 대체 불가야."

가슴이 철렁했다. 언제나, 이 한마디로 모든 상황이 종료되었다. 백만 번 다시 만나도 질리지 않을 말이었다. 그 말 한 마디를 보이지 않는 글씨로 피부에 새겼다. 모든 게 괜찮아지고 있었다.

나만 아는 나

어느 날 TV에서 이런 장면을 봤다. 이효리와 이상순이 원목 가구 만드는 곳에 갔다. 이상순이 나무 밑바닥에 사포질을 하기 시작했고, 그것을 본 이효리는 이해가 안 된다는 듯이 말했다.

"오빠, 아무도 안 보는 곳을 뭘 그렇게 열심히 닦아."

그의 대답은 이랬다.

"내가 보잖아."

생각에 잠긴 이효리의 표정이 화면에 비쳤다. 자존감이란 남들이 아닌 나에게 중심이 맞춰진 일을 할 때 쌓이는 것 같다고 이효리는 어느 TV 프로그램에서 말했었다. 이를 보고 얼마 전 친구가 했던 이야기가 생각났다.

"좋아하는 향의 값비싼 핸드워시를 욕실에 두고 말끔하게 손을 닦고 나면 얼마나 기분이 좋은지 몰라. 아무도 모르지만, 나는 알 수 있잖아."

자존감이 이 시대의 가장 큰 화두인 이유는 보이는 모습이든 보이지 않는 모습이든, 자기 자신으로 살아가지 못하는 사람들이 많기 때문이 아닐까 생각해 본다. 그런 척, 혹은 그렇지 않은 척하며 살아가는 이 세상이 너무 피로하고, 또렷한 정답마저 없어 자존감은 더욱 쟁취하기 어려워진다. 나 또한 언제나 나만 아는 나를 찾아가는 과정 속에 있었다. 그러나 행복을 전시하는 특정 공간을 계기로 나는 자존감이 높은 사람이라는 오해를 많이 받기도 했다.

"자존감이 높은 비결이 뭔가요?"

혼자 땅굴을 파고들어 가던 시절에 그런 질문을 받으면 왠지 모를 죄스러움에 어쩔 줄을 몰랐다. 할 말을 잃게 만들던 질문들. 자존감을 어떻게 높이는지는 확답할 수 없으나, 바닥 끝까지 내려가는 방법에 대해서는 할 말이 많던 나였다.

그 당시 내가 처량했던 이유는 나 자신과 계속 살아가야 한다는 사실이 못 견디게 힘들어서였다. 남과 나를 비교하며 누구도 아닌 나 자신을 갉아먹는 그 못되고 비루한 짓을 몇 년씩이나 지속했으니 몸도 마음도 성할 리가 없었다. 비교의 대상은 언제나 달랐다. 나를 제외한 모든 사람들이 그 대상이었다. 스스로 지쳐 떨어져 나갈 때까지 비교하고 울부짖고 무너지는 과정을 반복하며 나는 앙상해져 갔다.

내가 습관처럼 되뇌었던 말은 "스물셋으로 돌아가고 싶다"였다. 지인들과의 대화, 인터뷰, 처음 본 사람과의 대면에서도 이 이야기는 빠지지 않았다. "제가 20대 초반에는 어땠냐면요……." 과거에 대한 지나친 그리움은 불만족스러운 지금을 증명할 뿐이라는 걸 알면서도 한탄 섞인 뉘앙스의 말만을 쏟아 냈다. 그저 생각 없이 외우는 〈사도신경〉처럼 반복적인 대사였다. 다시 돌아갈 수 없다고, 기쁨의 시대는 이미 끝났다고 여겼다. 지구가 네모라는 말이 더 납득될 만큼이나 회복이 불가능해 보였다. 자존감 도둑이 헤집고 간 내 마음속엔 이미 장애가 생겼다. 스스로를 사랑하고 있지만 사랑할 수 없는 역설. 절뚝거리며 걸어가도 결국은 닿을 수 없는 거짓말, 고갈된 가능성들.

참 아이러니하게도, 그 와중에 한 가지 믿음만은 가지고 있었다. 여행하고 일기 쓰는 내 자신이 다른 누군가가 아닌 스스로라는 믿음. 그래서 심각한 우울증에 빠졌던 상황에서도 상담이나 약 없이 버텨 보기로 했었다. 나 자신이 나를 치료해 줄 거라고 믿고 싶었다. 어딘가에 당당하고 푸르른 내가 남아 있을 거라는 믿음, 나무처럼 나를 기다리고 있을 거라는 믿음, 내게 필요한 모든 것은 이미 내 안에 있다는 믿음이었다.

이 믿음은 신의 계시처럼 내 속에 박혀 내가 잠겨 버리지 않게 수호해 주었다. 어쩌면 나는 내가 분명 행복했다고 확신하던 과거의 나와 지금의 나를 끊임없이 비교하며 괴로워하면서도, 다시 돌아갈 수 있을 거라고 기대하고 있었는지도 모른다.

쉬지 않고 글을 썼다. 계속 읽고 계속 떠났다. 그렇게 하지 않으면 정말 죽어 버릴 것 같았으므로, 빈 종이를 채우고 티켓을 끊었다. 집에 불이 나면 한 푼도 못 챙겨 나오듯 나도 혼비백산하며 도망쳐 나왔을 뿐이다. 지친 마음만 챙겨 떠났던 날들 속에서, 때때로 나는 버스비가 없어 한 시간을 걸었다. 만 원으로 하루 끼니를 해결하고 눈치 보며 얻어먹고 신세 지면서 여행했다. 여행이 아니라 심심한 체류였고, 그저 먼 도시에 남아 있는 것이 여행의 유일한 목적이었다. 내겐 여행자라는 말랑말랑한 단어 대신 방랑자라는 말이 어울렸다.

그 시절 내가 좋아했던 것은 딱 세 가지였다. 친구들의 칭찬, 일기 쓰기, 그리고 슈퍼에서 매일 하나씩 사 먹는 2유로짜리 페트병 콜라. 이 세 가지를 품에 안고 나를 살게 하는 여행 한가운데 서 있었다. 비둘기와 토사물투성이인 파리 거리가 나의 침대였고, 수하물 무게가 초과돼 억지로 젊어진 10킬로그램짜리 배낭이 내 동료였다. 울음으로 번진 얼굴도 빛난다고 말해 주는 친구들이 내 천사들이었고, 추워서 덮은 비행기 담요가 나의 음악이었고, 매번 인사를 나누는 가난한 여행객 얼굴이 내 수첩이었다. 사람들에게, 거리에, 기억에, 걸음 곳곳에 나를 묻히며 발악하고 있었던 거다.

나도 모르게 계속 쓰고 있었던 글. 아무도 읽지 않을 '일기'라는 책을 나는 열심히 정성을 다해 썼다. 다시 멋지게 살아갈 수 있을 거라고, 처절한 다짐들을 마음속에 새기며. 여행이 끝나면 스케치북과 노트 몇 권이 빼곡해져 있었다.

남들이 안 보는 내 마음 밑바닥을 박박 닦는 동안 내 청춘의 몇 년이 흘러가 버렸다. 그러다 예고도 없이, 그런 날은 문득 왔다. 절대 오지 않을 것 같았던 그런 날. 내 전부였던 우울을 떠나보내고 독하게 다시 찾은 생활이 너무나 달콤했다. 똑똑한 척, 다 아는 척, 괜찮은 척, 즐거운 척, 그런 변명들이 사라지고 깨끗해진 나의 모습은 꼭 갓 태어난 아기 같았다. 펄펄 끓는 냄비 안에서 건져 올린 삶은 수건처럼 순수했다. 헤르만 헤세의 《데미안》에서 읽었던 구절이 현실이 되는 순간이었다.

똑똑한 이야기를 늘어놓는 건 전혀 가치가 없어, 아무런 가치도 없어, 자기 자신으로부터 떠날 뿐이야. 자기 자신으로부터 떠나는 건 죄악이지. 자기 자신 안으로 완전히 기어들 수 있어야 해, 거북이처럼.

정말 거북이가 맞다. 기어드는 것뿐만 아니라 느려 터져서 맞다. 내가 다시 내가 되기까지 몇 년이 걸렸으니까. 엉금엉금 그러나 끝까지 기어가다가 도무지 깨지지 않을 것 같았던 알이 와장창 깨지는 것을 목격했다. 말하지 않아도 피부로 느껴지는 행복이 지속되면서 난 그 파편들을 내 눈으로 똑똑히 봤다. 나를 가로막고 있었던 말들, 시선들은 남이 아닌 나 자신의 것이었다.

나의 전부였던 나 자신과 다시 마주한다. 긴 코트를 입은 채로 문 하나를 열었다. 나는 오들오들 떨며 몇 년 동안 목도리 한 번을 안 풀고 겨울에 있었는데, 문을 열고 나니, 한여름이었다. 분명 한여름이었다. 애인을 보듯, 내 자신을 사랑스럽게 바라본다. 나를 만난다. 손 내민다. 숨이 안 쉬어질 만큼 꽉 끌어안으며 반가워한다. 내가 허송세월이라 탓했던 그 사포질들이 모두 쌓여 여름이 되어 있는 것을 본다. 이 여름 안에 꽃과 나뭇잎으로 피어 있는 광경을. 여름으로 기다린 나의 모습.

잃어버렸다가 다시 찾은, 하지만 처음 만나는 나였다. 처음 만나는 여름.

2

스물일곱,
파리 베를린 런던

모든 게 괜찮은 파리

숙소 주인으로부터 메시지가 도착했다.

It's 5th Floor without elevator. Is it okay?

(엘리베이터 없이 5층이야. 정말 괜찮아?)

Of course, it's Paris! Everything is fine.

(당연하지 파리잖아. 모든 게 괜찮아.)

유학생과 여행객

약속 하나에 유난히 들떠 있었다. 며칠 전 책을 증정하는 댓글 이벤트에서 내가 뽑은 열 명 중 한 분이 파리 유학생이었던 것이다. 그분은 어머니가 계신 집으로 보내 주셔도 좋다고 했지만, 나는 이왕 파리에 가는 거 만나서 직접 책을 드리겠다고 하고 약속 장소를 정했다.

11월 18일 일요일. 나는 그녀와 베트남 쌀국수 집에 마주앉아 있었다. 혼자 있으면 끼니를 곧잘 거르곤 하는데 누군가를 만나 배불리 먹고 마시며 진솔한 이야기를 하고 싶었다. 오랜 시간을 보낼 생각은 없었다. 쉽게 마음을 열고 긴 시간을 함께했을 때 적당한 선을 찾지 못해 오버한 적이, 그래서 후회한 적이 종종 있었기 때문이다. 급격히 가까워진 사이에서 오는 피로나 허무함, 혹은 실망감이 두려웠다.

좋은 사람 앞에서 그런 예상은 허무하게 무너져 내렸다. 주근깨가 너무 예뻐요, 라고 말하니 그녀는 시선을 내리깔며 수줍게 웃었다. 그 미소만으로도 그녀가 마음에 쏙 들었다. 그녀는 차분한 가운데 명료하게 자신의 의견을 말할 수 있는 사람이었고 그 의견들은 딱딱하지도 신경질적이지도 않았으며 오로지 평화로운 뉘앙스를 풍겼다.

프랑스 지방에서 얼마간의 어학연수를 마치고 파리로 이주했을 당시만 해도 그녀는 이 도시가 무척 싫었다고 했다. 사람들이 그토록 파리, 파리 하는 게 이해가 되지 않았다고. 그러다 시간이 지나면서 파리를 '보게' 되었고, 인정하게 될 때쯤 나를 만났다고 했다. 이제 파리를 사랑한다고 시인하는 그녀의 얼굴이, 무언가를 극복한 사람의 얼굴처럼 보였다.

쌀국수에 고수만 떠다닐 때쯤 나는 우울했던 시절의 이야기를 시작했다. 도무지 깨지지 않을 것 같던 스스로의 알을 깨고 나왔다는 증언. 그리고 그 이전에 얼마나 감기 같은 우울을 앓아 왔는지에 대해 말했다. 그녀는 연신 고개를 끄덕이다가, 비슷한 경험을 들려줬다. 그녀는 우울의 모서리에 섰을 때, 어떻게 죽어야 할지 고민하기 시작했었다. 하루는 부모님과 같은 방에 누워 있는데, 화장실에 불이 켜져 있었노라고, 불현듯 저곳으로 가서 죽어야겠다는 생각이 들었다고 했다. 고민의 구체화는 위기 상황이라는 비상신호이기도 했지만 동시에 그녀가 얼마나 절박하게 행복을 찾았었는지를 말해 주고 있었다. 나는 이렇게나 개인적이고 섬찟한 이야기를, 무엇보다도 슬픈 이야기를 들어 본 적이 없어 있는 힘껏 집중했다.

그녀가 그 시절 친구에게 부탁한 것은 매일 일과를 물어봐 달라는 거였다. 무엇이든 보고할 수 있게, 능동적으로 삶을 꾸려 갈 수 있게 말이다. 그 물음에 꾸준히 답하기 위해 그녀는 프랑스에 오기 전 두 개의 알바를 병행했고 바쁜 일상 속에서 불필요한 모든 우울을 잊었다. 그리고 어느새 자신이 모든 걸 할 수 있다는 걸 알게 되었다. 나는 생각했다. 우울이란 극적인 생김새로 겁을 주지만, 그것으로부터 도망치기 위해서는 뛰지 않고 걸어야 한다고. 삶을 살아 내는 것은 정직한 하루하루의 걸음이며, 행복은 우울과는 달리 스며들듯 찾아온다고. 따뜻한 웃음을 쥐고 있는 그녀는 아주 단단해 보였다. 그녀는 자기 자신을 아무렇지도 않게 지켜냈다. 누구나 나름대로의 잔잔한 전쟁을 치르며 살아간다. 그녀의 이야기를 듣고 있자니 책에서 보았던 글귀 하나가 떠올랐다.

> 삶이란 아주 미묘해서, 때때로 열리기만을 고대했던 여러 문들을 이미 통과하고 있다는 것을 알아차리지 못한다.
>
> -브리아나 위스트

우리는 카페로 갔다. 도톰한 담배를 산처럼 쌓아 가며 이야기하는 사람들 옆에서 우리도 그 못지않게 한국어를 쌓았다. 그녀에게서 쏟아지는 진중한 이야기들, 자꾸만 눈길이 가는 콧등의 주근깨, 낮은 목소리, 어른들의 이야기가 지루해 투정을 부리는 여자아이들, 비가 쏟아질 것 같은 하늘. 모든 것이 도시를 자랑하고 싶어 안달이 나 있었다.

저녁식사를 제안했다. 마음이 기울기 시작하자 이 시기를 놓치지 않고 더 가까이 가고 싶었다. 조금만 용기 내면 더할 나위 없는 밤이 될 것 같았다. 체크아웃이 내일이라 더욱 마음이 촉박했다. 그녀는 흔쾌히 허락했고 우리는 집 근처 슈퍼에 들러 와인 한 병과 치즈 한 덩이를 샀다. 우리는 패키지만 보고 먹을 걸 골랐다. 15유로가 넘으면 사지 말자는 약속을 했는데, 바코드를 찍자마자 환호성을 질렀다. 11유로. 직원은 우릴 보고 웃었다. 집에 도착해서 곧바로 요리를 시작했다. 내가 마늘을 손질하고 그녀가 면을 삶다가, 도무지 상상하지 못했던 일이라며, 그녀가 자신이 지금 어떻게 여기 와 있는지 헷갈린다고 했다. 생전 처음 느껴 보는 이상야릇한 기분에 자기도 덩달아 여행하는 기분이라고 했다.

나는 씩 웃으며 무거운 접시를 방으로 날랐다. 후끈 달아오른 방에, 말도 안 되게 아름다운 파리가 창밖에서 예사롭지 않은 밤을 예고했다. 우리는 기분 좋게 취했다. 내 트레이닝복을 입고 한껏 취한 그녀는 신나게 떠드는 나를 바라봐 주었다. 술을 한 모금도 먹지 않았을 때는 누구에게도 잘 하지 못할 그런 심각한 이야기들을 잘 늘어놓더니, 막상 술에 취하자 그녀는 말없이 깔깔대며 웃기만 했다. '친구'라고는 하지 않았지만, 이미 친구가 된 것을 서로 알고 있었다. 때로는 정의 내리지 않고 흘러가는 대로 두는 것이 나을 때도 있었다.

와인잔을 거의 다 비운 그녀는 얼굴이 벌게진 채 옷을 갈아입고 떠날 채비를 했다. 치실이 없다는 이유였다. 더 이상 그녀를 붙잡을 수가 없었다. 대신 창문가에 기대어 힘차게 손을 흔들었다. 적어도 10년은 알고 지낸 사람처럼. 점점 작아지는 그녀의 뒷모습을 끝까지 바라보았다. 우정을 쌓는 일만큼 뿌듯한 일은 아마 없을 것이다. 더구나 예상치 못했던 사이라면. 짧은 여행이 필요한 유학생과 긴 여행에 외로워하는 여행객은 서로를 위한 존재였다.

그녀와 내가 만날 확률이 얼마나 됐을까. 댓글을 단 600명이 넘는 사람들 가운데 하필 파리에 사는 한 유학생이 무작위로 당첨되어, 하필 내가 파리에 가기로 한 날짜가 다가와 점심 약속이 이루어질 확률은 과연 얼마나 될까. 우연들은 내 여행을 지배했다. 하지만 그 우연들은 발생했다는 사실만으로 이미 운명인지도 몰랐다.

다시 돌아오기 위해 떠나는 기분

짧은 일정을 꾸려 베를린과 런던에 있는 친구들을 만나러 갈 계획을 세웠다. 짐을 싸고 다른 곳으로 나를 옮기는 과정은 생각지도 못한 환기를 허락한다. 재빠르게 짐을 정리하며 조금씩 다시 트랙 위에 오르는 기분이 들었다. 돌아가는 줄넘기 줄 앞에서 망설이다가 정확한 타이밍에 합류한 기분이었다. 배낭 하나만 챙겨 갈 것이기 때문에 꼭 필요한 짐을 제외하고는 캐리어에 전부 넣었다.

짐을 맡겨 둘 친구의 집으로 향했다. 런던, 베를린, 밀라노 모두 절친한 친구들이 살고 있는데, 내가 가장 자주 방문하는 파리에는 언제든 비밀번호를 누르고 들어가 자고 나올 수 있을 만큼의 친한 친구가 없었다. 짐을 맡아 줄 그녀와 나는 엄청난 사이가 아니다. 이번 여행에서 또 만난다고 한들, 우리가 더 가까워질 수 있을까에 대해 별다른 기대가 없던 상태였다.

그녀가 새로 이사한 집에 도착했다. 생기 넘치는 만큼 돌발적이고 유치한 상황이 많이 벌어지곤 했던 이전 동네와는 달리 조금 지루하긴 해도 그 어떤 나쁜 일도 일어나지 않을 것 같은 안전한 분위기가 나는 동네였다. 멀끔한 외관을 자랑하는 건물들과 귀가를 서두르는 회사원들이 거리를 채우고 있었다. 18A05. 대문 비밀번호를 누르고 들어서는데 쓰레기봉투를 들고 나온 그녀가 보였다. 그녀가 서 있는 복도가 백화점처럼 우아해서 나는 순간 안도했다. 전기가 비싸서 라디에이터를 못 튼다는 말에, 걱정을 했었기 때문이다.

내 몸집만 한 짐이 그 집에 들어가니 조금 과장을 보태 방 절반이 막힌 느낌이었다. 하지만 이 좁은 방은 예뻤고, 지극히 파리다웠다. 집주인의 짐들이 늘어서 있어 다소 산만했던 지난 집과 비교하면 1년 사이 그녀의 파리 생활이 많이 개선되었구나 싶어 너무 기뻤다.

콜라가 있느냐고 묻는 나의 말에 그녀는 이렇게 답했다.

"너 콜라 좋아하잖아."

냉장고에서 준비해 둔 콜라를 꺼내 주는 그녀의 말에 왠지 코끝이 찡했다. 사소한 것은 가끔 사소하다고 말하기 미안해질 정도로 그 여파가 컸다. 사소함만이 허락하는 애틋함. 어렴풋이 드러나 보이는 애정의 색이 예뻤다. 그녀 특유의 시크한 표현들과 격하지 않은 반응들 때문에 그녀를 오해하고 있었나 보다. 그래서 마음을 다그쳐 멈췄는지도. 그 한마디가 모든 오해를 정리해 주었다. 나는 나도 모르게 사랑받고 있었던 것이다. 그녀는 나를 안심시켰다. 누군가 묻는다면, 파리에도 친한 친구가 살고 있다고 이제 말할 수 있을 것 같았다.

샹젤리제 거리를 밝힌 빨간색 가로등들. 동화 같다. 짧은 여행들은, 어쩌면 파리를 더 돋보이게 할지도 모른다. 다시 돌아오기 위해 떠나는 기분이었다.

베를린스러운

베를린에 사는 소라의 집에 도착했다. 소라는 집주인과 각각 방 하나씩을 차지하고 부엌, 거실, 화장실을 공유하며 살고 있었다. 집주인이 디제이라는 말을 들었을 때 점잖지 못하게 튀어나온 말은 다음과 같았다. 잘생겼어?

소라는 너무하다 싶을 정도로 고개를 절레절레 흔들었다. 언뜻 낭만적인 생김새를 기대했던 나는 그를 마주하고 조금 실망한 게 사실이었다. 게다가 그는 설거지를 상습적으로 미루고 집을 어질러 놓기 바빴다. 대화를 할 때마다 어떤 좁혀질 수 없는 간극이 발견되었고 나는 애매한 불편을 느꼈다. 그가 좋은 것도, 싫은 것도 아닌 마음이었다. 관계에 있어서

중립만큼 절망적인 일은 없다. 치우치는 감정이 있어야만 관계가 발전하기 때문이다. 눈짓만으로 기분을 낫게 하는 사람이 있는 반면 매년 만나도 정이 쉽게 쌓이지 않는 이가 있다. 소라가 왜 그렇게나 고개를 흔들었는지 알 것 같았다.

1년 전 방문했을 때 이 집 거실은 형편없이 어질러져 있었다. 불필요한 가구들이 여기저기에 갈피를 못 잡은 채 서 있었고 정리되지 않은 신발들과 택배 박스, 이미 개봉된 봉투들이 공간을 가득 메워 창고처럼 보였다. 어떤 곳보다 근사해질 가능성이 묵살되어 거실은 그저 방으로 가기 위한 통로로 취급당했다.

베를린의 거실은 몰라 보게 바뀌어 있었다. 말끔해진 마룻바닥에 키치한 털 장식이 얹어진 원목 의자와 커다란 스피커, 집주인이 재활용품을 이용해 직접 만들었다는 희한한 형광색 조명들이 있었다. 신발장 옆에는 무심히 세워 둔 바퀴가 거대한 자전거가 있었다. 물건들이 띄엄띄엄 덩그러니 놓여 있어서 작은 전시회장처럼 보이기도 했다. 연습실처럼 벽면 전체에 거울도 설치되어 있었다. 누가 봐도 베를린다운 거실이었다. 화장실은 그대로였다. 몹시 글래머러스한 일본 애니메이션 캐릭터가 그려진 샤워커튼과 그저 하우스메이트인, 이보다 더 건전할 수는 없는 사이의 두 남녀가 사용하는 세면

도구들이 어지럽게 진열되어 있었다.

소라의 방은 사랑스럽고 또, 그 사랑스러움 때문에 애처로웠다. 사는 공간이 너무 그녀다우면, 친구를 한 번 더 만난 듯 뭉클해진다. 쌓여 있는 수많은 물건들 하나하나에 그녀만의 의미가 새겨져 있어서였다. 책상에는 영원히 정리되지 않을 것 같은 물건들이 재고처럼 쌓여 있었다. 솜으로 만든 구름은 낚싯줄에 묶여 천장에 매달려 있었고, 그녀가 직접 그린 그림들은 벽을 채우고 있었다. 이 방의 하이라이트는 공동 정원으로 연결되는 문이었다. 'ㅁ'자 모양의 정원을 이 건물을 포함해서 똑같이 생긴 네 개의 건물이 감싸고 있다. 다닥다닥 붙은 창문들 안으로 사람들의 모습이 보였다. 둘러싸인 건물들 탓에 하늘이 네모나게 보였다. 오직 이 집에서만 볼 수 있는 네모난 햇살, 네모난 비, 네모난 겨울이 있었다.

소라와 나는 일단은 머리만 질끈 묶고서 카페로 갔다. 주장이 강한 도시의 풍경이 내 시선을 압도했다. 훈련 잘된 강아지들의 명랑하면서도 주눅 든 표정이, 유아차를 끌고 가는 남자의 뒷모습이, 가식적인 친절이 없을 뿐 말을 걸어 보면 천사 같은 얼굴을 하는 사람들이 내게 강조한다. 당신은 지금 베를린에 도착했다고. 케이크 값은 2.9유로밖에 안 한다. 파리의 반값 수준이다. 맥줏집은 새벽 2시까지 열려 있고 사람들은 길거리에서 당연한 듯 병나발을 분다. 지하철역 안에서 파는 튤립 한 다발은 3유로, 단돈 5천 원 정도다. 멋들어진 포장지 없이 재생지로 툭툭 싸 주는 것이 베를린답다. 비건 레스토랑이 즐비하고 세계 어떤 나라보다도 한식당이 많이 보인다. 식당 테이블에 놓인 꽃마저 베를린스럽다. 일직선으로 전구가 꽂힌 트리는 베를린처럼 겸손하다. 예쁘고자 하는 시늉조차 하지 않는, 뻔뻔하리만큼 솔직한 베를린. 이곳에서 가짜는 퇴짜 맞고, 치장은 웃음을 산다. 물건이 닳아 있는 모습이 얼마나 어여쁜지를, 나는 매번 새것이 새것으로 교체되는 세상에서 건너와 처음 보았다. 초라해 보일 만큼 오래된 물건을 아무렇지 않게 가지고 다니는 사람들. 그 당당함에서 나오는 위엄. 흉내 내거나 자랑하지 않는 그 순진무구한 모습. 오로지 자기 자신으로 머무는 자신감. 무뚝뚝한 독어와 시린 바람이 내 얼굴에 맺힌다.

한겨울의 나체

베를린에 도착하자마자 안다고 하기도, 모른다고 하기도 애매한 SNS 친구에게서 메시지가 왔다. 그녀가 힘주어 추천하는 장소는 수영장이었다. 나는 곧장 수건만 챙겨 수영장으로 향했다. 한겨울의 수영이라니, 선물 같은 제안이었다.

입장과 동시에 나는 얼어붙었다. 수영복으로 갈아입으려고 팬티를 벗는 순간 어떤 남자와 눈이 마주쳤기 때문이다. 들어가는 문에는 분명 치마 입은 여자 그림이 있었는데……. 문만 다를 뿐, 탈의실 내부는 구역이 나눠져 있지 않았던 것이다. 주섬주섬 벗은 옷들을 집어넣고 빌린 수영복으로 갈아입은 나는 수영장 내부로 들어섰다. 저 멀리 사우나 섹션이 보였다. 사람들이 옷을 벗고 누워 있었다. 가슴을 드러낸 여자 옆에, 그 여자와 전혀 관련 없어 보이는 남자가 나체로 누워 책을 읽고 있었다. 자연스레 눈길이 닿은 그곳에 수영복 모양을 따라 그을린 여름의 자국과 특별하거나 평범한 기억이었을 은밀한 곳의 태투와 탱탱한 땀방울과 부유한 곡선이 있었다.

그것들은 돌연 섹시하다기보다 순수했고, 그 사실을 증명하려는 듯 사람들은 어느 누구도 서로의 몸을 훔쳐보지 않았다. 오히려 서운할 정도로 서로에게 관심이 없달까. 생각해 보니 그렇다. '나체'만큼이나 베를린을 더 잘 설명하는 말은 없다. 있는 그대로, 다듬어지지 않은, 날것의, 무해한, 혹은 검정색, 노란색, 하얀색, 노란색보다 조금 더 노란색, 하얀색보다 조금 더 하얀색, 검은색보다 조금 더 검은색, 이 모든 것을 '피부색'으로 표현하기에 무리가 없는, 편견이 없는, 다양하고 자유로운.

수영복이 짧아 조금 더 드러난 엉덩이를 신경 쓰며 풀장으로 갔다. 동그란 풀장을 들어설 때 나는 사랑이라는 냄새에 잠수하는 기분이었다. 서로를 껴안거나 자기 자신에게 집중한 사람들의 눈에 사랑이 그득그득했다. 풀장의 모양뿐 아니라 천장 또한 오목해 아주 작은 속삭임도 요정의 말처럼 울려 퍼졌다. 아무도 크게 말하지 않아서 물이 찰랑거리는 소리가 웅웅 울릴 정도였다.

조용히 떠다녀야만 하는 이유는 물 밑에서 할 일이 있기 때문이다. 그건 바로 물속에서 음악을 듣는 일이다. 물과 공기에 반반씩 몸을 담그고, 귀까지 잠기게 내버려 두면, 물속에서 음악이 들려왔다. 베를린 아니랄까 봐, 테크노다. 그러나 물 아래서 듣는다는 것만으로 그것은 처음 접하는 장르였다. 숨을 쉴 수 있는 범위를 제외하고 나의 모든 것을 담근 그 시간 속에서 눈을 감고 몽환적인 소리에 귀를 기울였다. 꼭 명상하는 것처럼, 벗은 몸만큼이나 두뇌 또한 자유로워지는 기분이었다.

나는 힘을 빼고 둥둥 떠다녔다. 이곳이 마치 내 안의 바다인 것처럼. 시간이 멈출 것만 같았다. 나는 그 속의 일원이 되어 공기처럼 부유했지만 어딘가에 소속된 느낌이었다. 막연히 행복했다. 끝도 없이 이어질 것만 같은 중독적인 행복이었다.

남녀의 등과 가슴과 겨드랑이와 성기를 마주쳤다. 성적인 대상도, 평가의 대상도 아니어야 할 타인의 몸. 내겐 놀랍고 충격적인 일이, 그들에게는 너무나 자연스러운 일상이었다.

나는 아직 연습 중이다. 아무렇지 않은 척한다. 정말로 아무렇지 않아질 때까지, 나에게는 아직 수많은 여행이 남아 있겠구나, 생각하는 밤이다.

반전매력

나는 홍대의 한 지하 공간에서 열린 그녀의 독주회에 참석했었다. 독일에 사는 그녀가 잠시 한국을 방문했던 지난가을, 오랜 독자라며 나를 초대했던 것이다.

몸집이 작은 그녀는 '마림바'라는 악기 앞에 섰다. 왼편에 적힌 YAMAHA라는 글씨는 샤넬이나 마르지엘라의 라벨과는 또 다른 느낌의 우아함을 자아냈다. 마림바는 피아노와 같은 배열을 가진 타악기로 공룡처럼 거대했다. 마림바를 두드리는 모습이 사실 너무 생소했다. 무슨 감정인지도 모른 채 감탄하며 빠져들기 시작했다.

그녀는 짧은 앞머리, 밑으로 내려 묶은 까만색 긴 머리,

차이나 칼라의 넉넉한 흰 셔츠에 흰 바지, 발꿈치가 꺾인 스니커즈를 신었다. 작은 링 귀걸이와 오른손 세 번째, 네 번째, 다섯 번째 손가락에는 아주 얇은 실반지를 끼고, 검지는 천으로 감아 두었다. 흔들리는 그녀의 머리카락과 미간은 경이로울 정도로 거침이 없다. 표정은 솔직하다. 누군가와 키스를 할 때 예뻐 보이려고 할 수 없는 것처럼, 그녀는 외모를 신경 쓰지 않는다. 그런데, 아이러니하게도 그냥 드러나 버린 그 모습이 너무 완벽하게 보였다. '어쩔 수 없이' 울렁거리는 그 표정에는 내가 매일 보지 못하는 귀한 것이 들어 있었다. 그것이 참아지지 않아 입꼬리가 씰룩거리거나, 말 속에 배어 나오거나, 고요히 폭발해 버리는 순간을 목격한 것만 같았다.

첫 곡을 마치고 그녀가 작은 노트를 들고 무대 중앙에 섰다. "제가 말주변이 없어서"라는 말을 반복하며 곡을 설명하는 깜찍하고 수줍은 웃음에 기대하지 못했던 반전의 섹시함이 있었다.

목수같이 다부진 손, 스틱을 움켜쥔 성실한 핏줄, 몰입하는 표정. 어디로 튈지 모르는 그녀의 연주는 베를린다웠다. 나는 다시 그녀를 주목했다. 이번에는 한 손에 스틱을 두 개씩 들었다. 이번 악기는 처음에 연주한 마림바와 비슷하게 생겼지만, 전

기를 연결해서 음의 길이를 조절할 수 있다고 했다. 또, 스틱이 건반에 얼마나 오래 붙어 있는지에 따라서도 소리가 달랐다. 배경음악이 플레이됐고 그 위에 그녀의 연주가 덧입혀졌다. 음악은 고대 원주민의 기도처럼 들렸다. 비밀스러운 공기가 그녀의 일그러진 얼굴 위에 내려앉았다.

내겐 묘기와 같이 불가능해 보이는 이 연주를 위해, 그녀가 어떤 시간들을 보내 왔을지 상상했다. 몸이 기억하는 성실함. 겸손함이 가릴 수 없는 실력. 사랑스러운 외모와는 상관없이 마디마디 터지는 카리스마.

마지막 연주를 마치고 악기의 울림이 끝날 때까지 기다리는 모습, 그 시간을 고요하게 지켜 주는 관객, 모든 것이 끝나면 스틱을 들어 올리는 특유의 제스처, 박수, 환호, 미소.

"베를린에 곧 갈 것 같은 예감이 들어요. 그때 만나요."

어색한 첫 만남이 끝나고 3개월도 지나지 않아 나는 그 약속을 지키게 되었다. 이틀 남짓한 이번 베를린 여행에서, 그녀를 꼭 만나야만 했다.

틀 안에 예쁘게 갇히는 법

알렉산더플라츠로 가는 트램을 탔다. 베를린 음대에서 공부하는 타악기 연주자를 만나기로 한 날이다. 말로만 듣던, 저명한 음악대학 앞에 도착했다. 크리스마스 분위기에 심취한 알렉산더플라츠 광장, 쇼핑몰, 소시지 파는 가판대를 지나쳐 작은 강 하나를 반갑게 마주하면 늦은 밤 귀가를 서두르는 학생들의 모습이 보였다. 첼로를 멘 추운 어깨가 눈에 띈다.

만나기로 한 카페테리아에 들어섰을 때, 저만치에서 그녀가 보였다. 몸집이 작고, 머리가 까맣고, 웃음에 싱그럽고 씩씩한 구석이 있는. 우리는 스시 집에 가기로 했다.

그녀는 초등학생 때 TV에서 출연자가 드럼을 치는 장면을 보고 완전히 매료당했다고 했다. 그녀는 중학교에 올라가 학교 오케스트라에 들면 저렇게 '두드리는 악기'를 배울 수 있다는 사실을 알았고, 그렇게 했다. 그때부터 반평생 음악을 하며 살아온 것이다. 그녀로부터 담담히 좋아하는 일을 하고 있다는 말을 들을 때에, 다분히 영화 같다는 생각을 했다. 음악을 직업으로 삼는다는 것이 어떤 느낌인지, 어떤 책임감인지, 어떤 운명인지 나는 도저히 가늠해 볼 수 없었다.

그녀는 자신이 베를린에 있는 것이 가끔 믿기지 않는다고 했다. 길을 걷다가, 무심코 놀라곤 한다고. 자기 자신을 낮게 평가해서, 베를린에 있는 대학에 올 수 있을 거라는 생각조차 하지 않았었다고. 합격한 다음 시간이 한참 지나 그녀는 교수님께 물었다. 단 한 번의 연주를 보고 어떻게 가능성을 짐작할 수 있냐고. 그런데 교수님의 대답은 의외로 간단했다. 그 사람의 연주를 보면 그 사람이 어떤 사람인지 알 수 있다는 말이었다.

"네 연주를 보면 네가 보여. 네가 어떤 사람인지 보여."

그 말은 감동적인 딱 그만큼 아찔하다. 모든 것은 진실로 드러날 수밖에 없는 것이다. 예술은 늘 투명한 유리처럼, 어떤 것도 감출 수 없게 했다. 음악이라는 예술 앞에 그녀는 얼마나 많이 벗었고, 벗은 모습은 또 얼마나 아름다웠을까?

다시 코트를 여미고 캠퍼스로 돌아가, 학생들과 같이 나눠 쓴다는 연습실로 갔다. 두들겨 보고 싶던 악기들을 모조리 두드려 볼 수 있는 영광스러운 기회가 주어졌다. 쑥스러워하는 그녀의 모습에도 숨겨지지 않는 자신감, 연습으로 축적된 굳은 심지가 보였다.

우리가 가려 했던 카페가 문을 닫아서, 학교 복도에 있는 자판기에서 커피 두 잔을 뽑아 마셨다. 이런 자판기 커피를 마실 때는, 대체로 선 것도 앉은 것도 아닌 어정쩡한 자세를 유지해야 한다. 그렇게 먹는 커피가 가장 맛있는 법이다. 종이컵 끝이 입술에 닳아 갈 때쯤, 우울이 주제가 되어 나왔다. 20대면 누구나 하는 생각들을 그녀도 하고 있었다. 울적하다는 그녀의 이야기를 듣다가, 창가에 걸터앉아서 나는 이렇게 말했다.

"한창 힘들었을 때, 제가 했던 건 저만의 규칙을 만드는 거였어요. 망설이던 것들을 이미 한 일로 체크해 버릴 수 있게 예를 들어 침대에 아무것도 올려 두지 말고 늘 깨끗이 정리하고, 향초, 향수, 메모지를 빼고 모든 잡동사니를 서랍 안에 다 넣어 버리고. 그렇게 내 방과 내 마음을 똑같이 깨끗이 유지하면서 살다 보니 정말 되더라고요. 제가 만든 규칙들 안에서, 오히려 저는 너무 자유로웠어요."

"맞아요! 정말 신기한 게, 제가 최근에 하던 생각과 똑같아요. 어떤 사람들은 그렇게 물어요. 클래식은 이미 틀이 있고, 그 안에서 답답하지 않느냐고, 좀 더 자유롭고 싶지 않냐고. 그런데 지혜 씨가 오기 전에, 교수님이 그런 말씀을 하셨어요. 클래식은 이미 틀이 있지만, 그 안에서 자유로워야 한다고. 어떻게 자유로워야 하지? 고민하던 차에 이런 이야기를 나누니 너무 신기하네요."

"이미 그 틀 안은 하나의 세계 아닌가요? 이미 너무 크지 않나요? 그 틀 안에서 자유로운 것을 모두 하는 것만으로도 일생이 다 가 버릴 텐데요. 이미 충분해요!"

"여기에 살면서, 가장 많이 배우는 건 오히려 음악이 아니라 여기 친구들의 삶의 방식이에요. 자기에게 주어진 일은 정말 열심히, 충실히 잘 해내면서도, 자기만의 규칙을 철저하게 지켜요. 아침 7시에 와서 연습하고, 오후 3시쯤 되면 집에 가서 자기가 좋아하는 취미생활 하면서 그렇게 사는 거예요. 그걸 또 끔찍하게 여기더라니까요."

우리는 트리 앞에서 기념사진을 찍고 포옹을 나눈 뒤 헤어졌다.

나만의 규칙,
나를 나이게 만드는
스스로 설계해 들어가 있는 그 틀은
무엇인지 생각해 본다.

당신만의 규칙,
당신을 당신이게 하는 그 틀은,
당신을 지탱해 주는 그 규칙은
무엇인지?

반차를 쓰든지 휴가를 쓰든지 할 테니 하루만 왔다 가도 좋겠다고 했다. 지현은 바람을 말하면서도 미안해하는 것 같았다.

"내가 정말 가길 원해? 나 보고 싶어?"

"응. 지혜 네가 필요해."

나는 그 즉시 런던으로 가는 비행기 티켓을 끊었다. 그녀에게 보란 듯이 전자티켓의 캡처이미지를 보냈다. 내게 네 기분보다 중요한 것은 아무것도 없다고 말해 주고 싶었다. 다소 무모하다 한들 통장 속 10만 원으로 청춘의 장면 하나를 살 수 있으니 밑지는 장사는 아니었다.

런던 가는 할아버지 한 명, 아랍 여자 한 명, 얼굴이 기억나지 않는 남자 한 명과 나까지 네 명이 택시를 나눠 탔다. 옹기종기 모여 공항에 도착했다. 샤를 드 골 공항의 터미널 3은 런던으로 가는 비행기만 취급하기에 공항 안은 이미 런던이었다. 빳빳한 악센트, 선명하고 깔끔한 인상의 사람들, 아주 크게 자리 잡은 체인점 카페 프렛까지. 착륙 후 내리려고 줄을 서 있는데 앞에 앉았던 영국 아기가 몸을 배배 꼬며 말한다. "아이 라이크 유어 잠파(I like your jumper)." 런던이다.

지현이 얼마 전 취직한 회사 앞 카페에 잠시 들렀다. 커피와 음료와 간단한 음식들을 파는 곳이다. 이곳의 장점은 잔인한 런던 물가에 비해 매우 저렴하게 한 끼 식사나 커피 한 잔을 즐길 수 있다는 점이다. 나는 3유로가 넘지 않는 토마토 수프를 하나 시키고, 노트북을 꺼내 글을 썼다. 배낭만 메고 떠나 온 1박2일의 짧은 여행. 다시 프랑스로 돌아가는 기분과 내 모든 짐들과 일정이 남아 있는 그곳을 단 한 순간이라도 집으로 느낄 수 있는 행운. 아무리 만렙 여행자라지만 매번 처음 느껴 보는 것들이 많다.

지현의 회사 1층 로비에서 기다렸다.

"마지막에 디렉터 미팅 잡혔어. 이제 나가."

나는 수프를 먹을 때도 내가 어디에서 기다리고 있는지

알려 주지 않았다.

"내가 뭘 먹고 있는지 말하면, 단번에 알아차릴 것 같아, 내가 어딘지."

나는 지현이 지나온 과거의 장소들을 가 본 적이 있었다. 그녀가 다닌 대학교와, 그녀의 고등학교와, 그녀의 졸업 전시장과, 런던 대학원과, 부모님과 함께 사는 서울 집을 방문했었다. 이제 2018년 런던에서 처음으로 그녀의 퇴근을 목격하려 한다. 엘리베이터가 열리고, 입이 찢어지도록 활짝 웃는 그녀가 보였다.

지현의 집에 도착해 냉동 낙지를 볶아 먹는 것도 모자라 피자도 시켰다. 의자에 몸을 기대야 할 정도로 배불리 먹고 나서 지현은 공기를 넣어서 부풀리는 간이침대를 만들어 주었다. 내가 소파에서 잔다고 했더니 손사래를 친다. 딱 하룻밤을 재워도 제대로 정성을 다하는 것이 지극히 그녀답다. 우리는 살인사건에 대한 TV 프로를 보다가 잠에 들었다. 마치 일정이 열흘쯤은 남아 있다는 듯이, 느긋하게.

전날 저녁에 도착했는데 애석하게도 오늘 저녁을 먹기 전 떠나야 했다. 짐을 챙겨 버스를 타고 기차역 근처로 가는 길에 갑자기 지현은 귀를 뚫고 싶다고 했다. 언제나 마음먹었다가 포기했던 일이라서 네가 있을 때, 지금 당장 하지 않으면 안 될 것 같다고. 그래서 우리는 쇼디치 근처에서 내렸다. 쇼디치에는 태투숍, 피어싱숍이 많다. 우리는 첫 번째 숍에서 거절당하고 난 뒤 오기가 생겨 버렸다. 포기해도 괜찮았던 마음이, 기필코 해내겠다는 마음으로 바뀐 것이다.

다행히 두 번째 숍은 피어싱을 전문으로 하는 곳이었다. 런던의 반항적인 면모를 잘 담은 인테리어가 돋보였다. 원목 바닥과 벽면을 가득 메운 동물 박제 장식, 키치하고 빈티지스러운 폰트의 포스터와 가죽 소파. 창밖에서 부슬부슬 비가 내리기 시작했다. 멋진 피어싱을 하기에 이보다 더 좋은 날은 없을 것이다.

한 손님은 다리를 꼬고 앉아 태평하게 코를 뚫고 있었다. 지현은 어떻게 저렇게 용감하지, 라고 했고 나는 이런 말로 맞받아쳤다.

"원래 혼자 있으면 용감해지잖아. 의연해지기도 하고. 같이 있으면 이렇게 괜히 호들갑이지!"

우리는 낄낄거렸다. 눈을 질끈 감고 귀를 뚫고 나왔다. 나는 마치 처음으로 귀를 뚫는 고등학생이 된 기분이었다. 처음인 것, 두려운 것, 마음먹어야 할 수 있는 것을 함께하며 우리 기억은 더욱 진해진다. 더 친해질 것도 없는 우리가 급하고 진하게, 더 빠져든다. 펑크와 록을 대표하는 런던에서, 새로운 음악과 문화가 태어나곤 했던 영국에서 피어싱을 하는 일은 생소한 생기를 일으켰다. 그녀는 이제 쇼디치를 지날 때, 런던의 어떤 피어싱숍을 지날 때 종종 이날을 떠올릴 것이다.

이틀 내내 붙어 있어서 작별 편지를 쓸 시간이 없었다. 이대로 헤어지기는 아쉬워 기차역 앞에 있는 촌스러운 잡화점에 들러 기념으로 분홍색 깃털이 달린 펜 두 개를 샀다. 친구 몰래 카드를 골라, 헤어지기 전 들른 스타벅스 화장실에서 짧게 편지를 썼다. 이제 우리의 익숙한 이별이 좋다. 너무 다정하게 헤어지지는 않기로 한다. 또 만날 것을 알기에 구태여 눈물짓지 않는 우리의 이별 방식이었다.

우리가 슬퍼하길 거부한다는 것을 안다는 듯, 비와 기차는 우리의 이별을 우스꽝스러운 방식으로 응원했다. 좀 더 정확히 말하면, 공항으로 가는 기차가 예고 없이 지연되고, 갑자기 폭우가 쏟아진 데다 겨우겨우 잡은 택시를 타고 다른 역에서 내려 확실치도 않은 기차에 몸을 실어야 했던 것이다. 운 좋게 맞는 기차를 타서 비행기 탑승 마감 5분 전에 가까스로 도착한, 긴박한 상황이었다.

사람들 사이에 껴서, 어떤 우대나 친절 없이, 마치 유럽 연합 패스포트를 들고 있는 사람처럼, 여기에 오래 산 사람처럼, 여행객이 아닌 척 당당하게 다시 파리로 돌아왔다. 암모니아 냄새, 지하철, 차가운 사람들, 지긋지긋하게 낡은 건물들도 파리는 파리일 뿐, 달라진 것은 없다는 생각에 안도하며.

테이블 선물하기

숙소에서 퐁피두미술관으로 가는 길목에 늘 마주치던 빈티지 숍이 있다. 가게 앞 길거리에 정돈되지 않은 가구와 옷가지를 마구 널어놓은 모습이 생투앙이나 방브 벼룩시장 같아 특별해 보였다. 저번주에 들렀을 때는 문득 카펫이 눈에 들어왔다. 얼마냐고 물으니 200유로란다.

"그럼, 이 테이블은요?"

"50유로!"

나는 1인용 원목 테이블 앞에서 서성였다. 그렇지만 내가 이걸 사서 뭐 해? 난 어차피 돌아갈 사람인데. 파리의 아름다움을 사들여도 데려갈 수 없다고 생각하니 비좁은 비행기와 우리 집까지의 거리가 서글퍼졌다. 순간 떠오른 사람이 있었다. 내 짐을 맡아 준 친구. 파리에서 아르바이트를 하며 미술을 공부하는, 야무지고 푸근한 친구 결. 그녀가 파리판 아름다운가게에서 작은 접이식 책상을 샀다고 좋아했던 게 생각났다. 그 책상이 쓰다 보니 너무 작아 불편하다고도 했었던 것 같다. 노트북과 커피잔 하나 올려 두면 꽉 차는 크기에, 디자인도 어디에서나 볼 수 있는 평범한 책상이었다. 그런데 내 앞에 놓인 이 테이블은 다르다. 파리만의 옛스러움이 반영된 모양새가 나무랄 것 없이 이상적이었다. 나무를 매만지며 고개를 갸우뚱거리니 주인아주머니는 바로 가격을 내려 준다.

"40유로!"

고민의 갈림길에서 나는 다시 우선순위를 생각한다. 내가 정한 내 여행의 규칙을 머릿속에서 꼬깃꼬깃 펼쳐 드니 답이 나온다. 빚을 진 사람에게 선물할 수 있는 기회, 그것도 내 여행의 일부분을 책임졌던 사람이라면? 생각의 배경이 되어 줄 가구를 선물한다면? 의심의 여지가 없어 바로 돈을 내밀었다. 그렇게 단돈 6만 원에 파리 빈티지 테이블을 구매했다.

문제는 어떻게 가져가느냐는 것이었다. 일단 내일 아침에 다시 오겠다는 말을 남긴 채 친구와 가게를 빠져나왔다. 친구와 나는 근처 크레페 집으로 갔다. 밀가루 반죽을 멍하니 바라보다가 문득, 불가능한 도전을 해 보아야겠다는 다짐이 섰다. 주문을 기다리는 친구에게 눈빛을 보내고, 나는 숨차게 달려 다시 가게로 갔다.

"아무래도 안 되겠어요. 그냥 가져갈게요!"

테이블을 들고 돌아오니 친구는 기이한 광경이라도 보았다는 듯 눈을 반짝였다. 때는 오후 5시, 우리의 원래 계획은 6시부터 두 시간 동안 전시를 보는 것이었고, 전시장과 결이의 집은 전철 한 정거장 차이였다. 그렇지만 이곳에서 미술관까지는 40분 정도 지하철을 타고 가야 했다. 그전에 결이네 집을 들를 시간도 없을뿐더러, 학교를 간 결이도 저녁 늦게까지는 돌아올 예정이 없다. 방법은 오직 한 가지.

테이블과 함께 지하철을 탔다. 개찰구를 지날 때 할아버지가 운반을 도와주셨고, 친구는 가방을 대신 들어 주었다. 지하철에서 시선을 한 몸에 받았다. 나를 이곳에서 사는 사람으로 생각하겠지? 나는 어리석게도 그 틈을 타 시선을 즐겼다. 잠시 잠깐 무언가 일상적이지 않은 일을 하고 있다는 생각에 도취되어 피곤을 잊는다.

역에서 미술관까지는 걸어서 15분. 낑낑대며 걸어갔다. 삼엄한 경비 속 바스키아와 에곤 실레를 보러 온 인파에 묻힌 나는 테이블과 함께다. 안전요원 남자는 내게 물었다. "그거

생투앙 벼룩시장에서 샀어요?” 지나가는 사람들 모두가 웃었다. 다행히 코트룸에 잠시 테이블을 맡길 수 있었다. 직원 여자는 이해가 안 된다는 말투로 외쳤다.

“But, why!”

따블르…… 따블르…… 따블르…… (프랑스에서는 테이블을 ‘따블르’라고 발음한다) 가구를 들고 서 있는 내 모습에 수군대는 궁금한 눈초리들. 프랑스어라도 대충 알아들을 수 있는 내용의 말들.

에곤 실레 그림에 딱 15분 집중하니, 체력이 바닥났다. 바스키아 전시를 편의점처럼 무심히 지나치고, 소파에서 잠시 졸기도 했다. 사람들의 시선에 무안해지지만, 별수 있나. 내 머릿속에는 온통 ‘따블르’ 생각뿐이었다.

저녁 8시. 결이는 아직 학교에 있다고 해, 친구와 맥도날드에서 그녀를 기다리며 저녁식사를 했다. 내 속도 모르고 자꾸 마중 나오겠다는 결이를 집에서 보자며 타이르고, 마지막 힘을 다해 테이블을 옮겼다. 드디어 그녀의 집 앞에 도착했다. 절대 집 밖으로 나오지 말라고 당부하고, 나는 연인처럼 그녀의 눈을 가렸다.

“고양이야?”

그녀가 말했다.

"고양이는 아니고……."

복도에 놓인 테이블. 그녀가 눈을 떴고 그 이후의 반응은 설명을 생략해도 좋을 것 같다. 그녀는 소스라치게 놀라며 좋아해 주었다. 테이블에 이름을 지어 주고 싶다고도 했다.

나는 한동안 내 마음을 어떻게 표현해야 할까 고민했었다. 신세를 져야 하는 나에게 그럼에도 불구하고 사랑만 주었던 사람들에게 휴지, 식재료, 책 정도가 아니라, 나만 해 줄 수 있는, 평생 남을 선물을 주고 싶었다. 아무 날도 아닌 날 불쑥 하는 선물은, 이런 식이라면 언제라도 좋을 것 같다. 이렇게 조금씩 갚아 나간다면 더는 바랄 것이 없겠다.

늘 주는 것에 익숙한 사람이 되었는데,
오랜만에 나도 무언가를 받을 만한 사람이구나, 라는
생각이 들더라.
남들에게는 배부른 소리같이 들리는 파리 생활이지만
1년이 되어 가며 사람 좋아하던 내가
어느 순간 마음을 여는 게 어려워졌었어.
그런데 파리에서 너를 다시 만나며,
네가 나에게 잊고 있던 '조용한 흥분'을 선물한 것 같아.
-결의 편지

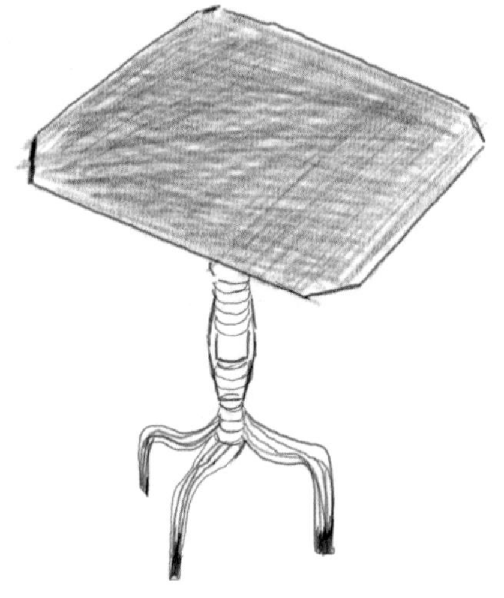

패티 스미스 만나기

패티 스미스가 인스타그램을 한다. 나처럼 카페에 가서 커피잔에 닿은 손을 찍고 무슨 말을 올릴까 고민하는 그녀의 모습이 도무지 상상이 되지 않았다. 정확히 말하자면, 나는 패티가, 그녀가 내 나이였던 70년대의 뉴욕처럼, 휴대폰도 노트북도 없이 수첩을 들고 다니는 사람으로 남아 주기를 바랐던 것이다. 나는 자연스레 그녀의 인터넷 생활에 관심을 껐다.

파리로 떠나온 나는 매일 길거리를 걷고 서점을 기웃거렸다. 파리에서는 그것이 유일한 할 일이므로. 여느 날처럼 길을 걷다 길가의 한 서점 쇼윈도에 패티의 책들이 무더기로 쌓여 있는 것을 보았다. 나는 그 즉시 서점으로 들어가 직원에게 물었다, 그녀가 오는 것이냐고. “She’s coming”이라는 대답이 돌아왔다. 그녀의 새 책 사인회가 이 서점에서 열린다는 사실을 우연히 발견한 나는 몸이 부르르 떨려 당장 내 스케줄을 살폈다.

사인회 일정은 내 출국일 이틀 후였다. 아무리 패티를 사랑한다지만 비행기표를 날려 버릴 수는 없는 노릇이었다. 순간 머리를 스치는 하나의 단어가 있었다. changeable ticket. 수많은 여행 가운데 바꿀 수 있는 티켓을 산 것은 이번이 처음이었다. 매번 환불도, 변경도 되지 않는 최저가 비행기표만 고집하던 내가 올해 최초로 우리나라 항공사의 변경 가능한 티켓을 구매했던 것이다. 과거의 선택이 지금에게 허락한 축복이었다. 건배! 나는 이 모든 것이 우연이 아니라는 생각을 하며 서점을 빠져나왔다. 거의 춤추듯 걸었다. 기가 막힌 비밀이라도 홀로 알게 된 듯 웃음이 새어 나왔다.

일단, 그녀에게 사인을 받을 책이 필요했다. 센강 둔치에 있는 셰익스피어 앤드 컴퍼니 서점으로 갔다. 이곳은 시인 실비아 비치가 첫 번째 운영자로 있던 영어책 전문 서점으로 헤밍웨이가 파리에 머물 때 책을 빌려 가던 서점이다. 외관과 내부마저 그대로 보존된, 나보다 훨씬 나이가 많은 이 서점은 남몰래 숨죽이게 되는 기운으로 가득했다. 학구적이고 자유로운 분위기를 흡수하면서 돌아다녔다. 혼자 조용히 서점을 배회하는 일은 언제 해도 좋았다. 그러다 나는 패티의 책을 만났다. 《저스트 키즈》의 새 에디션이었다. 아트북처럼 두껍고, 무겁고, 새로운 사진과 그림이 많이 추가되어 있었다. 패티의 가사를 선별해 엮은 책 한 권을 더 골랐다. 두 권을 결제하고, 집으로 오는 길 버스 안에서 그녀의 시 한 편을 읽었다. 그 시간 나는 휴대폰을 뒤적거리는 행동을 포기한 채 이 순간만큼은 책을 펼쳐 들고 늘어뜨린 머리칼을 신경 쓰지 않는 내 옆모습을 기대했던 것이다. 이제 나는 그녀를 만날 준비가 된 것 같았다.

사인회 당일. 12월 6일. 나는 카페 드 플로르로 향했다. 헤밍웨이, 피카소, 살바도르 달리 등 많은 예술가들이 작업과 토론을 하곤 했던 유서 깊은 파리의 카페인 데다 패티가 파리에 올 때마다 들르는 곳임을 책을 통해 알고 있었다. 그녀도 다른 모든 작가들처럼 이 카페를 가장 좋아했다. 나는 양파수프과 쇼콜라를 시켰다. 운 좋게 제일 좋은 자리가 비어 있었다. 나는 그 자리에 홀로 앉아 '대포 카메라'로 사진을 찍는 중국인들을 잠시 구경했다. 웨이터에게 그녀가 오늘 왔었냐고 물으니 이런 대답이 돌아왔다.

"Patti Smith? Not today."

내게는 시간이 없다. 서둘러 노트를 꺼내고 그녀에게 편지를 쓰기 시작했다. 한국어로 네 장, 영어로 네 장, 그리고 내가 쓴 시를 영어로 번역한 종이 한 장. 이렇게 총 아홉 장의 편지를 써 내려갔다. 손이 덜덜 떨리는 것은 그렇다 쳐도 눈물이 줄줄 흘러 누가 보면 이별 편지를 쓰는 줄 알았을 것이다. 나는 누가 나를 이렇게까지 긴장하게 할 수 있는지 생각했다. 패티 말고는 아무도 없었다.

> 당신을 처음 알게 된 건 스물세 살 여름이었어요. 나는 내 생애 첫 유럽 여행을 앞두고 있었고, 당신의 책을 사서 집에 두고 읽지 않고 떠났어요. 다시 돌아와서 표지를 마주했을 때, 솔직하게 말하자면 요즘 많이들 하는 잘 꾸며지고 멋진, 기획된 카탈로그 정도로만 생각했어요. 그러나 그것은 당신의 삶이었어요. 책을 다 읽은 순간, 조금 과장해서 말하자면 내 삶이 완전히 뒤바뀌어 버렸어요. 언제라도 떠올릴 수 있는 나만의 뮤즈가 생긴 거예요.
>
> 그리고 시간이 조금 지나, 작년 가을, 나는 당신의 홈페이지를 둘러보다 당신이 뉴욕 센트럴파크에서 공연을 한다는 소식을

봤어요. 바로 티켓을 끊었죠. 당신은 아주 작게 보였고, 멀었지만 나는 확신했어요. 우리가 어떤 면에서 연결되어 있다는 사실을요. 1년이 지나 나는 파리에 여행을 왔다가, 우연히 당신이 온다는 소식을 알게 된 거예요.

당신을 만나면 무슨 이야기를 해야 할까요? 제대로 인사라도 할 수 있을까요?

나는 당신의 팬이 아니라 동료라고 말할 거예요.

버스를 타고 서점으로 갔다. 도착하니 이미 줄이 길었다. 우리나라 아이돌에 비할 바는 아니지만, 어딘가에 홍보를 해서 사람들을 미리 모은 것이 아니라는 점을 감안하면 엄청난 인파였다. 파리에 사는 친구는 이 서점 홈페이지에 들어가 보아도 패티의 사인회 소식을 찾아볼 수 없었다고 했다. "어쩌면 사람을 안 모으는 게 목적인 것 같기도 해." 사인회 소식을 나만 알고 있을 거라는 착각은 보기 좋게 배신당했다. 그녀는 세계적인 작가였고, 예술가를 칭송하는 파리지앵들이 이 사실을 모를 리가 없었다.

나는 패티의 책을 든 다양한 연령대의 사람들을 보며 무한한 애틋함을 느꼈다. 줄이 거의 짧아져 머릿속이 새하얘져 갈 때쯤에 경호원으로 보이는 남자가 프랑스어로 이야기를 뱉으며 손으로 엑스 자를 만들었다. 설마, 했던 그 일이 벌어진 것이다. 패티는 이미 200명이 넘는 사람들에게 사인을 해 주었고, 그녀는 지쳤다며 서점에서 행사의 중단을 선언했다. 서점을 둘러싼 우리들은 2층에 있는 패티에게 들리도록 "패티! 패티!" 연호했다. 하지만 슬픈 예감은 절대 틀린 적이 없다. 나는 패티를 보지 못하고 떠나야 한다는 것을 직감했다.

나는 경호원에게 그녀에게 편지를 전해 줄 수 있냐고 물었지만 거절당했다. 다시 영어를 잘하는 직원을 찾아 나섰다. 서점 직원으로 보이는 프랑스 여자 둘과 출판업자로 보이는 남자가 영어로 말하고 있는 모습을 보았다. 남자에게 말을 걸려고 어깨를 두드리고 말을 꺼내려는데 울음이 터져 버렸다. 억울한 일을 당한 초등학생처럼 꺼이꺼이 눈물이 났다. 어깨를 들썩이며 우는 나를 보고 그 남자는 너무도 당황하여, 나를 진정시켰다. 그 순간 한 직원이 내게 손을 뻗어 자신이 편지를 전해 주겠다고 했다. 그녀는 2층에 다녀와서 아무것도 남지 않은 손을 내보이며 내 편지를 패티에게 전해 주었다고 확인까지 해 주었다. 나는 이대로 괜찮다고 생각했다. 그녀가 미리 사인해 놓은 책을 샀지만, 내게는 의미가 없었다. 마주하는 것, 눈 마주치는 것, 내 목소리, 내 언어로 인사하는 것. 그것만이 내가 계획했던 오늘의 마법이었다.

아까 그 출판업자가 내게, 그녀가 곧 내려올 테니 그때 어쩌면 볼 수도 있을 거라 귀띔해 주었다. 나는 밖에서 열댓 명의 사람들과 함께 기다렸다. 느릿느릿 뉴스 속보의 한 장면처럼, 종이에 그려진 삽화처럼 그녀가 등장했다. 슈퍼스타라고는 믿기지 않는 수수한 옷차림에 진실되고 환한 웃음. 기분까지 눈치챌 수 있는 가까운 거리에서 나는 그녀를 마주했다. 사람들은 박수를 쳤고, 그녀는 환하게 웃었다.

나는 패티를 만났다. 이렇게라도 좋았다. 패티는 나를 모르지만, 그녀가 멘 저 큼지막한 가방 안에는 내가 쓴 편지가 있다. 패티와 그 일행은 차를 타지 않고 그저 우르르 걸어서 카페가 즐비한 거리 쪽으로 갔다. 대형 밴을 타고 쌩하게 가버리지 않고 걸어서 사라지는 모습이 파리답고, 또 그녀다웠다. 모두가 천천히 흩어질 낭만적인 기회를 주는, 그 떠나는 방식까지도 마음에 쏙 들었다. 나는 기웃거리는 사람들과 함께 그녀의 뒷모습을 빠짐없이 바라보았다. 내게 그녀를 볼 수 있을 거라고 말한 출판업자는 나와 눈이 마주치자 둘만의 암호라도 공유하듯 씽긋, 웃어 보였다. 이것으로 충분하다는 생각을 했다.

집으로 돌아오니 합격 소식이라도 반기듯 친구가 격양

된 목소리로 물었다.

"어땠어?"

"너무 좋았어. 그리고 슬펐어. 근데 좋았어."

친구는 나만큼이나 아쉬워하며 이렇게 말했다.

"근데, 그만큼 좋아하는 사람이 있다는 건 참 멋진 일인 것 같아."

그녀에게 직접 묻고 싶었던, 눈빛을 맞대고 온몸으로 느끼고 싶었던 이야기들을 마음속에 묻고, 그 수많은 질문과 고백을 뒤로한 채로 나는 다짐했다. 그녀처럼 살고, 그녀처럼 쓰겠다고. 살면서 쓰여지는 글, 나로서 완성되는 예술을 만져보고 싶다고. 나는 절절히 다짐했다.

침대에 앉아 책을 펼치니 그녀가 있었다. 나는 언제라도 그녀를 보고 느낄 수 있는 거였다. 이미 수천 번 만난 그녀였다. 앞으로 평생 동안 만날 그녀였다.

휴대폰 잃어버리기

스웨덴인 가족과 택시를 나눠 타고 공항으로 향했다. 기다리는 내내 줄담배를 피우는 섹시한 엄마, 묵묵히 짐을 옮기는 남편과 장난치고 싶게 생긴 초등학생 아들까지 세 식구였다. 깜빡 졸다가 도착해 내렸다. 택시기사와 같이 내려서 택시 값을 인출해 주고 정신없이 나 혼자 남겨졌다. 은연중에 가벼워진 주머니를 느꼈다. 내 몸만 한 짐과 기내용 가방 두 개에 휴대폰을 넣은 기억이 없다. 있을 곳은 내 손아귀 아니면 코트 주머니일 텐데, 없다. 그 즉시 나는 완벽히 정신이 나가 버려 땅바닥에 주저앉았다. 모든 주머니란 주머니는 다 뒤지는데, 없다. 여섯 번의 유럽 여행, 매번 짧으면 한 달, 길면 세 달을 여행하면서도 단 한 번도 잃어버리지 않았던 휴대폰을 마침내 잃어버린 것이었다. 출국하는 일만 달랑 남겨 두고 이런 일이 생기니 억울했다. 공항 검색대를 지나며 혹시나 하는 기대를 걸었지만 전자기기 없는 내 배낭은 얄밉게 검색대를 통과해 버렸다.

그 당시 나를 지나친 사람이 있다면 그 누구라도 내가 휴대폰을 잃어버렸다는 걸 알 수 있었을 것이다. 그만큼 빈틈없이 절망적인 얼굴을 하고 있었다. 표정이 감춰지질 않았다. 이번 여행에서 찍었던 수많은 사진과 동영상은 물론, 지난 2년간의 기록들이 이 세상에서 모두 사라져 버렸다. 몇백 개의 메모들도 영영 사라져 버렸다. 휴대폰 속 보물들을 머릿속에서 펼쳐 우선순위를 따졌다. 잃어버리고 나니 그 가치가 명확해진다. 연락처는 애초에 필요없고, 사진첩은 그렇다 쳐도, 노트를 꺼내기 번거로울 때마다 틈틈이 남겼던 메모들은 어떻게 할까. 결국 내가 제일 아쉬워하는 건 글이었다. 휘갈기듯 마음으로 쓴 글. 마음과 상황을 대변하는 글.

스스로를 위로할 수 있는 유일한 방법은, 과거 분실의 경험을 떠올려 보고, 하늘이 무너지는 것 같았던 감정과는 무관하게 계속되었던 삶을 자각하는 일이었다. 열 살 때쯤, 아빠 신발을 닦고 설거지를 도우며 모았던 5만 원이 든 지갑을 잃어버린 기억이 있다. 광화문 교보문고에서 구경하던 중, 정신이 팔려 어딘가에 두고 지나간 것이었다. 집으로 돌아가자마자 다시 설거지를 시작해야 했지만, 눈물 몇 번 흘리고 나니 울적하던 마음이 가라앉았던 기억이 났다.

이후 나는 딱 한 번 유럽에서 소매치기를 당한 적이 있다. 4년 전 여름 바르셀로나의 새벽이었다. 친구와 맥주를 마시던 새벽의 길바닥에서 내 천가방을 도난당했다. 맥주를 팔러 온 사람이 슬쩍한 것이 아닌가 싶었다. 다행히 카드나 돈은 내 주머니 안에 있었고, 그 가방 안에는 수영복으로 갈아입기 전 벗어 둔 속옷과 읽고 있던 책 한 권만이 들어 있었다. 그 책은 친구를 만나기 전, 해변에 앉아 읽었던《호밀밭의 파수꾼》이라는 책이었다. 여권이나 돈을 잃어버린 것이 아니니 다행이었다. 그런데 책은 귀국 후에 서점에서 보게 될 때마다 웬일인지 읽기가 싫었다. 해변에서의 독서가 너무 강렬했기에 한국에서 읽는 책은, 그때 그 책과 무언가 연결되지 않는 느낌이었다. 그러다 최근 들어 마음먹고 책을 읽었고, 나는 찜찜한 분실의 추억을 그제서야 해결한 기분이었다.

그리고 2018년 12월 7일. 파리의 공항에서, 휴대폰을 잃어버린 처참한 꼴의 나. 이 처참함을 견딜 수 없어, 아직 잃어버려 본 적 없는 것에 대해서도 생각해 보기로 했다. 1년간

써 온 노트를 잃어버리는지는 않았으니, 자축해도 좋을 일이려나. 베를린을, 파리를, 런던을 거닐며 쓴 자전적이고 솔직한 글들, 친구들이 가끔 개구진 방명록을 남겨 둔 페이지들, 간간이 붙여 놓은 기차표, 모든 사건들을 절절히 내 손으로 적어 둔 일기장이 없어진다면? 나는 아마 당분간, 적어도 한 계절은 희망 없이 살아갈 것이다. 그러나 수첩은 꽃이나 책처럼, 내 부주의가 아니면 딱히 잃어버릴 일이 없었다. 휴대폰이나 지갑이 아닌, 수첩을 훔쳐 가는 사람은 없으니까. 만석인 카페에 자리를 맡을 때, 수첩이나 펜을 올려 둔 적이 있었다. 누구도 수첩을 훔쳐 가지 않을 것이라는 확신이 있었으나, 그래서 조금 슬펐다.

아무도 일기장을 훔치지는 않는다. 나를 극도로 슬프게 만들 일은, 그러므로 일어날 확률이 매우 희박하다. 나는 휴대폰을 잃어버렸다. 소매치기들에게 인기가 많은 그것, 나의 모든 것이 담겨 있다고 착각할 수 있는 그것. 하지만 나는 훌훌 털어 낼 수 있었다. 아무도 내 일기장을 훔치지는 않았으니까. 나는 기내에서 마지막 일기를 적어 내려가며 마음을 다스렸다.

한국 집에 도착했다. 문득문득 떠오르는 사진의 파편, 메모장의 단어들……. 이따금씩 끔찍하게 괴로워졌지만 새로운 것들로 채워 나갈 미래를 기대해 보자고, 스스로를 계속해서 타일렀다. 그러다 아무 생각 없이 접속해 본 아이클라우드 계정에서 고스란히 옮겨진 메모장들을 마주했다. 사진은 없지만, 글로 쓴 기록들은 그대로 남아 있었다. 이렇게 비싼 선물은 태어나 처음 받는다. 경험과 추억의 증거이니, 값을 매길 수도 없겠다. 잃어버리고 나서 되찾는 희열은 꽤나 크다. 잃어버리지 않았으면 몰랐을 거라 생각하니, 또한 새로이 감사할 여지가 있다.

3

스물여덟,
베를린 파리 런던

여름날,
나는 책도 영화도 싫다.
산책과 노래와 대화만을 원한다.
벤치에 앉아 소설을 읽는 일도
멋지기야 하겠다만
여름에는 자고로 누가 써 놓은 것을
감상하기보다 나만의 이야기를
만들어야만 한다고 생각한다.
밖으로 나가서 걷든, 생각하든,
누굴 만나 사랑에 빠지든,
행동해야 하는 것이다.
여름은 그런 계절이다.
대수롭지 않은 날들 가운데
반드시 찾아오는,
마치 기회 같은 여름이었다.

유럽에서 보낸 여름방학

베를린은 여름이 최고라는 말을 누누이 들었다. 겨울에만 베를린을 가 본 나는 바보 취급을 당했다. 베를린은 무조건 여름이죠, 하는 말이 얄밉지는 않았다. 전형적인 베를린의 여름을 나도 겪어 보면 되는 거였으니까. 어디 얼마나 황홀한지 두고 보자는 마음이었다. 벌판을 걷다 보면 갑자기 발바닥이 간지러울 만큼 비트가 쿵쿵 울리고, 조금 더 가다 보면 사람들이 옷을 벗고 춤을 추고 있고, 그대로 호수에 뛰어들어 수영을 하는. 초록색 생명과 움직임으로 가득 찬 베를린의 여름을 나는 아직 알지 못한다.

햇살, 땀, 시원한 물 한 잔과 흥미진진한 모험들. 여름의 단어들을 여행 노트에 쓴 적이 거의 없었다. 두 번의 여행을 제외하고 나의 여행은 언제나 추웠다. 1년이 다 가기 전에 도망쳐야 한다는 생각에 겨울 끝에 매달려 하는 여행이 대부분이었다.

이번 여행만큼은 달라야 했다. 작년 겨울부터 이 여행을 계획했다. 두고두고 회자될 여름을 보내리라고 다짐했었다. 불쾌지수가 높아질 때쯤 나는 한국에 없으리라. 선선한 유럽의 여름밤에 얇은 카디건 하나를 걸치고 신나게 글을 써 내려가리라. 항상 취해 있으리라고 말이다.

D-1

짐들을 지저분하게 풀어놓은 채 TV를 보고 있던 새벽 1시. 갑자기 전화벨이 울렸다.

"여보세요?"

"유지혜 씨 맞으신가요? 오늘 안 오시는 거죠?"

이런 시시한 속임수에 넘어갈 만큼 순진하지는 않지. 비아냥거리던 와중 들리는 전화기 속 한마디.

"여기 네덜란드항공입니다. 비행기 떠났어요."

순간적으로 목은 텁텁해졌고 입에서는 미세한 신음소리가 흘러나왔다. 시간을 잘못 계산하는 바람에 비행기를 놓친

거였다. 노 쇼(No Show)는 약속 안 지키는 파렴치범으로 간주돼 파리에서 한국 오는 비행기까지 자동 취소된단다. 환불 없이.

울며불며 엄마를 깨웠고, 엄마는 부은 얼굴에 안경을 쓰고 "기도해야 돼…… 기도해야 돼……"라고 말한다. "아브라카다브라, 아브라카다브라……." 허겁지겁 방언 기도라면서 기도를 시작하는 엄마를 두고 나는 마치 국가적 사명이 달린 해킹이라도 하듯 표를 찾기 시작했다. 다행히 내일 아침에 바로 떠나는 비행기가 저렴한 가격으로 나와 있었다. 예약을 마치고 나니 새벽 4시, 출국 시각은 아침 9시. 적어도 세 시간 전에 도착한다고 치면…… 짐을 꾸릴 시간은 고작 한 시간 남은 거다. 그 시각 흥분으로 범벅된 얼굴을 하고, 깨어 있을 유럽의 친구들에게 연락을 했다. 나 어떻게 해야 하는 거냐고. 친구는 말했다.

괜찮아. 두 배로 여행하면 돼.

초췌한 얼굴을 하고 인천공항으로 향했다.

비행기에 무사히 타고 나서 금세 모든 걸 까먹었다. 지루한 비행은 끔찍한 상황조차 잊게 만들었다. 기분 따위에 지배받는 걸 보면 정교한 척하는 사람의 마음이 실은 참 단순하다는 것을 알 수 있다. 기내에서는 우정여행을 가는 아주머니들이 화장실 앞에서 수다를 떨고 있었다. 렌터카를 빌려 프랑스 남부를 여행한다고 하셨다. 나는 그들을 위해 승무원에게 버섯수프를 구해 준 다음 잠시 이야기를 나눴다. "혼자 여행다니는 거예요, 아가씨?" "네. 친구들이 있어요, 곳곳에." 어리석게도 그 한마디가 멋스러워 멋쩍게 웃었다.

열 시간 후, 베를린 테겔공항.

거리가 멀어진다 해서 반드시 마음도 멀어지는 것은 아니다. 과학적으로 그런 결과가 있다는 말로 반박한다면 슬퍼질지 모른다. 상황도 사람도 수만 가지이므로 마음을 단정짓는 일은 하지 않기로 한다. 각자의 삶을 살다가 문득 떠올리는 이름이 있다. 무소식이 희소식이라고 굳이 자주 안부를 묻지 않아도 가끔씩의 연락으로 우리 사이는 몇 개의 계절을 압축한다. 그것은 서로의 역사를 알고 있는 사람들만이 할 수 있는 농도 깊은 연락이다. 띄엄띄엄 채워지는 간단한 안부만으로도, 이미 많은 마음이 오가는 것이다.

소라와도 계절에 한 번씩 연락을 했다. 그 정도로도 이미 충분한 사이라는 걸 다행스럽게 여기면서도 이쯤이면 다시 만나야만 해서 이곳에 또 찾아왔다. 그녀가 있기에, 베를린을 갈 때면 꼭 돌아가는 기분이 들었다.

베를린 공항은 짐을 찾는 공간이 매우 협소해 꼭 지방의 버스터미널을 연상케 한다. 20킬로가 넘는 캐리어를 단번에 찾아 다부지게 끌고 나를 데리러 온 소라에게로 향한다. 반가운 포옹. 콜라 하나를 사 놓으라고 부탁해 두었다. 한 달 동안 쓸 수 있는 대중교통 티켓을 사고, 버스를 기다리며 공항 앞에서 콜라와 담배를 한 입씩 먹는 게 우리 여행의 시작을 알리는 신호였다. 언제나 우리는 그렇게 만났다. 우중충한 날씨 따위는 아무래도 상관없었다. 우리는 어제 만난 사람처럼 특별한 말도 없이 무조건 웃고 있었다.

스물넷의 1

아지트가 생겼다. 바로 숙소 안쪽 정원에 있는 벤치다. 누군가 정원으로 통하는 뒷문을 열어 두어서 우연히 발견한 이곳은 나 말고는 아무도 관심이 없는 듯했다. 사방이 건물로 둘러싸여 있어 비밀정원 같다. 맑은 긴장감이 있는 곳. 친구와 저녁밥을 함께 먹고 나서 우리 집으로 가자고 꼬셨다.

"우리 집 밑에 있는 정원 끝내주게 좋은데, 갈래?"

여름 베를린에서 실내에 있는 것은 죄다. 하늘이 보이는 곳에서만 해야 하는 여름의 이야기가 있는 법이다.

오늘 처음 만난 사이인 혜은이가 아지트의 첫 손님이었다. 여행의 통과의례처럼 종종 새로운 사람을 알게 된다. 이

번 여행에서도 마찬가지이다. 만난 날은 마침 그녀의 생일 다음 날이었다. 미테지구의 한 카페에서 우리는 만났다. 만나자마자 거침이 없었지만 그 속도가 불쾌하지는 않았다. 대화가 흐르고 알게 된 사실은 그녀가 제주도에서 미술을 전공하는 스물넷 학생이라는 것과, 자기 자신을 찾으려 고군분투하는 중이라는 것뿐이었다. 모르는 사람인 거나 똑같았다. 나는 이 아이의 습관과 자라 온 배경과 잠버릇과 그림과 화난 얼굴을 모른다. 아직까지는 맥주 한 잔에도 비틀거린다는 것만 안다. 모든 게 미지수였고 첫인상을 점검할 새 없이 붙어 있었더니 친구라는 말을 뱉기가 쉬웠다. 취한 탓, 여름인 탓, 해외인 탓을 더해 모든 판단을 보류했다. 한국어를 쓴다는 이유로, 좋아하는 작가가 비슷하다는 이유로 마음의 턱을 낮췄더니, 시간의 궤도를 잃은 새벽이 왔다.

우리는 거나하게 취했다. 맥주 네 병을 해치운 이후여서인지 친구의 얼굴이 더 예쁘게 보였다. 동공까지 선명했다. 이렇게 미인이었나? 생각하게 될 만큼. 투명한 대화들이 오가는 사이 우리 시간이 딱 절반으로 나뉘었다. 반은 말하거나 듣기, 나머지 반은 고개를 들어 하늘과 나뭇잎 바라보기.

허스키한 나뭇잎의 잠꼬대가 들렸다. 세상에 우리 둘만

존재하는 것 같은 고요.

다시 한번 온갖 핑계들을 동원해 분위기에 취했다. 그녀는 내게 많은 질문을 던졌다. 자신을 자랑하지 않는 사람만이 검열 없는 순수한 질문을 던질 수 있다, 고 생각했다. 스물여덟의 내가 스물넷에게 해 줄 수 있는 따끔한 조언 같은 건 존재할 리 없었다. 말하려고 보니, 나는 아무것도 몰랐다. 찾고 있는 의미를 쥐여 주기엔 나도 아직 어렸다. 다만 한 가지 확실히 아는 것은 나 자신으로 살아가면 그뿐이라는 거였다. 잘은 몰라도 결연히, 힘주어 말해야 했다. 나의 대답을 기다리는 초롱초롱한 눈빛 앞에서 그에 대한 보답이라기엔 너무 작은 대답이었지만. 영화 속 명대사처럼 스물넷에 해야 할 일은 오로지 자기 자신이 되는 것뿐이라는 것을. 사실 나는 스물넷의 나 자신에게 말하고 있었다.

"예전에 어느 인터뷰에서 인상 깊게 본 말이 있어. 고민하고, 계획하고, 골머리를 앓아도 행동하기 이전은 0이야. 0은 0일 뿐이야. 그런데 후지게라도 한번 해 버리고 나면, 그 사람은 1이야. 1을 가진 사람인 거야. 우린 1을 만들어야 돼. 내일 한다고, 더 나이가 들어서 멋진 1을 만든다고 하면 안 돼. 지금 1을 만들어야 해. 지금 당장."

친구의 눈이 반짝거렸다. 나는 말을 이어 나갔다.

"이런 생각이 들었어. 우리가 속한 사회에서는 1을 마치 단 하나의 1인 듯 취급하는 것 같다는. 내 1은 저 사람과는 다르게 세모일 수도, 분홍색일 수도 있는데 정해진 하나의 1을 강요해. 그래서 힘들고 답답해. 때론 그런 사회가 막막하게 느껴지기도 해. 정말 변할 수 있는 걸까? 그런 여지가 있을까? 하고. 그러면 그럴수록 넌 너만의 것을 만들어야 해. 어쩔 수 없는 상황을 탓하기보다 내가 만들어 나가야 할 것을 기대하는 편이 좋을 것 같아. 다른 사람의 1을 보면서 부러워하지 마. 너무 동경하지도 마. 그냥 네가 이뤄야 할 게 뭔지 고민해 봐."

그렇다면 정작 이런 말을 늘어놓는 나는 1을 가지고 있는, 아니 적어도 만들고 있는 사람일까 고민했다. 도대체 삶의 성취는 무엇을 의미하고, 어떤 방향으로 우리의 걸음을 정해야 할까? 꼭 눈에 보이는 결과가 있어야만 할까? 올바르게 살고 평범하게 하루하루를 지내는 사람들은 1이 없는 사람들인 걸까? 인터뷰를 요청받을 만큼 특별한 일을 해낸 사람만이 1이 있는 사람인 걸까?

베를린의 사람들은 내게 해답이었다. 아기를 낳은 사람의 1. 카페에서 커피를 내리는 사람의 1. 청소부의 1. 자전거 탄 회사원의 1. 안내 직원의 1. 그 사람들은 모두 평범한 일상 속에서 자신만의 무언가를 일구고 있을 터였다. 그저 잔잔하게 흘러가는 듯했지만 다들 자기다웠다. 누구든 1을 만들 수 있었고, 그건 어떤 방식이든 상관없었다. 자기 자신이 정하는 자기 자신만이 진짜 결과였다. 자신이 정의하는 대로 무엇이든 할 수 있다는 태도를 가진 사람은, 언제든 만들어 낼 수 있는 사람이다. 스스로 나의 할 일과 목표를 정해 나가는 집념이 있는 사람이다. 만들어 내기 위해서는 일단 나 자신이 되어야 한다. 우리는 그런 용기를 원하고 있었다.

가끔은 1을 만든다는 핑계로 멀리 떠나도 좋고, 내가 알고 있는 믿음을 예쁜 언어로 말해 주어도 좋을 것이다. 그것이 여행의 목적이 된다면 더욱 근사할 것이다. 이런 생각들을 하고 있자니, 아직 내게는 많은 시간이 남아 있음을 느낄 수 있었다. 모든 하루는, 1을 만들기에 충분하다. 오늘, 그리고 깨알 같은 하루하루의 행동들만 있다면.

무턱대고 건넨 용기 위에 달이 떠 있었다. 유난히 밝게 비추던 달도 알았을 것이다. 이렇게 예민하고 눈부신 새벽은 자주 오지 않는다는 것을. 이의를 제기할 수 없이 중요한 새벽이었다.

앞으로 이 여행에서, 어떤 일이 일어나도 괜찮을 것 같았다. 이미 모든 행운을 다 끌어 써 버린 듯했다.

해가 뜨도록 우리는 이야기를 멈추지 못했다. 나는 그녀가 만들어 낼 것들이 궁금했다. 자기 자신과 사랑에 빠질 만한 순간들이 꼭 오리라고 믿으며 우리는 새하얀 두 손을 부서질 듯 꼭 잡아 보았다.

언니가 가고 그냥 벤치에 누워서 - 모두가 잠들어 고요하고 깜깜한 하늘을 혼자 바라보는데, 무대에 불이 켜지듯 핀조명이 나를 향해 켜졌고, 무대위의 주인공인거야 내가. 그걸 어쩌면 알지만 잘 모르고 지냈던것 같기도, 아니 난 아직 아니다 라는 생각을 하며 지낸거 같은데, 언니가 그 조명을 켜준거야. 야, 너 주인공이야 뭐해? 너 지금 뭐하냐? 하는 느낌으로 정신이 딱 들게.

귀가본능

혜은이는 아무리 밤새 놀아도 반드시 아침엔 집으로 가서 말쑥한 여자가 되어 다시 나타났다. 한마디로 '변신'이었다. 나를 만난 이후로는 자기 숙소에서 잔 적이 거의 없었는데 씻고 준비하는 것만큼은 숙소로 돌아가서 했다.

어젯밤 우리는 소라의 집 거실에서 잠들어 버렸다. 눅눅해진 아이스크림 용기와 찐득한 손가락, 빈 병들이 늘어진 풍경 옆에 먼지가 낀 매트리스 위에서 시트도 없이 잠들어 버린 우리는 대책 없는 히피들 같았다. 찝찝함 때문에 우리는 틈틈이 잠에서 깨는 새벽을 보냈다. 아침 7시가 되어서야 도저히 참을 수 없다는 듯 일어나 각자의 집으로 돌아갔다.

20대 초반까지만 해도 나는 어디서나 곧잘 잤다. 내일이 없는 것 같은 밤을 보내면 그다음 아침 혹은 오후까지도 지워져 버리는 경우가 더러 있었다. 하지만 나이가 들수록 잠은 나만의 공간에서 자게 되었다. 특히 그다음 날 아침은 그 어떤 전날을 보냈든 다시 리셋되어야 마땅했다. 다음 날을 감수할 만큼 대단한 밤은 흔치 않다는 것을 알고 난 뒤였다.

이른 아침에 혜은을 사로잡은 것은, 자신의 공간으로 돌아가지 못했다는 후회였을 수도 있다. 그녀는 상쾌하게 내 침대에서 맞는 아침이 얼마나 특별한지 깨달았을 것이고 지난 밤을 만회하기 위한 실천으로서 후다닥 일어나 도망치듯 돌아갔던 것이다.

귀가본능의 정확한 예시가 될 만한 장면 하나가 떠오른다. 〈섹스 앤 더 시티〉의 한 장면이다. 뉴욕, 어둡고 시끄러운 클럽에서 캐리는 누가 봐도 반할 만한 20대 남성을 만난다. 둘은 술에 취했고, 어느새 남자의 집으로 향했고, 잠자리를 나눴고, 아침이 되었다. 어둠에 가려 보이지 않았던 모든 것들이 그녀의 눈에 들어오기 시작했다. 언제 마지막으로 빨았을지 모르는 더러운 침대시트, 먹다 남은 피자 조각, 보기 싫게 쌓여 있는 설거짓거리들, 위생관념 없는 화장실. 커피를 마시려는 캐리에게 그저 깨끗한 머그컵 하나가 제공되지 않는다. 그때 캐리는 생각한다. 술에 취해 모든 것이 괜찮았던 밤, 그리고 연결되는 다음 날 아침은 더 이상 그녀가 원하는 것이 아니라는 것을. 캐리는 다시 자신의 집으로 돌아와 깨끗하고 밝은 그녀의 방에 만족스러워한다.

내가 원하는 풍경은 딱 이런 것이다. 잘 정리된 방 안에 좋아하는 향초를 켜 두고, 얼굴과 머리칼을 깨끗이 씻어 낸 채로 구덕구덕한 크림을 듬뿍 발라 아기를 다루듯 나 자신을 가꾸는 기분을 느끼는 것. 아직 미끌거리는 손으로 펜을 잡고 일기를 써 내려가는 모습. 아로마 오일을 귀 뒤에 바르고 몸 이곳저곳을 당기고 밀어 근육을 풀어 내는 행위. 오늘을 정리하고, 내일을 기대하며 잠자리에 드는 모습. 이불을 힘껏 끌어안으며 오늘 있었던 일을 순서대로 떠올리고는 흐뭇해하다가 스리슬쩍 들어 버리는 잠. 개운하고 애틋하게 오늘 하루를 보내 주는 밤. 그 밤을 위해 나는 오늘도 신나게 집으로 돌아간다.

커피 한잔의 인연

곳곳의 싱그러운 나무와 가끔씩 불어오는 바람에, 여름을 만끽하며 발걸음을 재촉했다. 가고 싶었던 레코드점 두 곳과 예쁜 소품점 하나를 구경했다. 간단히 샐러드를 먹은 뒤 서점으로 향했다. 책을 보고 있는 어떤 예쁘장한 동양 여자가 눈에 들어왔다. 말을 걸고 싶다는 충동이 들었지만 멈췄다. 한국인인지도 확실치 않았고, 오늘 하루를 혼자 보내고 싶다는 생각도 들었기 때문이었다. 또 다른 인연을 만나는 것에 지치지 않을까, 겁도 났다.

내가 잡지 섹션에서 구경하는 동안 그 여자는 사라지고 없었다. 왠지 모를 아쉬움에 나는 서점에서 나와 바로 옆 카페에 들어섰다. 아이스커피를 시키고 마음에 쏙 드는 큰 나무 테이블에 앉아 노트를 꺼냈다. 그 순간 먼발치에서 휴대폰을 보며 서성이던 그 여자가 이 카페를 향해 걸어오는 것을 보았다. 말을 걸어야 하나? 하는 순간 나도 모르게 "저기요!"라는 말을 이미 뱉고 있었다. 나의 망설임이 무색해지는 여자의 환한 미소.

"한국인이세요? 시간 되시면 저랑 커피 한잔해요."

그녀는 활짝 웃으며 "네!"라고 답했다. 그러고는 커피를 시켜 내 앞에 앉았다.

"안녕하세요, 저 사실 지혜 씨를 알고 있어요."

조심스럽게 말을 덧붙였다.

"베를린 오신 것도 알고 있어서 혹시나 길에서 마주치지 않을까 내심 기대를 했었어요."

나는 순간 그 말을 들어서도, 그녀가 한국인이어서도 아니고, 그녀가 입고 있던 셔츠와 다정한 말투 때문에 무장해제되어 버렸다.

혼자 여행 중인 그녀는 런던과 파리를 거쳐 베를린에 왔고, 곧 스위스로 넘어간다고 한다. 그 후로 밀라노, 세비야, 바르셀로나…… 일정이 아직 많이 남아 있었다. 나이는 스물넷. 첫 유럽에서 혼자가 아니었던 나는 그녀의 당참이 빛나 보였다. 그녀의 질문 세례가 시작되었다. "뭐 좀 물어봐도 될까요?" 공손함까지 더해진 그녀의 질문들에서 나는 애정을 봤다. 어떤 대답에도 고개를 끄덕이며, 수첩을 챙겨 오지 않아 아쉽다는 말을 반복하는 그녀가 좋아졌다.

우리는 자리를 옮겼다. 만난 지 15분쯤 되었을 때 저녁을 먹자고 제안했다. 아까 보았던 레코드점으로 그녀를 데려갔다. 레코드점에는 친절하고 키가 큰 남자 점원이 있었다. 사진을 남기고 여러 레코드를 부탁해도 전혀 눈치를 주지 않는 사람이라 마음 깊이 감동했다. 그곳에서 나는 그만 신이 나 버리고 말았다. 그녀는 에이미 와인하우스의 명반을, 나는 〈프란시스 하〉의 사운드트랙으로 쓰인 곡이 수록된 데이비드 보위의 LP를 찾았기 때문이었다. 오래된 종이, 빛바랜 비닐, 먼지 가득한 플리마켓을 뒤지는 기분으로 우리의 손가락이 바삐 움직였다.

점원이 스티비 원더의 〈Isn't She Lovely〉를 틀었다. 그것도 아주 웅장한 사운드로. 순간 고민, 생각, 계획, 쌓여 있던 모든 게 와르르 무너지는 기분이었다. 함성을 질러야 하는 순간이었다. 바로 옆에 있는 노천카페의 손님들도 내 고함을 이해하는 듯 미소를 보내왔다.

자연스레 우리는 함께 집으로 갔다. 그녀는 내 노트북 화면의 배경화면을 보고는 어떤 영화인지 단번에 맞추었다. 토마토를 써는 장면 하나만으로, 나만 알 것같이 인기 없는 독립영화를 바로 알아본 것이었다. 코드가 맞는 사람을 우연히 발견했을 때의 흥분을 아는 사람이라면 쉽게 공감할 수 있을 것이다. 세상엔 수많은 사람들이 있지만 깊은 관심을 공유하는 사이는 드물다는 것을. 영화 〈썸웨어〉에 나온 엘르 패닝의 여름 원피스에 열광하는 사람을 만나게 될 줄이야. 별다른 노력 없이 우리는 가까워졌다. 비가 올 듯 말 듯 아직도 해가 지지 않은 저녁의 어스름 속에, 우리는 창가에 앉아 느긋한 시선을 주고받았다.

나는 결국 그녀와 이틀 내내 함께 있게 되었다. 처음 본 사이인데 함께 호수를 가고 첫 키스 이야기를 공유하고 연거푸 맥주를 마셨다. 동네식당에서 다른 손님들과 어깨를 부딪쳐 가며 파스타를 먹고 별난 맛의 에이드를 남겼다. 그녀의 질문은 계속되었고 나는 서울에서의 만남을 기대하고 있는 나를 발견했다. 그녀는 좋은 사람이었고, 그런 그녀에게 말을 건 일은 운명이라기보다 아주 예쁜 우연이었다. 우리 대화의 무게는 시간의 기준을 넘어 다정하고 무서운 속도에 기여했다.

요즘의 나는 흐르는 시간을 감상하는 데 익숙해졌다. 구태여 돌아보지도 않고, 정의하지도 않는다. 내버려 둔 채 내 감정들이 어떻게 여행하는지 구경한다. 그래서 누구와도 친해질 수 있고, 어디든 갈 수 있다. 누구와의 인연이, 내 상황과 환경이, 시의적절한 말투와 행동, 용기가 결국은 내 것이 아니며 모두 내 제어를 벗어나 있다는 사실을 알게 되면서 자유로워졌다. 내게 중요했던 순간들은 내가 계획하고 궁리했던 것이라기보다 오히려 그 반대였다. 모든 것은 예상치 못한 방향으로 흘렀고, 그것이 자연스러웠다. 돌이켜보면 최선이었다. 우연을 가장한 나의 운명들이 조금이라도 빗나갔다면, 혹이 사람을 만나지 못했다면, 떠나지 못했다면, 하는 조바심이 들어 아찔해진다.

결국 우리가 해야 할 일은 때때로 긴장을 풀고 흐름에 내 온몸과 마음을 맡기는 것. 불쑥 어떤 인연이 나를 데려갈지 잔뜩 기대하고서 살고 싶다. 내가 샐러드를 먹을 때까지만 해도 누굴 만날지 전혀 알 수 없었던 것처럼.

겨울의 꿈

여름은 매번 예쁘지만은 않다. 가끔씩은 진이 빠져서 아무것도 할 수 없는 무기력한 상태에 놓인다. 우리가 좋아하는 재킷, 발목까지 오는 긴 원피스는 물론 간단한 액세서리조차 성가셔지는 게 여름이다. 여름은 눈부시게 청량하기도 하지만 땀을 뻘뻘 흘리는 사람에게 품위를 묻기란 어렵다.

여름을 피하는 가장 이상적인 방법은 겨울을 상상하는 것이다. 여름만 되면 우리는 겨울의 사전에서 비참하고 시린 추위를 지우고, 클래식하고 수줍은 추위를 적어 넣는다. 이런 단어들이 줄지어 따라붙는다. 목도리, 두꺼운 책, 뜨거운 커피, 팔짱, 포장마차, 공연 예매, 코트, 장갑, 약속, 목욕, 눈사람, 몸을 움츠린 사람들. 특히 어떤 공간에 들어서는 반가움이 떠오른다. 카페 문을 여는 순간 달랑거리는 종소리는 미리 듣는 캐롤이다. 추위에 시달리다가 목적지에 도착했을 때, 예를 들면 카페나 레스토랑에 들어서자마자 외투를 의자에 걸쳐 두는 장면을 떠올리는 것만으로도 아련한 기운이 몰려온다.

추위는 사람들을 하나로 묶는 일을 잘한다. 팔짱을 끼거나 손을 포개게 만든다. 여름보다 서로의 이마는 더 가깝게 맞닿아 있다. 고개를 내밀고 상대에게 더 가까이 다가간다. 커피잔을 감싼 손, 마주하는 눈빛이 녹아내린다.

"다녀왔어요"라고 말하고 싶은 따뜻한 귀가를 생각해 본다. 여름이라면 좀 더 경쾌한 느낌이겠지만, 겨울의 그것은 왠지 비밀스러운 느낌이 든다. 방으로 쏙 들어가 혼자만의 시간을 갖는다. 집에서 따뜻한 차를 내려 마신다. 그 옆에는 유난히 무언가가 많이 적힌 일기장이 있다.

다시 외출 준비를 한다. 겨울의 외출 준비에는 아주 애틋한 뉘앙스가 있다. 속옷, 내복, 얇은 목티, 스웨터, 코트, 목도리, 장갑. 모든 것이 귀찮아 가볍게 후딱 나서 버리는 여름과 달리 추운 날엔 마치 전장에 나가듯 채비를 꼼꼼히 한다. 눈 내리는 거리로 나서기 전 거울을 한 번 더 들여다보게 되는 것도 겨울만의 몫이다.

그해 정말 추웠지, 하고 회상하며 우리는 얇은 웃음을 흘린다. 추웠다는 사실만을 강조하며 말이 끝날 때까지 정색하는 사람은 아마 거의 없을 것이다. 설사 정색한다 해도 그 끝에는 항상 웃음이 서린다. 그 겨울이 얼마나 추웠는지조차 결국엔 추억이 된다. 오들오들 떨던 풍경도 여름 앞에서는 선물이 된다.

다가올 겨울을 위해, 지금 이 순간의 여름을 잘 기억해두면 좋겠다.

겨울이 되면 어차피 또 그리워하게 될, 미화된 첫사랑 같은 여름을 찬찬히 되짚어 보자. 산, 아이들, 웃음소리, 계곡, 팥빙수, 얼음물, 밤 산책, TV, 연애, 복숭아, 폭염 뉴스. 이것은 우리가 곧 그리워하게 될 여름의 이름들이다. 겨울의 꿈속에서 우리는 7월의 어느 날로 돌아간다.

여름에는 잠시나마 어린 시절로 돌아가는 기분이 된다. 아마 '방학'이라는 말 때문일 것이다. 매일 얼굴을 보는 몇몇 친한 친구와 가족과 학교와 학원, 좋아하는 곡만 모아 둔 MP3와 어깨 위의 책가방이 모든 세계를 이루는, 그런 단순함이 꼭 여름 같다. 주머니 속에서 문자와 전화만 가능한 둔탁한 휴대폰이 만져질 것 같다. 놀이터 앞에서 무릎에 작은 상처를 입는다거나, 엄마에게 내 위치를 보고해야 할 것만 같다. 가족의 설득에 강원도로 짧은 피서를 떠나고, 아빠가 운전하는 자가용 뒷자리에서 멍을 때리는 풍경은 비단 아이들만의 여름이 아니다.

어른의 여름도 그 게으름의 결은 비슷하다. 캔 혹은 병째로 마시는 맥주가 그럴싸해 보이는 건 여름뿐이다. 아이 같은 칭얼거림이 허용되는 것도, 여름뿐이다.

여름에의 방황은 다소 유치하더라도 좋다. 한 해는 아직 반이나 남았고 겨울보다는 덜 조급한 마음으로 묵혀 둔 고민들을 헤친다. 그것은 본질적이고 유아적인 얼굴을 하고 있다. 겨울의 고민처럼 애틋하지도, 봄의 그것처럼 미래적이지도 않지만 여름의 고민만이 가지는 생명력이 있다.

여름철에 뱉어 내는 말들은 솔직하다. 진심은 한 겹 덜 걸치고 있다. 속옷이 비치는 얇은 티셔츠처럼 속이 들여다보인다. 그런 말들 속에는 폭염에도 녹지 않고 살아 있는 낭만이 있다. 발길 닿는 모든 곳이 대화의 배경이 된다. 우리들은 내친김에 속내를 드러낸다. 여름에는 웬일인지, 나의 신체보다 기분과 느낌의 덩치가 더 커진다. 갑자기 그것은 진화라도 한 듯 더 정교한 생김새로 나 자신을 지배한다. 푸념을 늘어놓아도 좋고, 시치미를 떼도 좋다. 그런 솔직함은 지극히 여름다우니까.

멀리서 바라본 그때의 계절은 단점은 지워지고 아름다움만 남아 늘 나를 속인다. 때문에 겨울과 여름은 서로에 대해 끈질긴 꿈을 꾼다. 예외 없이 돌아오는 기적과도 같은 계절들 덕분에 우리는 기꺼이 불평한다.

우리는 겨울의 꿈속에 있다. 겨울의 시샘을 받으며 지칠 줄 모르고 뛰쳐나간다. 모르는 사람들과 함께 춤을 추거나 시원한 음료를 사 먹기 위해, 거리낌 없는 옷차림으로, 재기발랄한 몸짓으로, 사랑이라고 여겨도 좋을 말들을 뱉으며.

지금, 나는 여름이기 때문이다.

우리의 동네

소라는 일을 가야 해서 우리가 접선하는 시간은 대부분 밤이었다. 굳이 시내에서 만날 일은 거의 없었다. 그녀를 자주 만나고 싶어서 같은 동네에 숙소를 구했기 때문이다. 내 방에서부터 그녀의 집까지는 15분이 채 걸리지 않았다. 신이 나는 마음 때문에 약속 시간에 늦은 사람처럼 쏟아지듯 외출한다. 해 질 무렵의 하늘은 딸기 빛으로 물들어 있다. 나처럼 동네를 어슬렁거리는 사람들 틈에 끼어 걷는다. 점점 윤곽이 뚜렷해지는 그림자를 밟으며 혼자만의 산책으로 우리의 만남을 준비하는 식이다.

음악에 흠뻑 취해 걸으면 어느새 집 앞에 도착해 있다.

근처 24시간 인도 음식점 혹은 슈퍼 앞에서 그녀를 기다린다. 기다림이 길어질수록, 저편에서 걸어오는 모든 사람들이 순간 소라가 된다. 드디어 일이 끝나고 자전거를 타고 달려오는 소라의 덩실덩실한 실루엣을 마주친다. 그림자가 둘로 늘어난다. 얼굴에 웃음이 번진다. 딱히 인사랄 것도 없이 눈빛만 주고받는 일에서 우리의 절친함을 느끼고 안도한다.

소라네 거실은 휑하다 느껴질 만큼 넓었다. 그 어디든 누워 버리는 습관을 받아 주기 딱 좋은 품이다. 팔다리를 쫙 뻗고 차가운 마룻바닥에 누워 있으면 진짜 여름이라는 것을 느꼈다. 진짜 여름. 복숭아뼈에 모기를 물리며 맥주 몇 캔을 비우고 나는 다시 돌아갈 채비를 한다. 내일 또 만날 것이기 때문에 아쉬운 마음이 없다.

다음 날 우리는 동네 공원 근처의 카페에서 만나기로 한다. 위스키 잔처럼 생긴 잔에 담긴 블랙커피를 마시거나 허브 향이 나는 와인을 마시는 식이다. 이번에는 소라가 나를 집에 데려다줄 차례다. 몸집이 큰 자전거를 번갈아 끌며 우리는 느긋하게 걷는다. 어제 만났는데도 할 이야기가 끊이지 않아 킬킬거리면서 웃는다. 불확실한 미래 따위는 제쳐 두고 우리는 지금의 기분들만 신경 쓴다. 여름밤, 달빛에 그을린 친구의 얼굴, 고작 스물여덟, 스물아홉. 생각하는 대로 모든 걸 이뤄 갈 수 있는 우리들.

의심의 여지없이 젊은 우리들.

남는 칫솔이 있냐는 물음 대신 소라는 자신의 집으로 돌아간다. 집까지 데려다주기만큼 로맨틱한 일은 없다.

그런 날들이 반복되었다. 낮에 시내에서 만나 시간을 함께 보내다가, 각자의 집으로 해산하여 쉬다가, 밤이 되면 다시 만났다. 일시적이라 해도 우리는 동네를 공유한 사이였고, 줄기차게 계속되는 삶 속에서 미래의 힘이 될 만한 시간이었다.

잠을 자고 일어나면 드는, 언제든 약속이 생길 수도 있다는 기분. 불성실한 스케줄에도 우리는 알뜰하게 우정을 쌓았다.

"이대로 헤어지기 너무 아쉬워!"

떠나기 전날 밤, 소라가 말했다.

떠나는 입장으로 언제나 반쯤 홀가분한 기분을 느꼈지만 이번 여행은 달랐다. 동네친구가 생긴다는 것, 내가 머무는 곳이 나의 동네가 된다는 것은 생각보다 운명적인 일이었다. 만나고, 헤어지고, 다른 방 다른 침대에서 각자의 밤을 정리하고, 따로 아침을 맞는 일. 둘 사이에 바람이 통할 만한 간격이 있어서 과한 감정을 느끼지 않아도 되는. 결코 섭섭해하

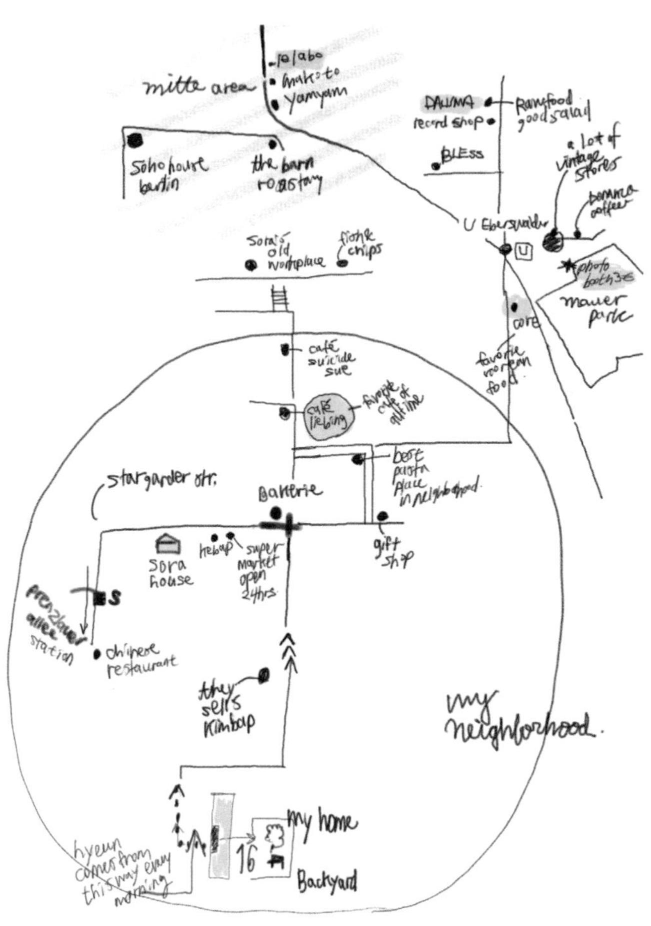
mitte area
le labo
makoto
yamyam
soho house berlin
the barn roastery
DAIMA
record shop
Rawfood good salad
BLESS
a lot of vintage stores
bonanza coffee
U Eberswalder
photo booth
mauer park
Sora's old workplace
fish & chips
core
favorite korean food
café suicide sue
café liebling
favorite cafe of all time
best pasta place in neighborhood
stargarder str.
Bakerie
gift shop
sora house
kebap
super market open 24hrs
prenzlauer allee station
chinese restaurant
they sells kimbap
my neighborhood.
my home
16
Backyard
hyeun comes from this way every morning

지 않는. 방해받지 않는 나만의 은신처가 있는 여행. 절친한 친구와 동네친구가 되어 보는 여행. 매일 만나고 매일 헤어지는 여행. 새로운 매일의 시작이 보장되는 여행이었다.

그녀의 생활반경에 잠시 끼어들었다가 사라지는 일은 추억하기에 좋다. 나는 이제 그곳에서의 친구의 모습을 구체적으로 상상해 볼 수 있다. 출근하는 모습, 자전거 자물쇠를 풀어 내는 손, 우리가 곧잘 가던 중국집에 혼자 찾아가는 저녁을. 그 여름밤 동네에 켜켜이 묻었던 우리의 발자국들이 들려온다.

그 여름의 냄새

너에게서 좋은 냄새가 안 난 적이 한 번도 없어.

성과나 외모에 대한 칭찬보다 잔향이 진한 표현이었다. 존재에 맞닿아 있어서 묵직한 감동을 주는.

냄새에는 누군가의 감정이나 추억마저 깃들어 있을 것 같다. 정말로 어떤 기억들은 '냄새'가 지휘했다.

그해 여름은, 그 집에서만 났던 특유의 냄새로 말할 수 있다. 아침만 되면 땀을 뻘뻘 흘리며 욕조 청소를 하는 집주인과 마주쳤다. 나는 지금껏 유럽 숙소의 욕조에서 뽀드득 소리가 나는 것을 본 적이 없었다. 욕조를 포함해 그가 매일 두 번씩 깨끗한 전쟁을 벌이는 그곳은 어쩌면 부엌이나 침실보다도 더 깨끗했다. 클래식 음악소리가 들릴 것 같은 청결함이었다. 물 한 방울, 머리카락 한 올 없는 호텔 같은 타일 바닥. 폐를 끼치기 싫어 나는 항상 욕조 안에 앉아서 씻었다. 갓 씻긴 욕조에서 친환경 세제 냄새가 났다. 잘 정돈된 물건들의 냄새. 언제라도 머물고 싶은 공간. 뜨거운 물을 끼얹으며 호스트의 욕실용품 컬렉션을 구경한다. 코코넛 향이 나는 샴푸로 머리를 감고 아로마 비누로 몸을 헹군다. 수건으로 몸을 감싸고 내 방으로 튀어 가다가 부엌에서 풍겨 오는 면 삶는 냄새를 맡는다. 가지와 토마토가 구워지는 냄새 또한. 고개만 빼꼼 내밀어 맛을 볼 수 있냐고 물으면 집주인은 실력 좋은 요리사처럼 웃으며 알겠다고 했다. 이토록 과도한 웃음은, 작은 부탁을 건네는 사람에게 끝도 없는 감동과 안도감을 준다. 나는 얻어먹을 요리보다 틈틈이 마주하는 그의 친절이 더 좋았다.

방에서는 열려 있는 창문 사이로 새어 들어오는 바람의 냄새가 하루 종일 났다. 성인 네 명이 편히 잘 수 있는 크기의 침대에 대자로 누우면 보드라운 침구 냄새가 났다. 순면과 리넨이 쫀쫀하게 합쳐져 감촉이 마치 벨벳 같은 이불에 얼굴을 파묻기를 좋아했다. 단숨에 모든 생활의 피곤을 지우고 잠의 세계로 안내하는 흡인력이 있는 냄새였다. 나도 모르게 낮잠에 빠져 버렸다. 몇 시간 뒤 땀을 뻘뻘 흘리며 깨면 이미 잠의 냄새가 달아난 후였다. 밉지 않은 땀 냄새를 풍기며 복도를 지나치면 또 이 집 냄새가 났다. 내 기억과 그의 생활이 담긴 아름다운 그 집만의 냄새가 났다.

기대하지 않은 죄

습관처럼 파리에 도착했다. 확실한 건 파리에 대한 내 마음이 예전 같지 않다는 점이다. 태어나서 가장 많이 여행한 도시가 파리라는 게 꽤 그럴싸해 보여도 식어 버린 사랑은 과거를 더 우습게 만들 수도 있었다. 빨간 머리 앤은 실망하는 것보다 기대하지 않는 것이 더 나쁘다고 했다. 나는 그녀에게 혼날 만한 시시한 마음을 먹고 있었다.

도착하자마자 나는 다른 도시를 꿈꿨다. 그 무엇도 기대하지 않은 채, 마음을 접어 버렸다. 아무 감흥도 없이 에어비앤비 숙소에서 이틀 밤을 보내고 다른 동네로 옮겨 왔다. 그러자마자 알게 됐다. 이전 숙소에 무언가를 빠뜨리고 왔다는 사실을. 여행을 지켜보는 신이 있어서 자질구레한 사건이라도 쥐여 주려 했던 모양이다. 귀걸이는 작지만 잃어버리면 마음이 저린 물건이었다. 주인에게 연락하니 청소하다가 찾았다는 답이 왔다. 나는 그의 회사에 귀걸이를 찾으러 가는 것을 이번 파리 여행의 첫 계획으로 세웠다. 조금 번거롭긴 해도 물건을 다시 찾고자 하는 마음이 좋았다. 누군가의 마음만큼은 아니겠지만 무언가를 잃어버렸다가 되찾는 일은 항시 짜릿할 수밖에 없는 일이니까.

두 번째 집은 엘리베이터 없는 5층이었다. 긍정도 억지가 될 만큼 어떤 힘도 남아 있지 않았다. 20킬로그램 '웬수' 같은 캐리어와 배낭을 짊어지고 오르는 내내 스스로가 초라해 보였다. 마음가짐이 어그러지니 모든 것이 구질구질해진다. 내겐 불행을 함께 웃어넘길 동행도 없다. 혼자 사는 집에서 문지방에 발이 찧였을 때, 짠한 감정이 밀려오며 누군가가 필요한 것 아닐까, 하는 염려가 들듯 나는 외로운 자신을 마주하고 말았다.

큰 식물들이 있는 마지막 층에 어찌저찌 이르렀다. 짐을 펼쳐 보는데, 이게 웬일인지 속된 말로 충전기의 '대가리' 부분이 없다. 너무 어이없어서 할 말을 잃었고 짐 어디에도 그 콘센트 부분의 조각이 보이지 않았다. 그러다 파리로 떠나오기 전날 미리 충전기를 챙기던 내 모습을 기억해 냈고, 너무 세게 잡아당겨 몸통 부분만 가져오게 된 것으로 결론을 내렸다. 아…… 5년간 고장 없이 쓰던 충전기를 실수 때문에 쓸모없는 물건으로 만들어 버린 것이다.

어쩔 수 없다. 우선 안토니오(전 에어비앤비 주인)에게 들른 다음, 오페라역에 있는 애플스토어에 가기로 동선을 정했다. 무안하게도 날이 좋았다. 내 마음과는 전혀 다른 결의 햇빛이 비쳤다. 스트레스에 찌든 나는 아름다운 햇살조차 거부하는 사람의 안색을 하고 있었다. 안토니오의 회사 로비에서 그를 기다리는데, 그가 짠 하고 산타처럼 등장했다. 말도 안 되게, 내가 잃어버린 덕헤드와 귀걸이를 소중히 들고 서 있었다. 이럴 때가 있다. 별일도 아닌 일에 기쁨이 폭발할 때.

기분이 좋아진 나는 휴대폰 없이 감각을 곤두세워 예전에 갔었던 카페를 찾아가 보기로 했다. 아르데코 느낌의 장식이 있는 지하철역을 빠져나와…… 작은 광장에서 왼쪽으로 몸을 틀어, 고급 앤티크 가구점을 지나, 네모나게 잘린 나무들이 쭉 늘어선, 담담한 흙바닥을 지나면…… 커피잔을 든 사람들이 보였다. 이렇게 길을 찾으면 감각이 살아나는 기분이 든다. 한 시간만이라도 눈을 감고 거리를 걸으면 다른 감각들이 열리듯 휴대폰이 들리지 않은 손과 마음에 생기가 넘쳤다.

공원 속 벤치에 앉아 글을 썼다. 아이스크림이 녹아내리기 전에 급하게 입에 갖다대듯 내 감정들과 이야기들을 고스란히 수첩 속에 들여놓았다. 덕분에 나는 다시 혼자가 괜찮아졌고, 파리가 보였다. 불안감을 떨쳐 내고 어디로든 발을 내딛어 본다. 우연히 발견한 모든 풍경은 내 것도 아닌데 자신감을 심어 주고 눈치를 살피는 여행객으로서의 나의 면모를 조금 다듬어 낸다.

숙소로 돌아오면서 내친김에 멋진 식사를 하려고 집 앞 식당에 들렀다. 삶은 감자를 곁들인 오리 요리는 돈이 아까울 정도로 형편없었지만 내 기분을 해칠 만큼은 아니었다. 대관절 어떤 장애물도 내가 파리와 사랑에 빠지는 것을 막지는 못할 터였다. 걷는 내내 실실 웃음이 새어 나왔다. 흐르는 땀과 내 어깨를 치고 지나가는 무지한 인파가 불쾌하지 않았다.

다음 날 긴장이 풀린 탓인지 목 주변이 간질간질 아파오기 시작했다. 감히 파리한테 설레지 않았다는 죄목으로 벌을 받을 차례였다. 맙소사, 여름 독감이었다. 이제 좀 숨통이 트였는데 타이밍 한번 경이롭다. 목이 칼칼해 잠을 제대로 잘 수 없는 지경이었다.

며칠간 나오지 않을 생각으로 마트에 갔다. 나 자신을

챙길 사람이 나밖에 없기 때문이다. 싸구려 향초와 파스타 면과 소스와 마늘, 귤 한 봉지와 물 두 통을 산다. 다시 다섯 층의 계단을 올라 할 일을 시작했다. 아무것도 안 하는 일이다. 며칠 동안 꼼짝없이 방 안에서 지내는 일이다. 차를 끓여 마시고 배달음식을 시키고 재미있다고 소문난 드라마를 정주행했다. 이래도 될 일인가? 싶어 움찔하다가도 기침 한 번에 여행에 대한 죄책감은 금세 흩어졌다. 파리까지 와서 갇혀 있는 신세라니. 감기도 눈치가 있다면 빨리 물러날 법도 한데 좀처럼 나아질 기미가 보이지 않았다.

나는 더 이상 여행에 참여할 수 없었다. 아프니까 청춘이 아니라 안 아파야만 청춘이다. 아프면 청춘도 잠시 멈춘다는 건 왜 아무도 알려 주지 않았나. 내가 간과하던 모든 외출의 순간들은 꿈이 되어 갔다. 모기에 뜯기면서도 포기를 몰랐던 노천카페에서의 음주가 사무치게 그리웠다. 술을 한 잔 시켜 놓고 가게가 문을 닫을 때까지 사람들을 구경하고 있어도 외롭지 않았던 시간들. 항시 불평을 준비해 두고도 제법 모범적이었던 파리의 날들. 건강한 여행객의 불평은 얼마나 아름다운가. 얼마나 젊고 당연한가.

창문 밖으로 사람들이 지나가는 것을 구경하다가 하루가 졌다. 닿을 수 없는 세상의 풍경은 지나치게 아름다웠다.

아프면 할 수 있는 게 구경밖에 없었다.

며칠간 나는 세상 밖으로 추방당한 사람처럼 어떠한 소속감도 없는 시간을 보냈다. 여행자도 아니고 그렇다고 생활자는 더더욱 아닌 채로 파리에서의 나날을 보냈다. 그리고 시험 보듯 감기를 정복한 어느 날 아침 서둘러 신발을 신었다.

걸어 나간 거리는 사랑스러웠다. 새것이었다. 나는 다시 세상을 되찾았다. 발코니에서 인사를 건네는 소녀, 술 달린 여름 샌들을 신은 여자, 갑작스러운 비, 안경점 앞에서 옹기종기 비를 피하는 사람들…… 모든 풍경이 내 것이었다. 다시 이 여행이 자신 있어졌다. 기대와 실망을 반복하며 작은 것 하나하나에 눈길을 줄 자신이 생겼다. 마음가짐에 따라 천국과 지옥을 선택할 수 있다. 내가 선택할 수 있어서 불행 중 다행이다. 매일 다시 시작할 수 있다는 것. 아직은 여행 중이라서, 불행 중 다행인 점. 나는 그렇게 파리를 다시 배웠다.

집주인이 부탁한 식물 물 주기로 하루를 시작해 본다. 깨끗한 물 한 모금을 마신 후 잎사귀와 흙을 적시는 아침에는 내 마음에도 비가 내리는 것 같았다. 무언가를 돌보는 일로 시작하는 아침은 꽤 우아하고 근사했다.

상냥함의 힘

비가 오는 날이었다. 안 그래도 더러운 지하철은 습기로 가득 찼고 바닥의 먼지는 자기들끼리 껴안다가 풍성해졌고 갑작스러운 비에 대비치 못한 사람들은 대부분 젖어 있었다. 그때 옆자리 할머니와 눈이 마주쳤다.

"Isn't it terrible?" (너무 끔찍하지 않아?)

할머니의 찡그린 미간 사이로 웃음이 흘러나왔다. 익살맞은 그녀의 얼굴이 불평을 사라지게 했다. 모든 건 그저 웃어넘기면 그만인 정도의 불편이었다.

어떤 남자가 엘리베이터도 없는 지하철역에서 내 짐을 덥석 들어 옮겨 주었다. 그것도 모자라 행선지가 어디냐고 묻고, 20분 걸리는 그 목적지까지 함께 가서 코트 세 벌이 든 30킬로짜리 짐 가방을 올려다주고 사라졌다. 내게 연락처도 묻지 않았고 좋은 하루를 보내라는 말과 함께 사라졌으니, 사심 없이 정직한 친절이었음이 분명했다. 거의 폭격 수준인 이러한 친절은 하루를 살아가는 자양분이 되어 주기도 했다. 그런 날에는 무슨 일이 일어나도 기분이 나빠지지 않았다.

유럽 사람들은 우리가 가진 따스한 편견처럼 모두 젠틀하지는 않았다. 만원버스에서도 자리를 비켜 주지 않는 사람이 있는가 하면 툭툭 치고 지나가면서도 사과 한마디 하지 않는 경우도 허다했다. 하지만 모르는 사람과 망설임 없이 인사하는 문화는 내가 살던 곳과 확실히 다르다.

내 마음을 흔드는 그들의 생활 속 문화는 눈짓에서 시작되었다. 방법은 간단했다. 눈이 마주치면 말없이 웃는 것이다. 상점에서, 지하철에서, 길을 걷다가 누군가와 눈이 마주치면 상대방은 마치 내 친구처럼 살짝 미소를 띠며 웃었다. 제 아무리 존재감 없는 현지인처럼 다닌다 해도 여행에서 나는 무의식적으로 항시 긴장하고 있기 마련이었다. 그런 눈짓을 받을 때에는 가슴이 저리도록 고마운 마음이 들었다. 그 미소가 내게 어떤 의미인지 아느냐고, 묻고 싶었다.

가끔 그들은 말을 건네오기도 했다. 그것은 같은 상황

속에 놓일 때였고, 그 상황은 아주 좋거나 아주 나빴다. 예를 들면, "정말 멋진 날씨네요" 혹은 "옘병, 또 비가 오다니" 이런 식이다. 날씨가 눈부실 때는 함께 감탄해야 했고 우산이 부서질 정도로 폭우가 내릴 때는 잠시 함께 비를 피하며 한탄을 했다. 모르는 이와 나누는 한탄에는 웃음이 섞여 있었다. 여행객이든 이곳에 사는 사람이든 같은 사람으로서 무력한 날씨 앞에서 어찌할 바를 모르겠다는 제스처를 덧대어 자연스레 대화가 오간다.

제일 흥미로운 건 지하철이 멈춘 상황이다. 그럴 때면 우리는 어떤 구분 없이 다 같이 출발을 염원하는 사람이 되기 때문이다. 출발이 늦어질수록 우리는 더욱 단결한다. 지금 이 순간 약속이나 시험이나 일에 지장을 줄 수 있는 기다림에 대해 서로의 불안을 이해하며 표정을 주고받는다. 우리의 절망적인 표정은 닮아 있다. 우리는 더 많은 이야기를 한다. 나는 소심함을 접어 두고 조금 더 오버해서 말한다.

눈 마주치면 웃기. 사소한 대화 나누기. 도움이 필요한 사람을 선뜻 도와주기. 마음속에 싱그러움이 퍼지는 기분이 든다. 삶의 구태의연함과 때때로의 피곤을 잊게 만드는 건 모르는 이의 상냥함이었다. 이만하면 살 만한 세상이라고, 나는 모든 걸

웃어넘길 수 있게 된다. 혼자 씩, 하고 웃게 된다. 그들의 눈짓만큼은 언제나 여름이다.

모든 걸 녹여 버리는 눈짓이 우리에게도 자연스러워지기를 바랐다. 엘리베이터에서 만난 이웃에게 괜시리 말 걸기를 바라 본다. 뻘쭘함을 무릅쓰고서라도 상냥한 미소를 선뜻 내어주기를. 한 번 더 웃어 주면 그 친절은 사람과 사람을 거쳐 여행하다가 반드시 내게 도착하고야 만다. 그러면 우리는 어떤 계절이든 웃어넘길 수 있을 테다.

0파운드짜리 행복

새로운 숙소 앞에, 어릴 적 보던 것과 비슷한 구멍가게가 있었다. 주머니에 1파운드가 있길래 들어가 물었다.

"혹시 1파운드로 살 수 있는 것 있나요?"

아저씨의 한마디.

"Only water."

어릴 적에는 아파트 상가마다 작은 슈퍼들이 있었다. 나는 '미쯔'라는 과자를 자주 사 먹었고 그 가격이 300원 하던 시절이었다. 허무맹랑하고 깜찍한 금액이 초등학생에게는 유용한 가치가 있었더랬다. 런던에서 내가 한화로 1,500원쯤

하는 1파운드로 살 수 있었던 것은 그저 쥐똥이 묻어 있을지 모를 코딱지만 한 싸구려 초코볼이나 수돗물 맛이 나는 생수 한 통 정도였다. 요즘엔 천 원 가지고 편의점에 들어가서는 껌이나 라이터 말고는 아무것도 못 사고 나올지도 모른다. 물가는 점점 높아지고 쓰는 돈이 많아질수록 작은 소비로 행복해지기란 여간 어려운 일이 아니다.

10만 원이 주어진다면, 누구나 편리하게 행복을 찾을 것이다. 하지만 나는 예전 〈만 원의 행복〉이라는 프로그램을 본받아 딱 만 원만 가지고도 충만한 하루를, 아니 적어도 오후를 보낼 수 있기를 희망해 보려는 것이다.

우선 점심 도시락을 준비해야 한다. 플라스틱 통에 집에 남은 밥과 반찬을 간단히 담는다. 필요에 따라서는 주먹밥이나 김밥을 싸는 것도 좋겠다. 도시락과 함께 물 한 통을 챙기고 책과 노트, 필기도구도 간단히 챙긴다. 공원으로 나선다. 그네와 미끄럼틀 위에서 나름의 묘기를 부리고 있는 아이들 사이에서 첫 끼를 먹는다. 그러면 혼자 식사를 하고 있는, 자기 또래 아닌 누군가가 궁금한 아이들은 호기심을 부릴 것이고 나는 그들과 금방 친해질 것이다. 나는 완벽하게 비운 도시락 통을 가방에 알미울 정도로 재빨리 집어넣고 책을 펼쳐 읽을 것이다. 그러다 눈에 들어오는 근사한 카페에 들어설 것이다. 통유리에 사선으로 햇빛이 꽂힌다. 4,100원짜리 커피 한 잔을 시켜 아주 천천히 들이켜며, 챙겨 온 노트와 펜을 꺼낼 것이다. 시간이 가는 줄 모르게 머릿속의 모든 생각들을 꺼내어 펼쳐 보일 것이다. 등이 따뜻하게 데워질 때쯤 친구에게 전화가 오고, 나는 아주 평범하지만 범상치 않은 하루를 보내고 있다며 자랑할 것이다. 커피는 다 마시지 않고 조금 남겨서 거리를 걸으며 겨울처럼 훌쩍거릴 것이다. 우연히 발견한 허름한 동네 문구점에 들어가 그곳이 성인에게 있어서는 얼마나 비좁은 곳인지를 체감하며 잘 깎인 새 연필 하나와 스티커를 살 것이다. 반짝이는 유년 시절을 회상하게 하는 그것의 값은 총 2,300원 정도일 것이다. 정이 많은 노쇠한 주인은 추억에 잠긴 내 눈빛을 읽어 콜라 맛 젤리 하나를 선물로 쥐여 줄 것이다. 이제 집 근처 꽃시장으로 간다. 한 송이에 1,500원 하는 장미를 세 송이 살 것이다. 집으로 돌아가서, 거실에 하나, 화장실에 하나, 내 방에 하나 정성껏 손질해 꽂아 둘 것이다. 그러고는 700원을 주고 사 온 신라면을 엄마표 김치를 곁들여 먹을 것이다. 마치 한식이라면 사족을 못 쓰던 이국에서처럼. 깨끗이 씻고, 로션 때문에 미끄덩거리는 손가락으로 아까 산 연필을 쥐고 일기를 쓸 것이다.

근사한 레스토랑이나 값비싼 액세서리를 사진 못했지만, 낡은 책 한 권과 커피 한 잔과 뾰족한 연필과 일주일치의 붉은 생명은 충분히 즐길 만했다. 그러나 내게 진짜 행복을 주는 것은 눈에 보이지 않았다. 그것은 가령 아이들이나 문방구를 마주치는 우연, 커피집 사장님의 친절, 햇살, 통유리의 깨끗함, 꽃향기, 힘찬 걸음 같은 것들이었다. 순간 초등학교 2학년이 썼다는 동시 하나가 떠올랐다.

선생님께서 세상에 공짜는 없다고 하셨다.
그러나 공짜는 정말 많다
공기 마시는 것 공짜
말하는 것 공짜
꽃향기 맡는 것 공짜
하늘 보는 것 공짜
나이 드는 것 공짜
바람소리 듣는 것 공짜
미소 짓는 것 공짜
꿈도 공짜
개미 보는 것 공짜

빰을 맞은 듯 정신이 번쩍 들었다. 이다지도 투명한 시선으로 순간을 주워 담을 수 있다면, 우리는 벌써 부자가 되어 있을지도 몰랐다. 만 원조차 필요 없었다, 또렷한 기쁨을 얻기 위해서는. 이제야 찬찬히 내 주위에 흩어져 있던 아름다움을 맞이한다. 어떤 순간도 그냥 스쳐 버려도 좋은 순간은 없었던 거다. 공짜로 주어지는 순간들은 결코 소박하지 않다. 그처럼 환하게 우리 삶을 비추는 순간들은 숨 막히도록 아름답고 거대하다. 그것은 결코 소소하지만 확실한 행복이 아니다. 확실하고 큰 행복이다. 돈 없이도 느낄 수 있는 넉살 좋은 행복들.

방을 나설 수 있는 자유, 공짜.

친구 목소리, 공짜

빨래 냄새, 공짜

웃기, 공짜

일기 쓰기, 공짜

스트레칭하기, 공짜

걷기, 공짜

넘어지기, 공짜

춤추기, 공짜

사랑하기, 공짜

사랑받기, 공짜

눈, 바람, 비, 햇볕 공짜

계절, 공짜

오늘 하루, 공짜

어제, 내일, 공짜

삶, 공짜

미니 서커스

그런 사람이 있다. 내가 사랑받을 자격이 있는 사람임을 은연중 깨닫게 해 주는 사람. 내가 돈이 없을 때 배달음식을 시켜주고 교통카드를 쥐여 주는 사람. 계속 여행을 할 수 있게 자기 옷장과 침대를 내어주는 사람.

그녀만 생각하고 망설임 없이 일정을 짜고 비행기를 끊었다. 이런 방식의 여행이 이젠 3년 차니 연례행사라고 말해도 좋았다.

저녁식사는 아주 가볍게 해야 했다. 지현이 나 몰래 어떤 액티비티를 예약해 두었기 때문이었다. 청바지도 안 되고,

무릎이 보이는 하의는 절대 안 된다고 한다. 점점 무서워지기 시작했다. 택시가 한적한 공원 앞에 멈췄다. 잔디 위의 밧줄과 사다리와 트램펄린이 보였다. 공중을 가르는 사람들의 휘어진 몸통도 보였다.

미니 서커스를 경험해 보기 위해 이곳에 온 것이었다. 우리는 심상치 않은 몸 풀기 동작부터 시작해 본 동작을 연습했다. 사다리를 올라 지상 5층 정도 되는 곳에 다다랐을 때, 우선 다리가 후들거리고 심장이 벌렁거렸다. 마음이 놓이는 안전장치 하나 없는 그 널빤지 위에 꼿꼿이 서서, 일단 왼손으로는 바를 잡고 오른손은 뒤로 뻗어 얇은 철 기둥을 잡고 몸을 지탱해야 한다. 코치가 내 허리의 밴드를 잡아당기면 나는 그 반동에 의존해 몸을 절벽 쪽으로 기울이고 나머지 한 손을 바에 안착. 이때 철로 된 바는 예상 외로 몹시 무거워 온몸이 휘청였다. 중심, 오로지 중심을 잡는 일만이 중요하다.

이제 준비동작이 끝났으니 호령에 맞춰 점프를 해야 하는데 발이 떨어지질 않는다. 아래 있는 사람들은 내게 격려의 호응을 보내는데 나는 큰 무대 위에 서서 첫 가사를 까먹은 가수처럼 어쩔 줄 모르는 상태였다. 무슨 용기가 났는지, 나는 그냥 발을 내딛었다. 점프라기보다는, 에라 모르겠다, 하는 포기에 가까웠다. 머릿속 계산을 꽈 버리는 게 용기일 때도 있다. 첫 번째 스윙에서 반동을 이용하여 발을 바에 걸어야 하는데 생각보다 쉽게 되지 않았다. 계속되는 실패에 의기소침해졌다.

세 번의 시도 끝에 비로소 해낼 수 있었다. 발을 바에 걸고, 그다음 스윙에서는 손을 바에서 놓고 완전히 팔을 쫙 펼쳐 거꾸로 만세를 하는 응용 동작까지 성공했다. 한마디로 손을 놓고 공기 속에 벌러덩 누워 버리는 거다. 지상에서 들려오는 박수소리와 쭈욱 늘어나 시원해진 어깻죽지. 점점 두려움이 가셨다.

요령도 생겼다. 어떤 타이밍에 다리를 올려야 하는지, 어떤 타이밍에 손을 놓아야 하는지. 사다리에 서서 이전 사람의 시도를 비교적 비슷한 시야에서 바라보기도 했다. 그러면 더 직접적인 감이 왔다. 하지만 시도하는 내내 긴장은 줄어들지 않았다. 늘 처음처럼 떨렸다. 떨리는 마음을 부여잡고 출발 전 한 번 더 사람들을 내려다보니 그들이 함께 긴장한 표정이어서 마음이 좋았다. 내 무게를 온전히 지탱하는 단단한 손의 아귀과 할 수 있다는 믿음, 스스로를 다잡아 보는 호흡. 이 모든 것들이 내게는 처음이었다. 두려움을 이겨 낸 그 개운한 기분을 나누는 전우애 또한 생겼다.

욕심 부리지 않고 정해진 타이밍을 기다리는 것. 도움을 주는 사람에게 전적으로 의지하는 것. 괜한 고집부리지 않는 것. 단 기회가 왔을 때 연습한 그대로 실천에 옮기는 것. 포기하지 않고 시도하는 것. 실컷 격려하는 것.

소리라도 크게 지르고 싶은 심정이 되었다. 몸으로 직접 배운다는 것은 그런 것이다. 정직하고 순수해서 절대 까먹을 수 없는 것이다.

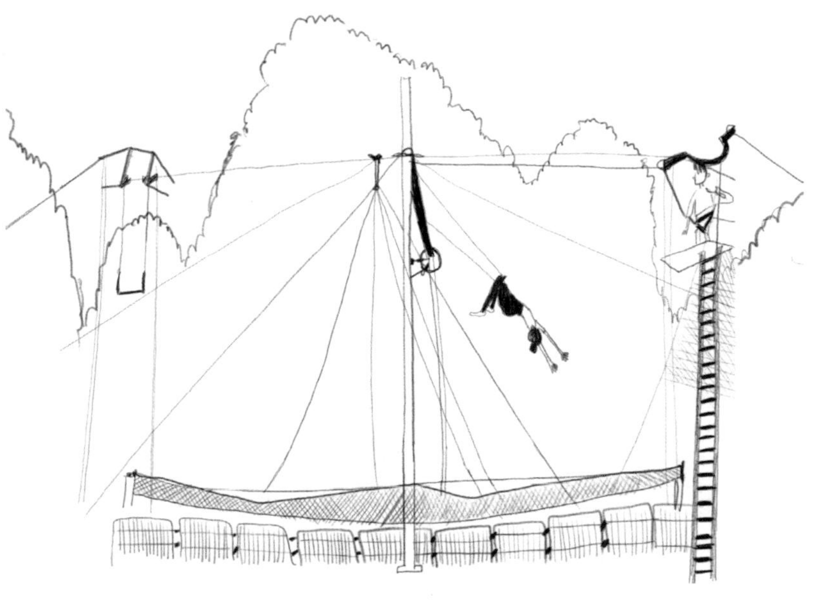

아침 만들기

새들의 지저귐을 무시하고 잠들었다가 다시 일어나면 오후였다. 사람들은 이미 하루의 절반을 보낸 후였다. 무언가 잘못되었음을 느꼈으나, 나는 이미 아침을 잃어버린 지 오래였다.

이런 탓에 나는 밤낮이 거꾸로 된 시차가 반갑다. 찌뿌둥한 몸을 일으키면 어느새 잠이 깨 버리곤 했는데 그러면 잃어버렸던 아침이 찾아와 있었기 때문이다. 저절로 당도해 있는 아침. 아침을 생략하고 오후에 일어나는 생활이 꽤나 비정상적이었다는 사실은 아침 햇살을 보면 알 수 있었다.

아침 해는 기적이었다. 인자하고 눈부신 자태가 무엇이든 가능할 거라는 응원을 보내온다. 아침은, 음악 없이도 완벽해질 수 있는 유일한 시간이었다. 시선마저 목적 없이 풀어헤친 채 있어도 좋았다. 아직 시간은 너무 많이 남아 있으니까.

빛이 드리워진 아침에 경박스러운 알람 소리는 필요하지 않았다. 일어나자마자 이를 닦으며 아무런 생각 없이 거실을 배회한다. 그러다 커피 사 먹을 자투리 동전과 얇은 책 한 권을 챙겨 거리로 나간다. 꼭, 외출해야만 한다. 세수도 하지 않은 채로 출근하는 사람들을 마주한다. 모든 것이 피어나는 광경을 나는 공짜로 목격한다. 살아 있다는 것만으로 우리는 서로에게 연결되어 있다는 심오한 기분을 느끼며, 몸을 기대어 사거리 스타벅스의 문을 연다. 사람들, 사람들, 사람들. 어떤 나쁜 일도 일어나지 않을 것 같다는 안전한 느낌, 낯선 이들의 조화로움이 경이롭게 느껴지는 아침의 풍경. 모두가 움직이고 있다. 오전 10시의 움직임은 화창했다. 아침에 먹는 샐러드는 물방울이 채 가시지 않아 더욱 아침의 표정 같다. 갓 짜낸 오렌지주스를 마시는 편도 좋겠다. 혀끝에서 느껴지는 알맹이보다 더 생생한 것은 없다.

헝클어진 머리칼을 넘기며 이 아침에 나는 생각한다. 내가 잃어버렸던 아침들을. 자고 일어나는 일만이 해결할 수 있는 밤이 있음을 이제는 안다. 기분이 상하거나 일이 안 풀리는 날에는 잠에 들어 모든 걸 다시 시작해야 한다.

지금과는 다르게 스물셋의 나는 아침이 많았다. 학생 때의 지옥 같은 아침들을 건너 나는 나의 의지로 아침을 만들어 내고 있었다. 유럽 여행 갈 거라고 일주일 내내 알바를 하던 시절, 30분 간격으로 있는 아침 버스는 출근 시간과 애매하게 엇나가 있었고 나는 과감히 이른 시간을 택했다. 서두르지 않는 아침은 우아했다. 정류장에 내리면 출근 시간까지 시간이 넉넉히 남아 있었다. 말로만 듣던 그 '자투리 시간'은 실제로 만들어 낼 수 있는 거였다. 아침마다 같은 카페에서 같은 음료를 마시고 몇 페이지씩 책을 읽는 일은 나를 근사한 사람으로 느끼게 해 주었다. 궁상맞게 아무도 없는 회사 계단에서 책을 읽어도 그 귀엽고 생산적인 아침 시간은 하루 중 내가 가장 좋아하는 시간이 되었다. 하루의 모든 태도를 결정짓는 아주 조그만 시간이었다.

아침은 절실한 사람만이 받을 수 있는 축복이다. 잠의 달콤함을 밀쳐 낸 사람만이 이 시간을 누릴 자격이 생긴다. 자존감은 자기 자신만 아는 시간이 쌓일 때 피어난다는 걸 그 아침을 통해 나는 알았다.

여행을 통해서도, 꽤 많은 아침을 만났다. 가장 싼 비행기는 보통 극도로 이른 오전 이륙일 가능성이 높기 때문이다. 새벽 4시에 일어나 짐을 싸고 아무도 없는 거리와 작별하며 공항으로 가는 일이 잦았다. 뺨에 스치는 공기는 아직 아무도 맛보지 못한 것. 사람들이 북적이기 전, 이미 하루를 시작한 소수의 사람들을 눈여겨보며 공항으로 향하곤 했다. 지하철 첫 차가 들어오는 모습, 신문 배달을 하는 자전거들의 생생함과 노천카페에 앉아 출근 전 신문을 읽는 사람들, 아직 아무 사건도 일어나지 않은 무지의 하루, 마치 도화지처럼 깨끗해서 온갖 기대와 가능성들이 차별 없이 줄을 선 그 시간을, 신성하기까지 한 사람들의 모습들을, 출근하는 사람들의 근면함과 이미 청소된 거리의 의연함을, 그제서야 보았다. 마음의 심이 있는 사람들이 이미 깨어 아침을 밝히며 내 앞을 지나갔다.

오늘 하루가 선물처럼 주어졌다는 말은, 아침이 없는 사람에게는 그저 상투적인 말일 뿐이다. 하지만 아침을 맞는 사람에게 떠오르는 태양은 매일이 새로운 기회의 얼굴이다.

공항 창가를 오렌지 빛으로 물들이는 태양의 미소를 본다. 모든 사람들에게 공평하게 내리쬐는 햇살. 나는 이 시간이 어쩌면 여행에서 제일 좋았다. 그것은 아침의 힘이었다. 하루가 시작되기도 전에 완성된 기분을 맛볼 수 있게 하는 힘. 해냈다, 는 느낌은 매번 나의 아침에 저장되고 있었다.

잊고 있었던 나의 아침. 근면하고 의연한, 조용히 모든 것을 해내는 아침을 나는 살고 싶어진다. 깨어 있고 싶다.

점심시간

주현과 점심 약속이 있었다. 지하철을 타고 그녀의 회사가 있는 곳으로 갔다. 각별한 사이가 아니라면 회사에서의 유일한 자유시간을 내어줄 리 없다. 그가 속한 공간에 찾아가는 것은 그 반경 속에 내 흔적을 묻힌다는 의미다. 나는 서슴없이 점심시간을 내어준 그녀에게 고마웠다.

줄무늬 맨투맨을 입은 그녀가 어디선가 뿅 하고 나타나자, 나는 영화 〈프란시스 하〉에서 프란시스가 소피를 데리러 갔을 때처럼 외쳤다.

"Ahoy sexy!"

좋아하는 영화가 비슷하면 은근슬쩍 재밌는 상황을 연

출하기 좋다. 별것 아닌 장면을 따라 하며 배우처럼 손을 쫙 펼쳐 보이면 점심시간 런던의 거리가 우리의 무대가 되는 듯했다.

우리는 그녀가 평소 좋아한다는 샐러드 집에서 점심거리를 사 공원으로 갔다. 데리야키 소스를 얹은 구운 연어에 색감이 화려한 온갖 채소들을 버무린 건강식이었다. 공원은 스퀘어가든, 말 그대로 울타리로 둘러싸인 네모난 공원이었다. 야외에서 먹는 음식은 무엇이든 두 배는 더 맛날뿐더러 여름, 공원, 런던의 삼박자는 지금 이 순간 붙잡아야 하는 향신료였다. 지극히 점심시간다운 풍경. 사람들의 대화와 무릎에 올려 둔 간식거리들이 오후의 공기를 고조시키고 있었다.

우리는 야무진 점심시간을 보냈다. 주현은 툭툭 이야기를 잘했다. 비자 날짜가 꼬여서 이번 여름에는 영국 밖으로 나갈 수 없게 되었다며 이마를 긁었다. 그녀는 홍콩 영화 주인공처럼 머리는 몹시 짧고 옷차림은 수수하다. 이런 털털함으로는 도저히 그녀가 한국에서 수재들만 가는 예술학교를 졸업해서 영국에서 바로 취업에 성공한 멋쟁이라는 걸 가늠할 수 없다. 그녀는 자신의 성취에 대해 내색한 적이 없었다. 처음엔 영국에 올 생각도 없었다고 말하는 솔직함에 이리저리 흘러가듯 살아도 자기 자신다운 그녀가 기특했다. 말로 정의하지 않고 그냥 흘려보내는 자유로운 자아. 작은 몸집으로 모든 걸 척척 해내는 그녀. 내가 모르는 그녀의 아득한 결실들을 상상했다. 내가 아는 사람 중 가장 솔직하고 바람직한 청년이었다.

우리는 아쉬운 기색 없이 헤어졌다. 겨울에 다시 만나자는 약속을 했다.

주현을 다시 회사로 돌려보내고 나는 일부러 휴대폰을 확인하지 않았다. 헤어지고 나서 곧바로 그 시간을 곱씹는 일은 꽤 근사하다. 생각보다 감상적으로 되는데 그럴수록 괜찮은 삶을 살고 있다는 느낌이 든다.

휴대폰을 들여다보는 대신 거리를 걸으며 그녀와 나의 이렇게나 다른 생김새와 말투와 생활과 꿈에도 무언가 닮은 구석이 있음을 느꼈다. 우정의 씨앗이 된 교집합을, 몇 년 뒤에서야 깨닫게 되는 경우도 있는 것이다.

우리는 씩씩함이 닮았다. 기쁜 일이든 슬픈 일이든 굳이 숨기지 않는 털털함이 닮았다.

Bright and beautiful

밝고 아름다운

샐러드에 곁들여 먹은 주스 이름이 하루의 결심이 될 때도 있다.

다음 날 지현이 반차를 냈는데도 우리는 아무것도 하지 않았다. 그날 한 일이라고는 드라이클리닝을 맡기러 짧은 산책을 다녀온 일과 이웃집 마당에 있는 흉측한 괴물 형상에 대해 이야기한 일밖에는 없다. 누구라도 그 집이 이 동네의 마스코트라는 걸 알 것이다. 핼러윈을 요란하게 치르는 문화라, 어느 핼러윈데이에 만들어 둔 것을 귀찮아서 아직도 방치한 것인지, 아니면 그 집 사는 아주머니가 조형 작가라도 되는지, 하여튼 그 기괴한 거미 모형은 미국 드라마 〈기묘한 이야기〉에 나오는 괴물과 몹시 닮았다. 뽀글뽀글한 핏줄과 무게감이 느껴지는 거대한 몸집이 정말 똑같다. 형광빛과 은빛 스프레이가 덧대져 있다는 것만 빼면. 코끼리보다 큰 거미 다리 하나가 울타리 밖으로 튀어나와 있어 생동감을 더한다.

"난 이 거미 보면 거의 집에 다 왔구나, 하고 마음이 편해져. 이 집 꼭 〈해리 포터〉에 나올 것처럼 생기지 않았니?"

전형적인 영국 가정이 사는 벽돌집인데 아마도 그 집 딸내미나 아들내미가 살고 있을 2층 방이 창문 너머로 훤히 들여다보였다. 그 방 주인과 마주친 적은 없었다. 나는 그 집을 지날 때마다 록밴드 포스터가 덕지덕지 붙은 그 방을 힐끗 쳐다보곤 했다. 런던에서 보내는 사춘기는 도대체 어떤 것일까 상상해 보면서.

다시 현실로 돌아와 멍을 때린다. 1년에 단 며칠 함께 만나 기껏 한다는 것이 멍 때리기인 우리는 천하태평인 모습이 닮았다. 친구답다. 오전부터 늦은 밤까지 빽빽한 계획을 세우는 일이 없으니 좋다.

각자 소파에 늘어져 음악을 듣는데 지현은 바로 잠에 들어 버렸다. 가장 맛있는 낮잠을 자려고 여름이 온다. 나는 우리가 좋아했던 노래를 스피커에 연결했다. 잠든 친구를 깨우지 않을 만큼의 음량으로 잔잔한 배경이 되어 주는 음악을.

낮잠 뒤의 하루는 새날이다. 게으름이 다 떨어져 갈 때 겨우 일어나 어제 먹다 남은 피자에 와인을 곁들여 먹었다. 우리의 시간은 담백했다. 어릴 때 엄마가 이해하지 못할 거라며 〈광수생각〉을 뺏어간 것처럼, 나는 담백함이라는 개념을 이해하지 못했다. 그런데 지현과 나의 우정과 또 흐르는 시간 속에서, 그 의미를 저절로 연습하고, 알게 되었다. 잠시 잠깐 멈춰 서서, 각자 생각을 하다가, 또 서로에게 다시 돌아가고, 다시 멀어지고, 그것이 어색하지 않은 시간. 쓸데없는 치장이 없이 순수한 느낌. 담백함이 피어오르는 순간이었다. 담백하지만 반짝반짝 빛이 났다. 영원히 질리지 않는 하얀색처럼.

여름의 단 며칠이 선명한 빛을 머금고 막을 내렸다. 이렇게 알싸한 여름이 내 생에 또 있었을까, 되뇌다 기차에 올랐다. 문자가 왔다. 가방 안에 편지 있어.

우리는 서로에게 유일무이하지도 않지만 그렇지만 대체 가능하지도 않은 사이가 되어 가는 것 같아. 그냥 서로가 각자의 인생에서 흘러가는 템포와 굴곡들을 함께 지켜보면서, 감내하면서 서로의 기쁨이 되기도 하고, 든든한 응원이 되기도 하고. 그렇게 차곡차곡. 부담 없이 담백하게.

나는 그녀의 착각이 사랑스러워 내리자마자 답장을 해야겠다고 마음을 먹었다.

언니는 유일무이해, 나한테.

눈에 보이지는 않지만 분명 더 끈끈해진 여름의 우리였다.

이소룡 여자친구네 집

런던에서 베를린으로 돌아오며 짐을 찾던 공항에서, 숙소 취소 통보를 받았다. 집주인의 무례한 태도에 씩씩거리면서도 애써 분노를 삭인 건 나 자신을 위해서였다. 순간의 기분을 따돌리고 하루 종일의 기분을 새로 설계한다. 출퇴근길도 아닌, 아주 이른 새벽에 도착한 나는 가장 좋아하는 동네에 가장 좋아하는 카페로 가서 카페 오픈 시간까지 기다렸다. 비가 오는 베를린의 8월, 쓸쓸함을 부추기는 가을 비슷한 날씨에 큰 짐을 들고 기다리는 모습이 처량하지만, 멋진 기다림이란 애초에 없으니 괜찮다.

드디어 카페 문이 열리고 비에 홀딱 젖은 행색을 안쓰럽게 쳐다보며 어깨를 으쓱하는 직원의 인사에 마음이 녹아내린다. 나도 모르게 눈물이 나올 뻔했다. 이곳은 유럽에서 유일하게 맛차라테 맛이 나는 맛차라테를 파는 곳이었다. 아침잠이 쏟아졌다. 라테를 반쯤 비웠을 때 새로 찾은 집에서 승인이 떨어졌다.

공항에서 그쯤 욕지거리를 멈추길 잘했다. 한 시간 만에 찾았다기에는 지나치게 완벽해서 지난 고생을 만회하고도 남는 집이었다. 영화를 공부하는 20대 중국 여자가 혼자 사는 공간이었다. 그 여자의 방과 내 방 사이에 부엌과 화장실, 현관이 있었고 나는 짐을 내려놓고 다다미 위에 대자로 뻗어 버렸다. 방금 차를 끓였었는지 찻잎 냄새가 났다.

내가 머무는 방에는 다다미에 하얀 침구가 싸인 매트리스, 나무 탁자가 있었다. 고고하게 마른 나뭇가지와 작은 도자기가 장식하고 있는 방. 책을 읽다가 잠들 것을 권하는 듯 침대 옆에는 대나무를 세워 천으로 빛을 감춘 모양의 조명이 있었다. 휑하다 싶을 정도로 벽과 바닥에는 아무것도 없었다. 머물고 싶은 공간이려면 일단 비워 놓아야 한다. 마감이 덜 되어 모서리 몇 군데가 비었거나 까진 검붉은색 바닥도 베를린스럽다.

부엌에 들어서자마자 나무틀의 창문이 보였다. 붉은색

줄이 묶인 호롱 등도 달려 있다. 창밖에 있는 남은 음식물은 새들을 위해 내놓은 것이었다. 등받이가 있는 접이식 의자 두 개, 간이용 의자 하나, 4구짜리 가스레인지, 언제나 그중 한 자리를 차지하고 있는 입이 길고 빼죽한 주전자, 세제, 간장, 향신료, 기름, 향을 피우는 도구들, 도자기, 찻잔 세트가 정갈하게 자기 자리를 차지하고 있다. 옅게 꽃무늬가 그려진 부엌 타일과 주방의 골격, 요리를 위한 동선에 배치된 도구들이 동양적이었다. 곳곳에 은은하게 퍼져 있는 동양적인 무드에 마음이 놓였다.

나를 맞아 준 주인장 그녀의 외모를 설명하자면 이소룡 여자친구 같다는 표현이 가장 알맞을 것이다. 엉덩이까지 오는 긴 머리를 세심하게 땋은 모습이 무협 영화 속 주인공 같았다. 대범한 머리스타일, 톡 튀어나온 이마, 똑 부러지는 목소리, 한마디로 나는 그녀에게 반해 버렸다. 한눈에 봐도 동경할 만한 무언가가 숨어 있는 사람이었다.

그녀는 초반부터 활짝 웃어 주지는 않았다. 간결하고 정확하게 말할 뿐 사근사근 웃어 주지 않는 그녀를 보고 나는 적잖이 긴장했다. 매력적인 사람은 분명 누군가를 긴장시키기에 충분한 공기를 조성한다. 그녀를 웃게 만들고 싶었다. 마음에 들고 싶어서 마음이 쓰렸다. 자꾸만 어린애 같은 웃음이 나왔다.

집의 생김새는 꼭 그녀를 닮았다. 숨길 수 없는 생활 속 행동, 쓰는 물건, 공간에 피어나는 분위기는 가장 투명한 자기 표현이다. 생활의 정직한 증거물이다. 단순한 살림살이, 작은 냉장고, 낡은 문을 색만 하얗게 칠한 현관, 거기 걸려 있는 리넨 머플러와 요가매트. 최소한의 것으로 예쁘게 사는 법을 아는 사람이었다. 그 모습이 애써 자신을 설명하려 하지 않아도 생생해 보였다. 그러나 그녀에게도 한 가지 포기하지 못하는 것이 있었으니 그것은 꼬들꼬들한 중국산 면이었다. 그녀는 자랑하듯 싱크대 밑단을 열어 보물창고를 보여 주었다. 중국 라면이 마흔 개쯤 쌓여 있는 것을 보고 그 꾸밈없음에 마음이 시큰해졌다. 사는 곳이 달라져도 자신의 기원을 기억하는 일은 귀엽고 근사했다.

마트에 장을 보러 다녀오는 길에 그녀와 마주쳤다. 비 오는 날, 나는 우산 없이 걷고 있었고 그녀는 우비를 입고 자기 몸집보다도 훨씬 큰 자전거에 올라 있었다.

우리는 내가 한국에 돌아갈 때까지 똑같은 거리에서 두 번 마주쳤다. 별말 없이 신기하다는 듯 서로를 쳐다보는 그때에 그녀의 발 하나는 바닥에 아슬아슬 닿아 있었고 나는 어색한 웃음을 지었다. 그 순간이 왜 그리 특별하게 느껴졌는지 모르겠다. 아마도 모든 것을 우연으로 치부해 버리지 않고 어떤 실마리라도 찾고자 했던 애정 때문일지도. 그만큼 그녀가 좋았다.

다음 날 아침이었다.

간단하게나마 직접 요리를 하는 날이면 삶을 소중히 대하는 느낌이 들어 좋았다. 여름을 맞아 비빔면을 해 먹으려고 달걀을 삶고 오이를 썰고 면을 익혔다. 나는 요리에는 젬병이고 세심하고 야무진 면모도 전혀 없지만 이럴 때는 전문 셰프가 하는 것처럼 흉내라도 내 보고 싶다. 마음가짐이 거의 전부인 경우가 우리 일상에서는 대부분이다. 서툴러도 자신 있다는 척 연기하면 꽤 도움이 된다.

그릇을 비우고 나니, 잠에서 깬 집주인이 부엌으로 나왔다.

"Good morning."

"Good morning! Do you want some coffee?"

그녀에게서 방금 내린 연하고 뜨거운 커피 한 잔을 받았다. 그녀는 열렬한 한국 영화 팬이었다. 최근 개봉한 예술영화까지도 전부 알 정도였다. 자신이 좋아하는 것에 대해 하루 종일이라도 이야기할 수 있다는 듯 들떠서 말했다. 싫어하는 것을 왜 싫어하는지 설명하는 것처럼 소모적인 일은 없을 것이다. 반면 좋아하는 것을 말하는 사람에게서는 언제라도 신선한 빛이 보였다. 나는 거의 한 시간 동안 내가 본 영화들에 대해서 말했다.

영화 이야기가 점차 끝나가자 그녀는 배우를 한다는 자기 친구 사진을 보여 주었다. 개화기 시절의 미녀처럼 생긴 여자였는데 그녀는 너무 예쁘다며, 내 얼굴에서 친구를 보았다고 했다. 성형하지 않은 얼굴임을 한눈에 알 수 있어서 내 얼굴이 아름답다고도 했다. 그런 말은 어딘가에 깊이 심어 두어야 한다. 있는 그대로 아름답다는 말을 들으면서도 마음속 한 편으로는 세상의 기준에 따라 아름다움을 줄 세우기 시키는 나 자신의 편견이 부끄러웠다. 가장 초라한 사람은 자신의 아름다움을 모르는 사람이다.

나는 누군가에게 아름답다고 말해 줄 수 있을까? 담백하게 건넨 말 한마디에 어찌 그리 모든 게 담겨 있을 수 있을까? 있는 그대로 아름다운 것이라고, 유일해서 아름다운 것이라고 계속 말해 주는 것.

그녀가 중국식으로 머리를 땋아 주겠다고 했다. 나는 작은 손거울을 이리저리 비춰 보며 점점 풍성해지고 있는 내 뒤통수를 확인했다. 엄마 아닌 사람이 내 머리칼을 만지고 있다는 사실에 새삼 가슴이 두근거렸다. 서로의 어깨와 무릎을 기대는 데 익숙한 자매가 된 기분이었다.

새로운 머리 스타일에 다른 사람이 된 듯 마지막 날의 베를린을 즐겼다. 습관적으로 머리를 매만지고 멈춰 서서 내 모습을 살폈다. 쌩쌩한 얼굴이다. 젊고 건강하고 누가 봐도 동양적이다. 누군가에게는 잊히지 않을 얼굴이다. 내 자신이 어제보다 훨씬 예뻐 보인다.

돌아가기 전 차를 끓여 마시며 중국어로 편지를 남겼다. 좋아하면 진심을 효과적으로 표현할 방법을 찾게 된다. 중국어 사전을 뒤지며 그 사람의 언어로 적었다. 집을 빌려 주어 고마웠다고. 아직도 그녀의 나이조차 모른다는 사실이 마음이 든다.

차 티백의 문구가 심금을 울린다. 마음에 꼭 맞는 노래 하나를 찾은 것처럼. Forever Young.

hi! Lanxi
how are you It's jeje.
我爱你的房子
尽管紧急联系
谢谢你的接受
你的心很温暖
你的咖啡很美味
我下次再来
我希望你快乐
振作起来成为一名
出色的导演

(danke)
감사합니다 ☺

(writer from korea) FRom JEJE
2019. 8. 21

여름이 지금이 될 때

지금 말고는 의미 없다고 말하는 내게 냉정하다고 하지 말아요.
나의 과거는 한때 무엇보다 애지중지했던 지금이었으니까.

지금 여기는 생각보다 많은 걸 뜻해요.
내 모든 게 쌓여 있는 걸 보아요.
감상적인 과거도 건설적인 미래도 기대 말아요.

미지근한 응원도 때때로 무분별하게 피어나는 순간들도
오직 지금 속에서 흘려보내요.
무책임하고, 그토록 아름답게

일기장을 다시 읽지 않는 버릇이 있다. 지나간 사진들, 수많은 여행 또한 언젠가부터 다시 돌아보지 않게 되었다. 쿨하게 보일 수도 있지만 나는 내가 그런 짓을 자행하는 진짜 이유를 안다. 하나는 현재에 충실히 머무르기만도 버거워서고, 다른 하나는 커지는 그리움을 방지하려는 것이다. 영화 속 장면이 너무 야하거나 잔인하면 두 손으로 눈을 가리고 그 틈 사이로 마음 졸이며 곁눈질하듯, 나도 내 기억들을 그렇게 대했다. 그런 내가 틈틈이 시간 들여 회상하는 기억이 있는데 주로 여름에 일어난 일들이다.

감히 꿈꾸지도 않았던 순간이었다. 갑자기 찾아와서 정신을 못 차리게 만든 다음, 알아차리기 전에 지나가 버린. 구성도, 모양도, 분위기도 완벽한 추억이었다. 밍밍한 행복의 수치를 넘어, 어떤 궤도에 오르면 몇몇 장면들은 더 이상 내 것이 아닌 게 되기도 했다. 책, 혹은 영화에서 봤던 장면으로 괜시리 책임을 미룬다. 내 것이라고 하기엔 지나치게 완벽한, 우연이라고 하기엔 영원할 만남들이 사진처럼 찍혀 머릿속에 남았다. 대화는 잘 기억나지 않는다. 지금보다 몇 개월 더 앳된 얼굴로, 땀과 생기가 범벅이 된 얼굴로 아주 가까이 살을 맞대고 이야기했다는 것밖에는 확실한 것이 없다.

"그때 너는 너무 행복해서 어쩔 줄 몰라 하는 애 같았어."

어떤 이는 내 여름에 대해 이렇게 회상했다.

겨울이 되어 돌아보는 지난여름은 한층 더 푸르고 짙었다. 화사함이라고는 눈송이뿐인 겨울에서 초록과 마음이 만개한 여름을 바라보기란, 고역이었다. 여름은 그저 선명한 풍경화처럼 모난 구석 하나 없이 푸르게 둥글었다. 분명 존재했을 그날의 시행착오들도, 실수도, 헛발길질도 모두 잊혔다.

그 여름날은 그랬다. 모든 순간이 외출이었다. 반팔티를 입고 눈곱만 뗀 채 잠옷인지 외출복일지 모를 차림 그대로 지갑과 열쇠만 집어 들고 나설 수 있음에 여름은 칭찬받아 마땅했다. 새벽이 되도록 집 앞 계단에 앉아 우리가 겪은 세상에 대해 떠들었다. 그리고 다음 해가 뜨자마자 홀린 듯 뛰쳐나갔다. 가벼운 옷차림은 태도를 투명하게 만들었다. 햇빛에 조종당하는 기분은 좋았다. 아무 이유 없이 웃음을 터뜨리곤 했다. 복숭아를 입에 물고서 덩치 큰 자전거를 끌고 무단횡단을 했다. 친구 둘을 만나 근처 슈퍼마켓에서 떫은맛의 맥주 세 병을 사고 찢어질 듯 얇은 천가방에 그것들을 구겨 넣었다. 살 생각도 없으면서 요가용품점을 진득하니 구경하고 어디서든 공책을 펼쳐 스치는 모든 것을 여과 없이 썼다. 남은 동전을 모아 제일 좋아하는 카페의 아침 메뉴를 사 먹고, 못된 에어비앤비 주인을 만나 유감 섞인 말다툼을 하고, 여름 감기를 앓으며 생강차를 마셨다. 언제 도착할지 모를 기차를 타고 창문에 부딪히는 잡힐 듯한 나무들을 바라보았다. 길을 걷다가 누군가 버려 둔 꽃무늬 원피스와 1인용 트램펄린을 줍고, 기가 막힌 음악을 발견하고 길고양이와 자주 마주쳤다. 한식당 테라스에 앉아 파울로 코엘료의 책을 읽고 평생 머무를 사람처럼 손톱을 다듬고 타이 음식점, 댄스용품점, 불 켜진 남의 거실을 구경했다. 틈만 나면 호수에 갔고, 틈만 나면 친구를 불러들였고, 취한 채로 어쭙잖은 그림을 예술가라도 된 척 그려 댔고, 무책임한 자유를 만끽했다. 내 친구들은 멋진 말은 잘 못했지만, 이 영원할 것 같은 여름에 온몸을 맡길 줄 아는 용기가 있었고 촉촉한 우정을 끊임없이 공급해 주는 나의 영웅들이었다. 어떤 사건도 우리를 기쁨에서 도망치게 하지는 못했다. 우리는 기쁨에 완전히 붙들려 있는 포로들이었다. 웃고 걷고 떠드는 것 말고는 아무것도 할 줄 모르는 사람들처럼. 어딘가 단단히 사로잡힌 느낌이었다.

하지만 끝은 존재했다. 우리는 우리의 인생을 뒤바꿀 격정적인 체험을 뒤로하고 제자리로 돌아갔다. 그 후로 그 시간을 함께한 친구를 볼 때마다, 전에는 한 번도 느껴 보지 못했던 씁쓸함이 손짓했다. 돌아갈 수 없는 시간의 헛헛함을 처음 깨닫는 순간이었다. 언제 죽을지 모르는 삶이지만, 분명 이 기억은 평생의 절정이었다. 젊음의 하이라이트가 있다면 그때 그 순간이었으리라. 거짓말. 돈과 노력을 들여도 가질 수 없는 게 있다니. 바로 지나간 시간이었다. 그때 매일 듣던 노래를 들으면, 매일 뿌리던 향수 냄새를 맡으면 견딜 수 없게 그리워졌다. 멍하니 지금 여기에 그때의 지금을 불러들여 온다. 냄새는, 음악은 나의 여름, 딱 그만큼의 공간을 확보해 나를 가둔다. 베를린 내 방만 한 공기, 그 방 안 커다란 리넨 침구를 끌어안은 그 포근함 속으로, 나무 바닥에 주저앉아 이야기를 나누면서도 아직 치우지 않던 빈 술병들 곁으로, 결정적인 순간 저릴 만큼 꽉 쥐었던 깍지 손 사이로, 파스텔 톤의 반팔 셔츠들 틈으로, 누군가 기타를 치던 이른 아침의 창문으로, 나의 지금이 그때의 지금으로 집합하는 순간.

한동안 깨어나지 못할 짝사랑이었다. 시간은 언제나 나를 이기며 조롱했고, 나는 어리석음을 알면서도 머물고 싶어 했다. 같은 '지금'을 보낸 우리는 서로를 달래는 데 숙달되었다. 그 후 우리의 가을과 겨울은 지나간 시간에 대한 인정과 포기로 이뤄졌다 해도 과언이 아니었다. 가을과 겨울은 여름이 찬란하다는 이유만으로 뒷전 취급을 받았다.

새해라는 늦둥이가 급습하면서, 나의 지난 지금들에는 오래된 것의 이름표가 붙었다. 점점 희미해져 가는 여름의 끝을 잡고 있을 해의 끝 무렵, 친구는 이런 편지를 보내왔다.

> 잊고 싶지 않은 여름 베를린이지만 시간이 흐를수록 옅어지는 건 어쩔 수가 없나 봐. 잊지 않기 위한 노력을 해 볼까도 생각했지만, 옅어지는 대로 자연스러운 모습으로 놔둘래. 처음만치 강렬한 향은 아니더라도, 나는, 우리는 못 맡는 내 체취가 된 것일 테니까.

지난여름의 냄새를 풍기며 나는 우리의 기억을 갱신할 준비를 한다. 우리 스스로의 기억을 이기기 위해 흰 도화지로 도착할 텅 빈 여름을 기대한다. 다른 티켓과 다른 아이스크림과 다른 걱정과 다른 공원과 다른 목욕과 다른 입맞춤과 다른 풀과 다른 편지와 다른 CD와 다른 감자튀김과 다른 화해를 그려 넣기 위해, 또 한 번의 여름이 온다. 그 여름을 지금으로 받아들이기 위해 일단은 오늘을 산다. 지금을 초대한다. 지금이 계속되면 결국 새로운 여름은 곧 나의 지금이 될 테니.

여름날 베를린 길가에서 주웠던 CD를 가을이 돼서야 펼쳐 본다. 책의 목차를 훑듯 수록된 곡 제목들을 읽어 내려가다가 흠칫 놀라 멈춰 버리고 만다. 몇 년 내내 찾던 해답을 이렇듯 우연히 발견하게 된다.

You're nobody till somebody loves you.
(누군가 당신을 사랑해 줄 때까지 당신은 아무것도 아니다.)

사랑을 찾아 헤매는 일이 고달프다 할지라도 멈출 수는 없는 이유다. 계속 궁금증을 가지고 세상을 두리번거릴 수밖에 없다.

네가 나의 여름이라면

너와 함께 지켜지지 않을 계획들을 세우고
너의 입맞춤에서 여름을 느끼고
사람이 많은 곳에서 너를 끌어안고
우리 사랑이 얼마나 대단한지
아무도 알아채지 못할 방법으로 티 내고
네 얼굴을 외우고
네 상처를 만지고
오래된 노래들을 듣고 촌스러운 옷을 입고
버스를 놓치고
역 앞에서 만나자는 약속을 하고

맛있는 음식을 함께 먹고
맛없는 음식도 함께 먹고
입던 옷차림 그대로 외출을 하고
너에게 읽어 줄 쉬운 시를 쓰고
커피와 술을 함께 마시고
파고드는 새벽을 겪고
너의 말 한마디에 내 세계를 무너뜨리고
너의 말 한마디에 내 세계를 짓고
너를 앓고, 배우고, 이해하고, 토라지고,
춤추고, 모르는 척하고, 마주 보고, 기다리고
네 존재를 축하하고
대화에 실패하고
질문을 삼키고
그러나 실망하지 않고
울고 연연하고 돌파구를 찾고
다시 처음 같아지고
너의 어깨에 턱을 괴고
내 가슴에 네 머리를 대고
멀어지고 가까워지고
새삼스레 엉뚱한 곳에서 마음을 깨닫고

맑아지고 어두워지고 안절부절못하고 또 안심하고

내가 더 많이 사랑하고 있다고 느끼고

그러나 그것을 아무렇지 않아 하고

매일 너를 선택하고

네가 없는 곳에서 너를 떠올리고

너에 대해 말하고

나에 대해 말하는 너를 듣고

이기적으로 사랑을 주고

오직 더 주지 못했음을 후회하고

너를 안을 때

매번 다시 태어나고

다시

결국

서로를 향해 태어난 것 같다는 기분을 느끼며

끝내 결심하는 것

사랑하기로

사랑해 보기로 결심하는 것

여름이 가고 다시 여름이 오기 전에

4

스물여덟,
뉴욕

샤워, 빈티지숍, 길거리 마켓

프란시스와 존 레넌과 패티 스미스의 뉴욕. 나의 뉴욕을 그들의 이름 옆에 끼워 넣고픈 충동이 생겼다. 지난여름, 베를린의 숙소에서 나는 보란 듯이 뉴욕행 비행기 티켓을 끊었다. 꼬리에 꼬리를 무는 여행을 하고 싶었다.

옆자리에 앉은 중국인 남자애는 베이징에서 왔다고 했다. 나는 이름과 직업을 내 마음대로 꾸며 말할까 한참을 고민했다. 예를 들어, 서울 사는 스물한 살 미대생이라고 한다든지, 일찍 결혼해서 애가 둘인 인테리어 디자이너라고 한다든지……. 다시 만날 일 없는 사람에게는 어떤 사람이라도 될 수 있으니까 즐겁다. 지루하게도 나는 스물여덟 글 쓰는 사람이라는 말로 나를 소개했다.

덧붙일 말을 고를 새도 없이 곯아떨어져서, 세상에서 가장 형편없는 기내식을 두 번 해치우고 나니 JFK 공항에 떨어져 있었다. 도시의 불빛들을 찍으려고 창가로 내민 내 손을 은근슬쩍 받쳐 주고 시도 때도 없이 말을 걸며 실실대던 그는 헤어질 땐 세상 시크하게 떠났다. 비행기에서의 인연은 딱 그쯤 해 두는 것이 좋다.

도착한 숙소는 단출했다. 노트북을 열고 갸우뚱한 얼굴로 글을 써 내려가는 〈섹스 앤 더 시티〉의 창가를 기대했다면 나의 오만이었을까. 화장실은 독서실 한 칸만 한 크기로 옴짝달싹 못 하게 비좁았고 라디에이터는 고장 나서 한겨울처럼 서늘했다. 작은 책상 하나, 그나마 푹신한 2인용 침대 하나, 빈약한 옷장 하나가 전부인 방. 앞으로 14일간 같이 묵을 친구와 나에게 이 방은 싸구려 햄버거로 매끼를 때우는 유학생의 기분을 안겨 주었다. 얇은 이불 하나에 의존해 덜덜 떨면서 첫째 날이 허무하게 지나갔다. 내 마음은 실망으로 얼룩졌지만 다음 날 아침, 어찌됐든 이를 만회해 보려 공용 부엌과 화장실로 올라가 보았다.

뽀드득한 소리는 기대할 수 없는 욕조와 변기, 출처를

알 수 없는 머리카락 하나에 구역질이 났지만 일단 옷을 집어 던지고 욕조 안으로 들어갔다. 물을 트니 따뜻한 물이 바람직한 수압으로 쏟아졌다. 기대치 않았던 행복이 밀려왔다. 귓속과 얼굴, 온몸 구석구석을 깨끗이 닦고 나니 우리의 작은 방과 옆방의 장기 입주자들과 무미건조한 인사가 오가는 복도도 참을 만해졌다. 아까 본 머리카락은 샤워기로 한번 쓸어내리면 그만이었다. 뿌연 안개에 불평투성이던 내 마음까지 씻는 기분으로 말이다.

당신이 진정으로 자신이 머무는 거처를 사랑하게 되는 순간은, 욕실에 떨어진 머리카락이 대수롭지 않아지고, 완벽히 깨끗하지만은 않은 세면대가 견딜 만해지는 순간이다. 그때 당신은 여행객의 깐깐함을 벗어던지고 털털한 생활자로 변모하는 것이다.

예민함에서 해방되어 버린 샤워 이후, 나는 잘못된 숙소 선택과 스무 시간의 비행을 모두 잊었다. 모든 것이 이제서야 시작이라는 듯, 짙은 샤워의 추억을 안고 다음 한마디를 외쳤다.

“뉴욕에 왔으니 빈티지숍부터 가자.”

단숨에 고른 ‘뉴욕다운’ 외출복들, 이를테면 레오파드 털코트와 받쳐 입기 수월한 흰색 치마, 청키한 니트, 대나무 손잡이가 있는 프랑스 느낌의 가방, 에스키모가 쓸 법한 독특한 털모자를 모두 골랐는데도 전부 합해 10만 원 언저리였다. 한국에서 가져온 옷을 쇼핑백에 넣어 두고 전부 새 옷으로 갈아입고 나니 제법 뉴욕 여자가 되었다.

두 손이 무거워진 내 앞에 펼쳐진 다음 챕터는 우연히 마주친 길거리 마켓이었다. 직접 키우고 재배한 싱싱한 채소나 수제 향신료를 파는 장터가 공원 옆에 줄지어 있었던 것이다. 갓 구운 뚱뚱하고 바삭한 바게트, 비트, 당근, 파프리카, 양배추, 토마토, 무, 가지, 호박, 유기농 재료로 만든 각종 소스들이 해를 받아 명랑히 반짝거렸다. 어떤 이들은 간단한 요리를 해서 사람들에게 시식을 권하기도 했으며, 저 멀리 공원에서는 야구공이 하늘을 가로지르고 있었다. 아이들의 주체할 수 없는 웃음소리가 이따금씩 들려왔다. 미간이 찌푸려질 만큼 신성한 토요일의 경치를 모두가 합심해 탄생시키고 있었다. 영화 같은 신호등과 나무와 건물과 하늘은 뉴욕이 어떤 곳인지 제대로 보여 주겠다는 듯 우쭐댔지만 나는 정작 그 거리를 채운 사람들에게 넋이 나갔다. 내 눈에 영화 속 한 장면으로 비친 이 모습이 누군가에게는 사진조차 찍을 구실 없는 일상 그 자체라는 사실에 시샘이 났다. 모르는 사람과도 서슴없이 대화하고 눈 마주치면 웃어 주는 것이 당연한 사람들의 몫이

었다. 원래 알고 지내던 사이가 아닐까 싶을 정도로 망설임이 없는 커뮤니케이션. 낙천적이고 호감 가는 토요일의 브루클린. 친구와 나는 시식으로 제공된 시금치와 꽈리고추에 반해 그린빈을 포함한 야채 한 바가지와 함께 아침으로 먹을 계란을 구매했다. 우리나라 시장에서 4천 원이면 살 것을 15달러나 지불했다. 나는 지금 세계에서 가장 비싼 도시에 있다.

진심 탓에 뭉개지는 발음처럼

연애를 시작할 때마다, 다짐하듯 말하곤 했다. 너에게 내 전부를 주겠지만, 원래의 나를 철저히 지키고 간직하리라고. 일종의 나를 향한 맹세였다. 나 자신을 통째로 잃어버리는 사랑 따위는 사랑이 아닐 거라고, 나는 경험으로 알고 있었기에 다가온 사랑이 무서웠다. 사랑의 죄인은 되지 않을 거야, 다시는. 나는 다짐하고 또 다짐했지만 어느새 그가 보낸 문장 하나하나의 포로가 되어 있었다. 웃음 짓고 한숨을 내뱉는 모든 순간이 그에게 실처럼 얽혀 있었다.

하지만 나는 지금 뉴욕이라서, 연애는 직업이 될 수 없기에 잠시 마음을 어르고 달래 글쓰는 일에 열심을 다했다.

친구들과 떨어져 카페에서 혼자 작업을 하며 그에 대한 생각을 비우려 노력했다. 하고 많은 동사 중에 왜 사랑만 '빠진다'는 표현이 붙어 오는 건지 사랑해 본 사람이라면 알 것이다. 찐득하게 눌어붙은 사랑이 내 마음, 신발, 하루를 놓아주지 않고 나를 결박했다. 뻐근한 마음을 모른 척하기 좋은 할 일들이 주어져 그나마 다행이었다. 나는 바삐 움직였다.

카페에서 하던 작업이 얼추 끝나갈 때쯤 친구들의 연락이 왔다. 저녁 8시까지 맨해튼의 한 재즈클럽 앞으로 오라고. 할 일을 마치고 퇴근 시간의 분주한 지하철을 탔다. 반나절 만에 본 반가운 친구들의 얼굴에 애틋함이 불어났다. 우리는 소호의 한 삐그덕대는 지하 계단을 내려갔다. 재즈바는 축축한 무드에 잠겨 있었다. 사람들은 눈을 감고 코를 찡긋거렸다. 최소한의 조명, 최대한의 음향, 한곳을 향한 여유 있는 시선들, 색이 빛바랜 포스터, 다른 시대에 탄생한 분위기들, 그리고 귓속말. 피아노의 검정색은 어두침침하지 않고 우아했으며 뒤로 젖혀진 자유로운 신체들은 무용수처럼 부드러웠다.

이곳에서의 모든 음악은 예고 없이 시작되었다. 재즈는 시작부터 클라이맥스의 웅장함을 안고 치솟았다. 책의 첫 문장이 모든 것을 좌우하듯 이들의 음악도 애초에 모든 것을 드러내고 시작되었다. 친구와 나는 어찌할 바를 모르는 눈빛으로 서로의 표정을 확인하고, 음소거된 환호성을 질렀다. 충격적이고 갑작스러웠다. 연주자들의 눈은 분명 감겨 있었는데, 어떻게 맞춘 것처럼 동시에 연주가 시작되었는지 의아했다. 눈짓은, 예고는, 말은 설 자리를 잃었다.

그들의 음악은 음의 연결이라기보다 진동이었다. 소리라기보다 촉각에 가까운 그것은 성숙하게 몰아쳤고 우리는 바보처럼 바라보는 것 외에는 아무것도 할 수 없게 되었다. 망설이지 않고 뭉개지고야 마는 음들. 쏟아진 술잔처럼 조심성 없고 파격적인. 모래 위에 끼얹은 물처럼 빈틈없이 구석구석을 정복하고야 마는, 지극히 내면적이고도 똑똑한 접근. 충동적으로 보이지만 사실은 가장 분별력 있는 음의 호소. 어리숙한 걸음으로 등장했던 악사들의 외모가 백배는 더 근사해 보인다는 것은 부정할 수 없는 사실이었다. 나는 그들에게 반해 버렸다. 전쟁이 끝나기를 기다리는 참전용사의 아내가 되어 저마다 악기들과 싸우고 있는 그들을 영웅처럼 바라보았다.

조심성 없는, 계획 없는, 예고 없는 음악은 단번에 마음을 기울게 만들고 그 기울기는 두려울 만큼 가팔라 어떤 생각이나 고민도 그 언덕 위에서 보기 좋게 미끄러졌다. 그것은 부정할 수 없는 본능이었으며 서사적이고 장엄한 음악에 대한 찬사였다. 이곳에 기다림은 없었다. 꾸며 내거나 의도할 시간도 없다. 오직 즉흥만이 있었다. 콘트라베이스는 그 나름대로, 드럼은 드럼대로, 피아노는 피아노대로 자기만의 연주를 하고 있는데 그 미묘한 교집합이 기적을 보는 듯했다.

사랑에 빠진 나는, 음표 사이에 잠든 사랑의 동작을 봤다. 눈을 맞추지 않아도 마치 퍼즐처럼 맞아떨어지는 발걸음, 넘어질 때의 사랑스러움, 일부러 넘어지지만 미워 보이지 않는 내숭, 처음으로 건넸던 단어, 후회, 떨림이 모여 증발하는 과거의 음악들, 너의 생각을 할 때 우수수 떨어지는 소소한 전율, 비틀거리는 애교, 불멸의 기분, 진심 탓에 뭉개지는 발음, 사랑하기 때문에 견디지 못할 조바심, 어떻게 될지 모르는 연애의 박자와 음정, 곧 마음의 무게, 이해할 겨를도 없이 다가가서 전부가 되고 난 뒤의 넘어짐, 의도적인 뒤처짐, 뜨거움, 나와 너의 모든 생김새, 그 교집합을 다 겪어야만 가능한 것이 바로 사랑, 연애, 너와 나의 행진.

갑자기 시작해서 끝날 듯 끝나지 않는 재즈는 사랑과 닮았다. 마치 시작을 모르고 시작되는 재즈처럼. 이해하지 않아도 좋으니, 계산하지 않아도 좋으니, 망설이지 말고 도망치듯 그냥 다가와 주길. 처음 느낌 그대로.

진심과 글씨들은
온통 네가 되어 서 있어
당당한 기분, 솔직한 말, 벅찬 순간, 슬픈 표정
다 함께 겪고 싶은 욕심이 생겨 버린 나
입술에 취한 밤
속삭임으로 해장하는 아침
네가 좋아한다는 놀이터를 걸으며
함께 기억할 시간을 만든다
마침내 완성될 우리를 상상하면서
한 번 더 시간 내어 바라본다
사랑투성이인 네 얼굴
우리 사랑은
후회하는 일은 없을 거야

이미 영화 같은 하루였는지도 몰라

사소한 순간들이 쌓여 나 자신이 된다고 생각하면 실수할까 봐, 놓칠까 봐 아찔하다. 우리는 이미 영화 속에 있지만, 우리 삶을 바꿀 결정적 순간들에 있지만 그것을 알아채지 못한다. 너무 평범하다고, 너무 사소하다고 불평한다.

친구를 보내고 옆 사람에게 호기롭게 짐을 맡기고 슈퍼마켓으로 갔다. 16달러나 하는 담배 한 갑과 분홍색 라이터를 눈 질끈 감고 사서 주머니에 구겨 넣고 일터라도 되는 듯 다시 카페로 들어간다.

나는 지나치게 당당히 걷는다. 벌써 겨울 같은 바람에 흩날리는 빈티지 재킷과 나를 돋보이게 만드는 혼자인 모습,

영화 주인공이 된 듯 아무 이유 없이 의기양양해지는 나 자신. 주인공인 이상, 주인공의 행동은 그 어떤 것도 모두 집중할 만한 가치가 있어진다. 아무것 아닌 나의 걸음 하나하나가 프란시스가 차이나타운을 내달리듯 결정적인 장면처럼 보였다. 집에 도착해서 엉망진창인 글씨들로 채워진 나의 장면들을 본다. 오늘 발견한 것들이 꽤나 마음에 든다. 적어도 오늘은 내가 사실 영화 속에 있다는 비밀을 눈치챘기 때문이다.

코리안 베이비

공용 욕실과 부엌이 있는 위층을 다녀온 친구가 이렇게 말했다. "화장실 옆방 남자랑 인사했어. 엄청 후덕하고 귀여운 아저씨던데?" 다음 날이 돼서야 나는 그와 처음으로 마주쳤다. 미국인다운 덩치를 자랑하는 그는 미국인 특유의 쾌활함과 천부적인 능글맞음으로 말을 건네왔다. 여행을 좋아하는 인디애나 출신의 그래픽디자이너라고 했다. '사우스코리아'에서 왔다는 것과 "I'm just visiting"이라는 문장을 말하고 나니 할 말은 금방 동이 나 버렸다. 이후 그와 집 앞 베이글 가게에서 종종 마주치곤 했다. 그는 항상 두 개의 베이글을 손에 쥐고 있었으나 '간단한' 아침식사를 한다며 묻지도 않은 넋두리를 했다.

뉴욕에 도착한 이후 처음 며칠 동안 친구와 나는 대단히 고생하고 있었다. 오톨도톨한 여드름이 돋아나고 평균 수면 시간이 세 시간 이하로 떨어졌다. 그러나 사람의 적응력이란 실로 대단했다. 도착하자마자 다른 숙소를 알아볼 만큼 악몽 같던 하루가 지나가자, 시간이 흐를수록 하루의 끝이 점점 기대되곤 했다. 이 허름한 숙소에 결국 정이 들어 버린 것이다. 힙한 사람들과 영화 촬영지와 아보카도 토스트도 편안한 집만큼 유혹적이진 못했다. 우리는 점점 집에서 시간을 많이 보내게 됐다. 조건 없는 사랑이었다.

우리 방을 포함해 총 여섯 개 방에는 여러 국적의 사람들이 머물고 있었다. 복도에서 그들을 마주칠 때마다 이곳이 숙소가 아닌 오랫동안 살고 있는 집처럼 느껴졌다. 핀란드에서 왔다는 얼굴이 허옇고 빼빼 마른 남자는 태국 라면이나 전자레인지에 돌린 부리토를 안고 총총 사라졌다. 그의 여자친구는 우리보다 훨씬 어렸지만 관능적인 자태로 남자친구의 허리를 감쌌다. 학교를 갓 졸업했다는 훈훈한 커플이었다.

아침마다 우리는 이곳의 청소 담당 아주머니와 마주치곤 했다. 집과 사랑에 빠지게 되면서 그녀에게도 관심이 생겼다. 첫날 여분의 담요와 히터를 요구하며, 어쩜 이리 춥고 건

조할 수가 있느냐고 역정을 냈던 것이 조금 후회될 만큼 점점 애정이 싹텄다. 창가에서 내다보이는 뒷마당의 그녀를 보며 친구는 이렇게 말했다. "난 지금 마리아의 아침 일과를 구경하고 있어." 새 화장지와 새 수건을 한 아름 안고 선 그녀가 알고 지내던 이모처럼 인자하고 푸근해 보였다.

친구와 늦은 아침을 먹으며 위층 화장실 옆방의 사내와 한 번 더 마주쳤다. 서툴고 간지러운 대화들 속에서도 더없이 친절했던 그는 행아웃(hang out, '함께 어울려 놀자'는 뜻)을 요청해 왔다. 그렇게 우리는 이번 주 토요일에 만나자는 약속을 했다.

요가 클래스가 끝나고 해가 쨍쨍한 오후, 그에게로 갔다. 우리의 첫 행아웃을 축하한다는 듯 주말을 맞은 사람들은 햇살 아래서 평소보다 세 배 정도 더 아름다워 보였다. 내가 알아 둔 베트남 음식점이 문을 닫아 우리는 아무 식당에나 들어섰다. 탁 트인 테라스 자리가 인상적인 멕시코 음식점이었다.

"이런 말 실례가 될지 모르겠지만, 나이를 여쭤 봐도 되나요?"

"몇 살로 보여요?"

이 반응은 역시 만국공통이다.

서른여덟 살의 미국 아저씨가 그릇을 비우고 나서 우리

를 빈티지숍으로 인도했다. "너희들은 사랑에 빠질 거야, 하지만 30분만 허락할게." 그의 선전포고가 무색할 만큼 우리는 그곳에서 오랜 시간을 보냈다. 빈티지에 환장하는 한국인 관광객 둘은 마음에 드는 옷이 너무 많이 발견되는 바람에, 한 시간을 꼬박 채웠다. 질려 버린 듯한 그는 휴가를 맞아 조카 두 명의 하루를 맡은 삼촌의 얼굴을 하고 있었다.

카페에서 그는 자신의 자식과도 같다는 작업물을 보여 주었다. 그는 우리만큼이나 섬세한 감성을 가지고 있었다. 그로 인해 'OOO은 꼭 이래야 한다'라는 규칙이 실로 무의미해졌다. 황소에 견줄 만한 묵직한 체격인 그가 만든 디자인 작업물들은 디자이너의 성별을 짐작할 수 없을 만큼 예외적이고, 출신지가 인디애나임을 상상도 못 할 만큼 동양적이기도 했다. 나는 아기자기하고 동글동글한 선이라면 여성을 떠올렸던 고리타분한 편견을 거침없이 부수었다. 그는 가장 좋아하는 색이 분홍색이라고 했다. 게다가 그는 필름카메라, 아이폰, 폴라로이드까지 종류별로 카메라를 들고 다니는 우리만큼이나 사진 찍길 좋아했다. 그는 우리에게 자신은 언제나 '더'를 외치고 핀잔을 듣는 외로운 사람이었다며, 우리와 여행하는 것이 정말 즐겁다고 말했다. 분홍빛을 띤 무언가를 지날 때면 꼭 사진을 찍어 달라며 휴대폰을 내밀었다.

복잡한 맨해튼을 벗어나 우리들의 집이 있는 브루클린으로 향하는 지하철 안은 만원이었다. 모두의 어깨가 조금씩 맞닿을 만큼 사람이 많았는데 신기할 정도로 다양한 인종이 있었다. 뉴욕은 어떤 방식으로라도 자신의 존재를 설득한다. 지하철의 사람들은 머리칼도 피부도 매력도 모두 달랐다. 이는 즉 어떤 이도 환영받을 수 있는 도시라는 의미였다.

연신 괜찮다며 자리를 양보하던 그는 하나 남은 지하철 자리에 털썩 주저앉았다. 어느새 우리는 구태여 양보하지 않아도 좋을 사이가 되어 있었다.

우리의 마지막 코스는 도시의 전경이 보이는 루프트 바였다. 오래된 엘리베이터를 타고 'R' 사인이 적힌 층에서 내려 야외에 설치된 계단을 한 층 더 올랐다. 지나치게 트렌디하고 요란스러운 음악은 내 취향이 아니었지만 야경만큼은 기가 막혔다. 술 없이도 취할 정도였다. 말을 걸어오는 사람들은 이미 맥주와 배경에 한껏 취해 누구와라도 자신의 기쁨을 나누고 싶어 했다. 브루클린과 섬을 잇는 기차가 모형 트레인처럼 작았다. 나는 승객들이 모두 만취한 비행기를 탄 기분이었다. 한강보다 조금 작은 강에는 영화에서 익히 보던 불빛들이 옮겨 와 있었다.

이런 풍경 앞에서, 나는 언젠가부터 사진 찍는 것을 포기했다. 사진에 담길 수 없는 순간이 존재한다는 것을 알아서였다. 휴대폰을 들이미는 순간, 그 순간은 더 재빠르게 사라져 버리는 듯했다. 가장 최신의 기기도 내 기대를 배신한 채 내 눈 안에 무한대의 화소로 담긴 장면을 번진 빛과 밋밋한 평면감만으로 재현하느라 우물쭈물거렸다. 어떤 풍경에는 사진으로는 도저히 담아낼 수 없는 공기와 이야기가 있었다. 우리는 카메라를 내려놓았다. 때로는 기꺼이 놓쳐야 하는 순간도 있는 것이다.

아찔한 난간에 기대어 풍경에 젖어 있는 사이 아저씨는 벌써 두 번째 맥주를 들고 나타났다. 그렇게 한참을 말없이 서 있다 우리들은 함께 집으로 걸어가기 시작했다. 집 앞 슈퍼에 들러 아쉬움을 달랠 맥주 몇 캔과 곁들일 간식 몇 가지를 샀다. 7027. 현관문의 비밀번호를 누르는 동안 내 뒤통수를 바라보며 기다리고 있는 두 명의 친구들. 똑같은 비밀번호를 사용하는 우리 사이가 새삼 실감이 났다. 나와 친구는 한국에서 가져온 라면과 짜파게티, 그리고 김치로 오늘 하루를 해장하고자 작은 파티로 그를 초대했다. 매운 신라면과 김치를 정신없이 잘도 먹어 주는 그가 마치 투정 없는 아기처럼 기특했고 또 고마웠다.

"No phones on the table. Let's have real dinner."

(휴대폰은 치우고 식사다운 식사를 하자.)

그가 어른답게 말했다. 우리는 휴대폰을 내려놓고 제대로 된 식사를 했다.

식사를 마치고 나는 오늘 하루를 정리하러 방에 잠시 내려가 글을 쓰고 있었다. 여운이 남는 이 하루를 어떻게 저장해야 할지 이리저리 고민하고 있었다. 갑자기 노크소리가 들렸고, 빼꼼히 고개를 내민 아저씨의 얼굴이 보였다. 빨리 나와 보라며, 상기된 얼굴로 나를 불렀다. 옆에 있던 친구의 손가락은 조용히 하라는 신호를 보내 왔다.

"오 마이 갓, 느껴져. 널 사랑해. 지금 너무 좋아. 더 해줘. 지금이야. 너무 좋아." 계단을 내려오면 정면으로 보이는 방에서 한 커플이 소음은 안중에도 없이 격렬히 사랑을 나누고 있었고, 그 소리가 복도에 생중계되고 있었다. 방음이라고는 코빼기도 안 되는 이 세 개의 방을 뚫고 나오는, 찌르는 듯한 신음소리. 이곳은 뉴욕이다! 숨김 없고 가식 없고 극적이라 가끔은 버겁기도 한 뉴욕의 모습, 있는 그대로다. 우리 셋은 입을 틀어막고 낄낄낄 웃었다. 살면서 이런 경험을, 그것도 오늘 막 친해진 인디애나 아저씨랑 언제 또 해 볼 수 있을까. 눈을 맞추고 공범이 된 듯 소곤대는 우리들을, 나는 나에게서 한 발짝 떨어져 바라보았다. 기분 좋은 기이함이 온몸에 퍼졌다. 까치발을 들고 사뿐사뿐 걷는 미국인 한 명과 한국인 두 명. 브루클린의 한 허름한 숙소에서 어떤 우연이 이어 준 만남. 누군가의 야시시한 개인사를 엿들은 것이 기억에 남은 것은 아니었다. 다만 안경을 쓰고 잘 준비를 하던 내 모습과 어느새 친구들의 우스갯소리에 새로운 날이 되는 그런 환경이 꿈만 같았다. 미국 드라마 〈프렌즈〉의 친구들이 된 기분이었다.

"Unreal."

아저씨는 내내 고개를 내저으며 이런 표현을 했다. 현실이 아닌 것 같은, 가짜 같아서 진실로 진짜 같은, 그런 기분에 압도당한 그는 갑자기 생긴 나의 이웃이었다. 그는 수도 없이 반복해서 말했다.

"7천 마일 떨어진 곳에서 온 코리안 베이비들과 어메이징하고 잊지 못할 하루를 보낸 것 같아."

다음 날 아침, 베이글을 든 그와 또 마주쳤다. 아무래도 첫 외국인 친구가 생긴 것 같다.

그가 번역기를 돌려 전한 말.

이렇게 사는 것은 정말 당신의 마음, 몸, 그리고 영혼을 회복합니다. 당신은 사랑스러운 우정을 절대로 예측할 수 없습니다. 천둥번개처럼 좋은 날에는 아무데도 나타나지 않습니다, 거기 있습니다. 나는 내 여행에서 정말 많은 훌륭한 사람들을 만났지만, 이것은 최고 중 하나였다. 완전히 예상치 못한, 우리는 너무 인스턴트, 그래서 릴렉스, 그리고 우리는 주 내내 뉴욕에서 영화 시간을 가졌다. 다시 놀기 위해 너무 떨어졌다. 당신은 너무 멋지고 멋진 스타일이 언제든 돌아옵니다. 그리고 당신은 정말 달콤한, 훌륭한 요리사, 다음번에 우리가 만날 때 당신은 영어와 독일어로 유창하게 될 것입니다. 베를린에서 행운을 얻을 수 있습니다. 너의 둘은 가장 달콤하고 나는 우주가 이 같은 에어비앤비에 우리를 넣은 것에 너무 감사하다. 벌써 두 분 모두 너무 보고 싶고, 언제든 미국을 방문하고 안전한 여행으로 대한민국으로 돌아가세요.

엉터리 번역에 한참을 키득거리며 웃었다. 이상하게도 모든 게 말이 됐다. 오히려 웃은 만큼, 딱 그만큼 뭉클했다. 진심은 문법과는 전혀 상관없는 분야임을, 우리는 알고 있었다.

연습 여행

친구와 나는 우리 인생을 크게 좌우할지도 모를 이 대단한 여정을 앞두고 연습이 필요했다. 국내여행부터 시작하기로 한 것이다. 새해가 시작되고 얼마 지나지 않아 강릉으로 가는 기차를 탔다. 즉흥적인 요소들에 격하게 반응하는 고등학생처럼 열심히도 놀았다. 책방에 들러 마음에 드는 책을 한 권씩 사고, 콧물을 흘리며 장칼국수를 먹고, 갑자기 발견한 작은 극장에 5분 전 이미 시작한 영화를 보러 들어가는 그런 여행이었다. 조식이 포함된 호텔 패키지는 나름 편리하고 만족스러웠다. 깨끗한 침대시트 위에서 테이크아웃한 회를 먹고 아까 도착하자마자 산 책을 읽고 아침엔 호텔 조식을 먹은 뒤 바닷가 산책을 했다. 그때 주워 둔 솔방울 두 개는 내 방에 1월의 상징처럼 놓여 있다. 이 여행이 좋은 연습이 되었기에, 곧바로 다음 계획을 세웠다. 더 규모가 큰 여행을 감행해도 좋을 거라 생각했다. 뉴욕이었다.

"지혜야, 정말 아무것도 안 알아보고 떠나도 되는 거지, 우리?"

"그럼!"

대책 없는 우리 둘의 여행은 그렇게 시작되었다. 중국 경유 비행기에서 가장 소란스러운 건 다름 아닌 우리 둘이었고 쉴 새 없이 떠들어도 어떻게 할 말이 남아 있는 건지 의아했다. 뉴욕에서 해 보고 싶었던 것은 영화 속 프란시스 하처럼 살아 보는 거였다. 친구와 나는 우선 거대한 슈퍼마켓에서 천진난만하게 돌아다니길 좋아했다. 블루베리, 샐러드, 당근, 요거트, 도넛, 닭고기의 바다에서 한껏 헤엄치고 나면 진이 빠진 모습으로 EXIT 표지를 찾았다.

우리는 프란시스와 그의 친구 소피처럼 같은 방에서 지냈고 어질러진 옷가지들과 쇼핑백들 사이 우리의 잠든 모습은 솔직했다. 포근한 침대에 누워 이야기를 하다가 잠들곤 하는 밤이 어느새 아홉 번이나 지났다. 프란시스는 소피에게 청한다. 우리 이야기를 한 번 더 해 줘. 그러면 소피는 그들이 꿈꾸는, 그들만의 이야기를 소설처럼 읊는다. 그들의 밤은 매번 그렇다. 그들처럼 우리에게도, 어느새 한 편의 이야기를 만들 만큼 길고 끈끈한 에피소드들이 쌓여 가고 있었다. 미래와 과거를 동시에 회상하는 밤들이었다.

지난 추석 때 친구네 집에서 만들어 먹은 레몬 치킨, 영화 속 찻집, 매일 만나던 광화문 교보문고, 씨네큐브, 근황들을 수군대던 평창동의 한 카페, 강릉 해변, 스케치북, 시럽이 많이 들어간 카페라테, 한입 맛보고 반해 버린 순간 얼굴에 떠오른 우스꽝스러운 표정, 반팔티 차림의 친구…….

빨래방, 요가, 브라질리언 왁싱, 카페

유난히 햇살이 좋은 날 친구와 나는 전날 보아 둔 아시안 음식점에 갔다. 모자를 푹 눌러쓴 차림이었다. 든든히 배를 채우고 나서 속옷과 양말, 잠옷용 티셔츠가 가득 든 보따리를 안고 동네 빨래방을 찾았다. 깨끗한 리넨 냄새가 거리 전체에 진동을 했다. 코를 박고 얼굴을 부비고 싶은 포근하고 나른한 냄새. 우리는 일회용 세제를 구매해서 곰팡이가 피기 일보 직전인 옷들을 세탁기에 구겨 넣고는 사람들을 구경했다. 친구는 챙겨 온 책《연금술사》를 꺼내 읽기 시작했다. "지난여름 베를린에서 나도 이 책 읽었었는데. 여행하며 읽기 정말 좋은 책이야. 좋아하는 카페에서 혼자 앉아 읽었던 시간들이 기억나네." 나는 노트북을 펼치고 글을 썼다. 창문 너머로 침범한 햇살에 눈이 감겼다. 친구에게 먼저 가 있겠다고 말하고는 집으로 가 침대에 대자로 누워 한낮의 수면을 즐겼다.

현지인처럼 살아 보기의 비결이 뭐냐고 묻는다면 낮잠을 실컷 자 보라고 말할 것이다. 혹은 하루 정도 날을 잡고 아예 외출하지 않는 것도 좋은 방법이다. 또는 휴대폰 없는 날을 만들거나 사진을 찍지 않아 보는 것 또한 바람직하다. 잠시 쉬었다 가는 하루를 만들어 보면, 그토록 두려워했던 이국의 생활이 내가 살던 곳에서의 그것과 별반 다르지 않음을 느낄 것이다. 소파에 널브러진 옷가지들처럼 마음의 정리를 포기해 버린 채로 그저 떠도는 시간을 바라보기. 한결 편해진 기분으로 집밖을 나서면 여행은 어느새 새롭다. 햇살, 사람들, 카페, 미술관, 거리의 모든 것들이 언제 이리도 친절했었는지 새삼 의아해지고, 다음 날도, 또 그다음 날도 나다운 여행을 할 수 있겠노라는 자신감이 생긴다.

한참 자고 일어났는데도 아직 아침이었다. 우리는 예약해 둔 요가 클래스로 향했다. 게으른 숨을 고르며 다시 시작하는 오전이 꽤나 마음에 들었다. 여행에서 꼭 해 보고 싶은 일이 있었다면 바로 이런 일들이었다. 일상적이지만 섹시한 아침을 맞는 것. 넓고 환한 방에서 딱 붙는 옷을 입은 여자들이 몸을 풀고 있었다. 우리들은 쭈뼛쭈뼛 그들 사이에 서서 허벅지와 뒷목의 긴장을 풀었다. 중심을 잡고 하나의 발을 공중으로 띄우면 다른 어떤 것도 생각할 수 없었다. 바들바들 떨리는 발바닥으로 내 온몸을 떠받들며 숨을 참고 집중해야만 했다. 그렇게 한 시간이 지나고 나면 머릿속의 쓸데없는 상념들을 박박 밀어내고 맑고 투명한 전지를 깔아 둔 기분이었다. 어떤 것이든 다 새롭게 받아들일 준비가 되어 있었다.

며칠 뒤 찾았던 두 번째 요가 클래스는 그전보다 더 진지하고 본격적이었다. 이전 수업을 마치고 나오는 사람들의 땀 냄새를 맡으며 우린 숙연한 긴장감에 휩싸였다. 인도에서 '야매'로 10년간 수련을 마치고 돌아왔을 것만 같은 범상치 않은 강사의 몸짓과 가벼운 농담 한마디 없이 매트 위에 눈을 꼭 감고 누운 사람들. 요가는 그들에게 꼭 운동이 아닌 기도처럼, 지독하지만 자발적인 수련처럼 보였다.

"Don't be shy, just split it out."

(부끄러워하지 말고, 그냥 뱉어 내세요.)

강사의 말이 끝나기도 전에 사람들은 경쟁하듯 큰소리로 숨을 뱉어 낸다. 어떤 이는 접신한 듯 사방으로 몸을 흔들어 댔고, 어떤 이는 강사의 설명에 아랑곳 않고 자신의 속도대로 동작을 이어 갔다. 사랑을 나눌 때 나는 신음소리 같은 것도 종종 들렸다. "So nice, so good!" 어떤 이의 혼잣말은 크게 새어 나와 그룹 전체를 웃음바다로 만들었다. 유연하지 못한 신체로 팔과 다리를 굽히려 애쓰는 한 남자의 모습은 애처롭기도 하고 성실하기도 했다. 여러 각도로, 여러 표현들로 이루어진 솔직하고 경건한 몸의 예배. 강사가 계속 되뇌는 말처럼 nice and slow, 천천히, 부드럽게 육체의 마디마디를 느꼈다. 정해진 규칙은 없었다. 어떤 에너지도 그저 작은 것으로 간과되지 않는 친절한 시간이었다. 땀을 뻘뻘 흘리고 돌아가는 길, 우리는 가을날의 반팔티가 두렵지 않았다.

깨끗해진 몸과 마음에, 과감한 일정을 짜기도 했다. 어찌 보면 용기 내야 했던 일이기에 계속 미뤄 왔던 브라질리언 왁싱이 바로 그것이었다. 아무도 모르는 이곳에서는 왠지 할 수 있을 것만 같았다. 가고 싶던 편집숍을 찾아가던 길목에서 손님이 없는 평범한 왁싱숍 하나를 우연히 발견하고, 친구와 서로 눈을 맞췄다. 대부분의 결정적 순간이 그러하듯 누가 먼저

랄 것도 없이 손을 꼭 쥐고 가게로 입성했다. 먼 곳으로 도망 온 내게 배정된 선생님은, 운 없게도, 한국인 아주머니였다. 이민 온 지 20년이 넘었다고 하셨다.

작은 방 안에 들어가 하의를 벗었다. 친구와 얇은 벽 하나를 사이에 두고 고성으로 서로의 안녕을 확인하며 지옥 같은 15분을 보냈다. 잠깐의 쑥스러움은 극한의 고통 앞에 사치가 되었고, 우리는 몹시 아기같이 뽀송한 모습으로 당당히 숍을 빠져나왔다. 그러자마자 숨이 넘어갈 듯 낄낄거리며 웃었다. 그 웃음은 술 취한 사람처럼 비틀거리게 만들었으며, 우리는 덕분에 파란불 몇 번을 놓쳤다. 은밀함은 우리 사이에 이전과는 다른 깊이를 선사했다.

카페로 갔다. 여행의 막바지에 다다라서야 마음에 쏙 드는 카페를 발견했다. 규모가 꽤 큰 서점 안에 있는 작은 카페였다. 영화 〈킬 유어 달링〉에 나오는 벽처럼 책을 한 장씩 찢어 온 벽을 채운 모습은 공간의 지적인 배경이 되고, 사람들은 각자의 일에 몰두해 곁을 주지 않았다. 운 좋게 창가에 제일 좋은 자리가 나서 잽싸게 무거운 카메라들을 내려놓았다. 습관적인 우스갯소리가 줄어들 정도로 지쳤을 그 순간 우리에게는 멍 때릴 시간이 필요했다. 친구는 노트를 꺼내 열심히 무언가를 적더니, 내게 뜬금없는 고백을 전했다.

“너와 함께하는 20대 후반의 뉴욕이 너무나 좋다. 안 왔으면 어쩔 뻔했어?”

미리 알 수 있는 것은 아무것도 없었다. 여행은, 우리의 모든 기대를 배반했다. 나는 그 배반이 반가웠다. 직접 겪어 보기 전에는 아무것도 장담할 수 없는 인생의 무지막지함에 나는 기꺼이 실망했다. 마음속에 담고 있던 단어들을 꺼내 보일 때면 노트 대신 친구의 눈빛에 일기를 적고 있는 기분이었다.

스물여덟의 프란시스처럼 뉴욕에서 살아 보기

한국 나이로 스물여덟인 프란시스를 접한 건 내 나이 스물셋의 커다란 사건이었다. 영화 〈프란시스 하〉에서 그녀의 불안하지만 씩씩한 삶이 어찌나 좋았던지 나는 그녀의 비공식 홍보대사를 자처했다. 50번도 넘게 영화를 보다 보니 그녀가 가진 태도와 성품이 내 것이 되기도 하는 날들이었다. 마치 직접 만나서 이야기를 전해듣는 친구처럼, 실제로 존재하는 사람인 양 내 애정이 그녀를 살아 있게 했다.

어느 날 이 영화에 대한 다른 사람들의 후기를 읽다가, 문득 스친 누군가의 소감이 내 가슴을 콕 하고 찔렀다.

무엇이든 될 수 있을 것 같으면서도

아무것도 될 수 없을 것 같은 기분.

프란시스와 똑같은 나이가 된 나는, 뉴욕을 여행하고 있었다. 스물셋이 상상한 스물여덟은 어느 정도 만족할 만한 성과를 가진 점잖은 어른이었다. 한편으로는, 세상에 찌들어 예리하고 천박한 고집이 생겨 버리고, 반짝이는 것들에 조금은 무심해질 줄 알았다. 하지만 지금 나는 여전히 길을 모르는 어린아이 같다, 꼭 그녀처럼. 아직도 아무것도 될 수 없을 것 같아 우울감에 허우적대기도 하고 다른 이와 나를 비교하며 점처럼 작아지기도 했다. 그럼에도 불구하고 늘 여행과 글쓰기의 끈을 놓지 않고 있었다. 내가 가야 할 길이 무엇인지 모르면서도 이 순간을 놓쳐선 안 된다는 것쯤은 알고 있어서, 조바심을 내며 방향도 모르는 그 길을 달려가고 있었다. 소호 한복판을 걸어가는 흑백필름 속의 프란시스처럼, 그 장면에서 울려 퍼지는 행진곡같이 웅장한 데이비드 보위의 곡 〈Modern Love〉처럼, 나의 뉴욕은 반드시 지금 이 순간 이뤄져야만 하는 또렷한 직감이었다. 뉴욕은 이제 곧 베를린으로 이사하는 친구에게도, 이미 완벽한 여름을 완성해 더는 필요하지 않다고 여겼던 나 자신의 가을에게도, 상상치 못한 무언가를 던져 주고 있었다.

뉴욕은 달랐다. 어떤 도시와도 닮지 않은 자신만의 고유함으로 이따금씩 나를 휘어잡았다. 다 담아내기가 어려워 숨을 골라야 했다. 빌딩 앞에서, 빨강이 흐드러진 놀이터 앞에서, 강아지 변을 치우는 여자 앞에서, 흑인 아이들의 조롱을 당하는 길목에서, 흐트러진 글씨 앞에서, 햄버거 집 주인 앞에서, 마침 발견한 현금인출기 앞에서, 우아한 전시장 앞에서, 햇살이 부서지는 강가 앞에서, 나는 항복했다. 그러고는 생각했다. 나의 스물여덟은 아직 완성하기에는 부족하다고. 굳이 꽁꽁 숨겨 간직하려 애쓰지 않고 그냥 흘려보내면 눈부신 자국이라도 남을 것이라는 확신이 내게 있다. 지금 나의 할 일은 내 나이, 상황, 감정을 모두 잊어버린 채 언젠가는 사람들의 마음까지도 담아낼 그릇을 만드는 것이다. 부서지고 무너져도 웃어 버리며 다시 만들어 가는 끈질김이 내겐 절실하다. 스물여덟의 프란시스가 그랬듯, 나는 세상과 싸워 이기는 것이 아니라, 나 자신이 되기 위해 싸우고 있다.

뉴욕의 연인

두툼한 코트를 걸친 채
아무도 모르는 거리를 걷고 싶어
후미진 슈퍼마켓에서 장을 보고
계란프라이와 요거트가 놓인 아침 식탁을 구경하고 싶어

남은 동전을 서로의 손바닥 위에서 세어 가며
빛나는 초콜릿 하나를 사고 싶어
지하철 한복판에서 천진난만한 걸음걸이로
네게 달려가고 싶어
야경 앞에서 입 맞추고 싸구려 칵테일을 마시고

2달러짜리 열쇠고리 하나를 선택하고 싶어
감정을 양보하는 짜릿함을 느끼며
나만 아는 너의 슬픔을 닦으며 밤을 지새우고 싶어
내 앞에서만 겸손하지 않은 너의 자랑으로
당연한 사이를 느끼고 싶어
우리만의 암호로 겨울을 봄처럼 녹이고 싶어
어정쩡한 진심도 안아 주고 싶어

아마도 사랑인가 봐
특별하지 않던 모든 것들이 특별해지는 것을 보면

가진 거라고는 마음뿐인 네 표정은
우리 젊음의 하이라이트
점으로 남은 느낌들을 하나둘씩 모아 이으면
하나뿐인 나, 아마도 주인공일 거야

내 안의 수많은 물음들을 다 접어서 노트와 마음속에 고이 간직하고 있다가 여행이라는 바다에 잠겨 확인한다. 시간에게 먹히고 먹혀, 어떤 진주가 나오는지 확인하고자 한다. 조용한 흥분이 순식간에 나를 사로잡고 그저 용감한 내가 되어 거리를 쏘다닌다. 진주가 우수수 떨어진다, 여름부터 기다렸던 가을날의 낙엽처럼. 스티브 잡스는 말했다. 세상에 없는 것을 창조하지는 않았노라고, 그저 이미 존재했던 것을 사람들이 상상하지 못했던 방식으로 이었을 뿐이라고.

나는 애초에 내가 세상을 바꿀 점들을 잇지 못할 거라 짐작했다. 방법을 몰랐다, 그런 꿈은 꾸지도 않았다. 다만 나만의 점을 충실히 만들어 그것을 이어 보겠노라 다짐했다. 그런 면에서 뉴욕은 신선하고 달가운 점 하나였다. 가끔씩 숨이 가빠져 올 만큼 나를 감동하게 하는 점 몇 가지. 그 점들이 곧 나의 뉴욕이었다.

REAL
COLD GIRL
SHIT
NEW!
UPGRADED
2019
50 % 2019 Planners Off
34

EXIT
Exit 33 St & 8 Av Madison Square
FOOD
#14
#12

5

스물여덟,
비엔나

와이파이 같은 날들

런던에 사는 친구 주현과 함께 여행하기로 했다. 공항 내 맥도날드 앞에서 그녀를 기다렸다. 배고픔을 이기지 못하고 요거트 하나를 집어 들었을 때, 누군가 내 어깨를 톡톡 두들겼고 뒤를 돌아보자 털모자를 쓴 동양 여자가 웃으며 서 있었다. 주현이었다.

비엔나의 집들은 독일처럼 선이 정직했고, 부분적으로는 파리의 정교함을 닮아 있었다. 짐을 짊어진 우리 앞에 미안할 정도로 자주 멈춰 서는 매너 있는 운전자들과 구시가지의 작은 골목들과 도로들, 사이사이 깜찍한 미니 횡단보도는 이탈리아를 연상케 했다. 서유럽 같기도, 동유럽 같기도 한 이곳은 어떤 장소를 빗대서라도 설명이 가능한 여러 모습을 하고 있었다.

건물들은 시간의 흐름을 야속하다 여기지 않고 감사히 받아들인 듯했다. 열기 어려운 열쇠와 낡아빠진 계단을 불편하다는 이유로 바꿔 버리지 않고 살살 달래며 살아가는 사람들과 건물들은 천생연분이었다. 깡마른 가로수들마저 기품 있게 의연함을 뽐내고 있었다.

8번지에 도착했다. 이전 숙박객이 열쇠를 들고 아직 돌아오지 않은 탓에 (이때까지만 해도 감감무소식이라 그들의 행방을 알 수가 없던 상황이었다) 30분가량 기다렸는데 결국 다른 숙소를 제공해 주는 수밖에 없겠다는 메시지를 받았다. 상황이야 어쩔 수 없다지만, 미안하다는 말 한마디 없이 방법만 제시하면 다 해결되는 건가요. 해결되지 않은 건 내 상한 마음이라고요.

하지만 이런 상황에서 한 번 더 농담 던지기가 이제는 습관이 되었다. 여행이란 게, 와이파이처럼 되다 안 되다 하는 거니까.

갑자기 집 잃은 사람이 되어 일단 근처에 있는 베트남

쌀국수 집에 들어섰다. 뜨끈한 국물이라도 먹어야 화를 참을 수 있을 것 같았다. 고추, 고수, 숙주를 듬뿍 넣은 한 그릇을 비워 갈 때쯤 다시 연락이 왔다. 30분 안에 청소된 집을 제공해 줄 수 있는데 어떻게 하겠냐는 내용이었다. 이 추위에 또 다시 이 짐들을 지고 어디를 간단 말인가. 당연히 오케이를 했다. 남은 30분을 때우기 위해 아까 찾아 둔 카페에 갔다. cafe. 당연한 소개말을 크게 적어 둔 창가가 마음에 쏙 들었다. 푹신한 소파들이 각각의 프라이버시를 지키며 포진해 있는 아늑한 분위기의 공간이었다. 우리는 밍밍한 맛의 커피 두 잔을 시켜 5분 만에 해치우고, 도착한 후 처음으로 마음을 잠시 놓았다. 구석진 테이블의 노부부는 금슬이 좋아 보였다. 각자 읽을거리를 펼쳐 들고 있는 모습이었다.

"저 할머니, 할아버지는 어떤 젊은 시절을 보냈을까?"

"글쎄, 그 시대는 뭐든 더 엄청났을 것 같은데. 약도 실컷 하고."

"둘이 언제 처음 만났을까? 하이스쿨 스윗하트 아닐까?"

"알고 보니까 만난 지 얼마 안 된 거 아냐?"

"할머니 지금 고상한 빨간 카디건 입고 계시지만 집에는 오토바이 있고, 등에 이따만 한 문신 있을 수도 있어."

키득키득, 우리는 웃었다. 동시에 나는 가질 수 없는 그들의 시대가 부러웠다. 둘도 없이 온화한 표정으로 스도쿠를 풀고 있는 저 할머니도 어떤 시절에는 날렵한 청년이었다는 사실에 웃음이 났다. 그는 침착하지 못한 연애로 골머리를 앓는 소녀였을 것이고, 하루에도 몇 번씩 추락과 비상을 반복하던 청춘이었을 것이다. 편리하지만 낭만이 없는 이 시대에서 유일하게 구원받았다는 사실만으로 늙음이 그리 서글프지만은 않을 것이다. 그들 젊은 시절에 실시간으로 발매되었던 보물 같은 음악을 함께 따라 불렀을 모습을 떠올려 보았다. 문자메시지가 아닌 편지로 속삭였던 연애와, 전화가 어려워 소식을 모르고 상상만 하다가 공원에서 재회하는 밤은, 영화 그 이상의 전율이었으리라. 그들은 모든 사랑 이야기의 주인공이었으리라.

드디어 숙소로 가는 길. 날씨가 매서웠다. 길가의 모든 이들이 모자와 목도리를 하고 있었다. 추위는 겨울을 더 겨울답게 했다. 불 꺼진 가게에 코를 박고 구경을 하다 썩 괜찮아 보이는 문구점을 발견했다. 이것으로 내일 아침 계획이 완성되었다. 눈곱만 떼고 카페에서 아침 요리와 커피 먹기. 그리고 집 앞 문구점 구경하기.

숙소 식탁에 앉아서 글을 썼다. 산울림의 〈아마 늦은 여름이었을 거야〉을 틀어 두었다. 겨울에 먹는 아이스크림이 제일 맛있듯, 겨울에 듣는 여름 노래는 포기할 수 없는 것들 중 하나다. 맑은 느낌의 여름 노래가 겨울에 일으키는 환기, 그 청량감은 무시무시했다. 깜빡 잊고 있었던 사진들을 확인했다. 카페 앞에서 지나가는 할머니가 열성껏 찍어 주신 사진들이다. 그 안에 담긴 우리 모습은 전부 흔들렸지만 우리는 분명 웃고 있었다.

지금 내 곁에 있는 사람들

지금 네 곁에 있는 사람, 네가 자주 가는 곳, 네가 읽는 책들이 너를 말해 준다.

아마도 2011년쯤으로 기억한다. 교보문고에 걸려 있던 현수막의 그 말랑말랑한 글귀가 사뭇 오싹하고 단호한 의미를 내포하고 있음을 최근 들어 느꼈다. '지금'은 당장 실천되어야만 하는 것이기에, 미룰 수가 없다. 구름처럼 얇은 지금들이 쌓여 나의 미래를 만든다는 사실은 잔인했다. 다시 돌아오지 않을 지금을 치열하게 살아야만 멋진 미래가 보장된다는 의미였다. 원하는 미래를 맞이하려면 지금, 이 순간의 나를 마음에 드는 나로 만들어야 했다.

그렇게 따지자면 나의 지금, 그러니까 오전 10시 반에 일어나 황급히 문을 열러 뛰쳐나가는 모습은 나쁘지 않아 보였다. 매 계절, 친구들과 함께 여행하는 지금의 내 모습이 미래를 결정짓는 거라면, 그대로 내버려 두어도 좋겠다고 생각했다.

이 아침, 베를린에 사는 소라가 비엔나에 막 도착한 참이었다. 경쾌한 벨소리가 내 단잠을 기분 좋게 두드렸다. 잠옷 차림에 맨발로 복도에서 소라를 기다렸다. 계단을 올라오는 소리가 들렸다. 빵빵하게 채워진 분홍색 에코백을 메고 펑퍼짐한 털 재킷을 걸친 소라가 뒤뚱뒤뚱 눈사람처럼 걸어왔다. 우리는 올해 벌써 두 번째 만났다. 여름 베를린의 여운이 채 가시기도 전에, 겨울 비엔나에서 재회한 것이다.

잠에서 덜 깬 주현이가 부스스한 얼굴로 방에서 나왔다. 둘은 어색하게 인사를 주고받았다. 우리 셋은 오늘 하루 종일 셋 다 처음인 이 도시를 구석구석 헤매다가 결국은 친해질 계획이었다. 우리는 서로를 소개한 뒤 한참 꾸물거리다가, 내복과 목도리와 장갑을 칭칭 감고 집을 나섰다. 비엔나까지 왔는데 클림트랑 에곤 실레는 봐야 하지 않겠냐면서, 뜻이 모였다. 미술관에 도착해서 코트룸에 두터운 외투를 모두 맡겨 버리고 자유를 느꼈다. 이는 겨울에만 느낄 수 있는 해방감이었다. 친구들 모두 늦봄의 차림이 되어 있었다. 얇은 니트에 청바지, 스니커즈. 단순한 차림으로 들어가 무언가를 가득 훔쳐 나올 예정이었다.

비엔나의 미술관은 외유내강 스타일이었다. 파리나 뉴욕처럼 겉모습이 수려하지는 않았지만 내가 이때껏 관람했던 전시들 중 가장 알찼고, 어느 것 하나 버릴 것 없는 전시였다. 이 나라 같기도 하고, 저 나라 같기도 하지만, 결국은 자기 자신이 되고 마는 그들 특유의 예술은 설명할 길이 없었다.

모퉁이를 돌아 사람들의 시선이 모여 있는 벽면에, 고양이를 안고 있는 화가 클림트의 사진이 대문짝만 하게 걸려 있었다. 천재라는 말 이외의 것으로 도저히 수식할 수 없을 것만 같은 그는, 그저 수더분한 농부처럼 보였다. 욕심이라고는 없어 보이는 저 인자한 얼굴은 볼 때마다 의외였다. 그의 그림들은 겹겹이 쌓인 크레이프 케이크 같았다. 성경책처럼 얇은 몇천 개의 하루가 겹겹이 쌓여 있는 그 집요한 삶을 감히 예측해 볼 수도 없었다. 그의 작품은 펼쳐 보기에 좋았다. 그 앞에 가만히 서서 이리도 보고, 저리도 보면 볼 때마다 다른 차원에 나는 서 있었다. 그의 작품을 보고 나니 다른 작품들이 눈에 들어오지 않았다.

에곤 실레의 그림은 지나치게 솔직해서 대놓고 보기 미안할 정도였다. 줄타기를 하는 듯한 아슬아슬함이 내 마음까지 멜랑콜리하게 만들었다. 그는 그 자신이 느끼고 있는 불안이나 자괴감을 있는 그대로 드러내길 주저하지 않았다. 그런 의미에서 그의 작품들은 부서질 듯 연약해 보여도 그 심연에 깊은 용기가 묻어 있었다. 말로 표현하지 못할 감동이나 서사이기에 그림으로 그려 낸 것이라지만 그의 그림을 보면 나도 모르게 말이 많아졌다.

친구들과 전시를 다 보고 나왔다. 어둑어둑해진 광장에 크리스마스스러운 불빛들이 켜졌다. 내일 떠나는 주현이를 위해 비엔나 전통음식점으로 향했다. 구글맵이 하필 크리스마스 마켓을 가로지르는 경로로 우리를 안내했다. 소라가 말했다.

"크리스마스 마켓…… 굳이 안 봐도 되지?"

우리는 눈을 맞추고 고개를 끄덕였다. 베를린과 런던에 산 지 각각 4년 된 친구들과 매년 유럽을 여행하는 나에게 크리스마스 마켓은 이미 당연한 것이 되어 있었다. 봐도 그만, 안 봐도 그만이었다. 호들갑 떨지 않고 지나치는 우리의 빠른 발걸음이 우스웠다.

우연히 찾은 레스토랑은 두 번째 데이트쯤 오기 좋을,

몹시 활기찬 분위기의 식당이었다. 외투를 벗어 두고 메뉴판을 들여다보는 사람들 사이로 코가 빨개진 우리가 있었다. 얇은 돈가스처럼 생긴 비엔나 전통음식 슈니첼을 순식간에 먹어치웠다.

우리는 다시 숙소로 향했다. 이렇게나 추운 겨울날에는 숙소의 의미가 무한대로 확장된다. 음식점, 미술관, 카페, 포토마통, 길거리의 축제들을 배회했던 시간들은 돌아갈 곳이 있기에 비로소 가치 있어진다. 기분 좋은 피로가 몰려왔다. 이보다 더 행복할 수 있을까? 파자마로 갈아입은 우리들은 라디에이터를 한껏 올린 후덥지근한 집 안에서 차를 마시고 있었다. 얼굴 가득 미소가 번졌다.

"예전에는 그저 내가 멋진 사람처럼 보이려고, 직업에 귀천이 없다느니 그런 말은 진심이 아닌 그저 머리로만 했어. 하지만 이젠 마음으로 알겠어. 모든 직업이 존중받아 마땅하다는 걸……."

"새로운 관계를 만든다는 건 어려운 일인 것 같아."

"고양이가 벼룩이 옮아서 들어온 거야. 어휴, 그래서 고생 좀 했지. 옷은 전부 세탁 맡기고 집 안에 세정 폭탄 같은 걸 넣어서 터뜨리고 창문 다 열고 그 상태로 며칠간 방치하는

거야. 끊임없이 환기시키고."

"너무 좋아하면, 괴로워져."

"언젠가 겨울 베트남을 여행해 보고 싶어."

"스물여덟 살, 스물아홉 살, 이맘때 그런 생각들을 다들 많이 하나 봐. 어려운 것 같다고."

"난 그 소식을 듣고 한국에 가고 싶은 마음이 싹 사라졌었어. 원래는 언젠가 내가 돌아갈 곳은 한국이라고 생각했는데, 이제는 잘 모르겠어."

"영국에서는 그 노래가 하도 유명해서, 노래방에서 누가 그 노래 부르면 지겹다는 반응이야. 그래서 이번에 〈보헤미안 랩소디〉 유행할 때도 내 주변 영국 사람들은 관심이 없더라."

우리에게 일어났던 무수히 많은 소소한 일들과 생각들은 전부 흥미로웠다. 그것들을 무작위로 되짚어 보기에 좋은 밤이었다.

57A 버스, 시간과 경쟁하는 장소들

57A 버스. 그러니까 한국으로 따지자면 2호선처럼, '어디든 가는' 버스. 비엔나에 처음 와 본 나는 중심가와 가깝지도 멀지도 않은 곳으로 숙소를 정했고 운이 좋게도 그 앞으로 어디든 가는 57번 버스가 섰다. 문을 나서서 스무 걸음쯤 걸어가면 이 동네의 마스코트인 큰 나무 하나가 서 있고 누구나 쉬어 갈 수 있게끔 친절한 벤치 하나와 아이들 그림이 걸린 게시판이 있다. 장난감같이 작은 횡단보도를 건너면 울타리 안에 수수한 성당이 있다. 그리고 바로 옆에는 유치원이 있다. 늦게 하루를 시작하는 날에는 아이들의 하원과 내 하루 시작이 겹쳤고 겨울을 잊고 뛰어노는 아이들과 함께 버스를 기다

리곤 했다.

유치원 창문 들여다보기를 좋아한다. 어떤 나라든 유치원 안에는 어김없이 아이들의 그림이 걸려 있었고 그 그림들은 쉬운 구조와 돌발적인 색감으로 내 발걸음을 붙잡았다. 우두커니 어린 그림들 앞에 한참 머물러 있는 것은 습관이자 취미라고 말해도 좋았다.

유치원이 있는 동네에는 그야말로 마음 놓이는 분위기가 형성되어 있었고, 그 거리를 매일같이 오가는 여행객으로서 나는 아이들에게 무한한 감사를 느꼈다. 아이들 덕분에, 나는 안전을 보장받은 셈이었다. 아이들이 무슨 말을 하는지 알아들을 수는 없었으나 그것은 신나거나 예쁘거나 토라지거나 그중 하나인 것 같았다. 귀여워하다가 치유의 영역까지 도달해 버리는, 신비한 경험을 했다. 아이들의 얼굴과 마주칠 때마다 심장이 쿵 하고 내려앉았다.

오늘도 창문을 열자마자 아이들의 목소리가 들렸다. 잠이 깼다. 주현이 런던으로 떠난 오늘은 소라와 나 단둘의 여행이 시작되었다. 우리의 첫 식사는 대실패였다. 인권 영화를 상영하는 극장 1층에 있는 꽤 유명한 카페 겸 식당에 갔는데, 우리가 시킨 샐러드와 샌드위치는 기대 이하였다. 여행에서의 음식은 맛있거나, 그도 아니라면 새로워야 했다. 식당에 도착하기까지 상상했던 맛과 비슷하면 충분히 감사하다. 오늘 점심은 웃음이 날 정도로 볼품없지도 않았고, 흥이 날 만큼 맛있지도, 그렇다고 낯설지도 않았다. 주장 없이 애매한 맛에 우리들의 표정은 어색해졌다. 이런 곳은 꼭 주인이 지나치게 친절하여 솔직해지지 못한다. 설령 모든 게 실패라고 해도, 무턱대고 티 내서는 안 된다. 남은 하루를 위해, 우리는 일그러지려는 표정을 참았다.

우연히 찾아 들어간 카페는 모든 실망을 만회하는 선택이었다. kafka. 유명 작가의 이름을 본 딴 카페는 나이가 많아 보였다. 한눈에도 와이파이는 절대 안 될 것 같은 비주얼에 직원은 친절하면서도 재빨랐다. 콘셉트를 잡아 뚝딱 만들어 낸 영리함 대신 시간을 저장해 둔 우직함이 보여서 우선 합격이었다. 못해도 몇십 년은 된 곳인 듯했다. '취향'이라는 말보단 '역사'라는 말이 더 잘 어울리는 곳이었다. 무거운 유리문을 열고 들어서면 옛 포스터들로 어지럽게 채워진 낡은 벽과 실제로 작동 중인 벽난로가 보였다. 양해를 구하며 좁은 바 자리를 지나면 다닥다닥 붙어 있는 소파 자리가 나왔고 이는 연인 사이와도 같은 친밀감이 절로 생겨날 만한 구조였다. 유난히 거울이 많은 카페였는데, 그 속의 아이폰을 든 내 모습은 어색하기만 했다. 이곳을 채우는 멋진 배경이 되기엔 시대를 잘못 타고난 듯했다. 차라리 반쯤 덜 뜬 눈으로 파이프를 입에 문 중년 남성이 비치는 모습을 상상하는 편이 더 좋았다.

비엔나에 왔으면 비엔나커피를 마셔 봐야지. 그리하여 우리는 아인슈페너 두 잔을 시켰다. 마치 매일 이곳에 와서 모닝커피를 즐기는 사람처럼 소라와 커피잔을 앞에 두고 노트를 꺼냈다. 곧이어 우리는 커피 한 잔을 더 시키게 됐다. 5유로로 두 잔을 즐길 수 있는 가격이었다. 가지고 있는 동전 전부를 꺼내 테이블 위에서 세며 평안을 느꼈다. 가난한 학생들도 이런 낭만쯤은 값싸게 누릴 수 있을 거라 생각하니, 해낸 것 없이 뿌듯했다.

우리는 연신 "좋다, 좋다"만 반복해서 말했다. 가끔 이렇게 좋은 순간이 오면 우리는 "꿈같다"고 하기도 하고 현실이 아닌 다시 말해 "가짜" 같다고도 했다. 가령, 실제만큼이나 선명한 화면을 보면, 혹은 지나치게 맑은 하늘을 보면, "가짜 세상에 들어온 것 같다"고 말하는 경우와 비슷했다. 우리들은 너무 진짜인 순간에 가짜라는 말을 덧붙여 자신의 극적인 감정을 표현하곤 했다. 그런 점에서 우리는 언제나 종이 한 장 차이인 전혀 반대되는 개념들을 마음속에 지니고 다니는 거였다. 그런 순간들이 많아질수록 내 안의 진짜 같은 순간과 너무 진짜여서 가짜 같은 순간들이 공존했다. 그런 말을 가끔

내뱉게 되는 순간들이 있다면, 좋은 여행을 하고 있다고 봐도 무방했다.

우리는 영화 〈비포 선라이즈〉의 촬영지가 되었던 레코드점에 찾아가 보기로 했다. 카프카 카페에서 조금 걸어 나오니, 그들이 손으로 전화기를 만들어 대화를 나눴던 영화 속 카페가 나왔고, 골목을 조금 더 돌아 들어가니 레코드점의 간판이 변하지 않은 채로 우리를 반겼다.

영화나 책에 나온 장소에 들어서면 어쩐지 조금 더 긴장된다. 하다못해 집 앞 편의점에 까르보나라 불닭볶음면이 없다는 이유로 실망하기도 하는데, 좋아하는 영화의 배경지는 그에 대한 기대 때문에 얼마나 다양한 실망을 안겨 줄 수 있겠는가. 그러나 겨울을 차단하는 온기와 함께, 있는 그대로의 모습, 때 타지 않은 모습으로 레코드점은 내 모든 걱정을 무산시켰다.

레코드판을 뒤지는 일은 언제나 순수한 기쁨이다. 잘 알지도 못하고, 사실 별로 궁금하지도 않은 터라 해도 손가락으로 한 장 한 장 넘겨 가며 시선을 두는 일은 정말 로맨틱하다. 이렇게나 비밀스러운 느낌의 장소를 찾아왔다는 생각에 나지막한 희열이 느껴졌다. 음악에 조예가 깊은 듯한 한 젊은 남자는 모자를 눌러쓰고 가게 중앙에 마련된 플레이어에 이런 저런 판들을 바꿔 올리며 집중하고 있었다. 무언가에 열중하는 사람은 열이면 열, 무조건 섹시하다. 지금 나는 여행 중이고 두리번거리는 건 내 직업이 되었으니 섹시한 여자가 되려면 머리를 손질하고 몸매를 가꾸기보다, 우선 '열중해야 한다'고 속으로 외쳤다.

있는 그대로의 모습. 가게는 몇천 장이 넘는 음악들로 가득 차 있었고, 벽지는 교체된 지 오래돼 보였다. 그러나 있는 그대로의 모습으로 남아 있는 것들은 힘이 있었다. 90년대에 나온 영화가 아직까지 사랑받고 있듯 그 배경이 된 장소도 여전히 똑같은 곳에 남아 있다는 사실은 곱씹어 볼 만하다. 어떤 이들에게는 인생영화에 등장하는 장소겠지만, 가게 주인에게는 출근과 퇴근 사이의 공간, 동네 청년들에게는 용돈을 받아 스스로의 생일선물을 고르러 갔던 기억의 장소였을 것이다. 시간과 경쟁하며 혼자 멈춰 있는 이 공간은 많은 사람들을 이렇듯 묵묵히 기다렸다. 장소에도 표정이 있을 수 있다는 것을 나는 레코드판 사이를 걸으며 느꼈다. 붉은 뺨이 사랑스러운 주인은 그 영화, 그 장면 속 오리지널 사운드트랙을 틀어 주고 씩 웃어 보였다. 더 이상 이곳은 영화 속의 장소만이 아니었다. 내 기억 속의 한 장면이 되어 흘러 들어왔다.

이곳에서 좋아하는 비틀스의 앨범을 샀다. 인터넷 최저가로 구입할 수도 있겠지만 이곳을 잊지 않기 위한 기발한 기념품이 필요했다. 주인아주머니는 “기프트”라며 크리스마스 캐롤 CD를 덤으로 주었다.

집으로 돌아가는 버스를 타고 생각에 잠겼다. 실패도, 성공도, 돌이켜보니 전부 예뻤다. 주머니 속에서 남은 동전과 집 열쇠가 찰랑거렸다. 집까지는 한 정거장도 채 남지 않았다.

발레 수업과 한식당

어제 동네 피자집에서 산 피자를 얼려 두었다가 다시 꺼내 먹으며 마지막 날의 계획과 다짐들을 노트 첫 장에 적었다. 틈틈이 자투리시간 활용하기. 나는 실제 공부보다 계획하는 데 치중하는 학생이었고 마치 뭐든 내 멋대로 활용할 수 있다는 듯이 시간을 오려내어 이곳저곳에 붙여 넣길 좋아했었다. 그런 내게 '틈틈이 자투리시간 활용하기'라는 말은 매번의 다짐이었지만 실은 몇 번 이뤄 보지 못한 꿈이었다. 여행이 관찰이고, 걸음이고, 결국엔 노는 행위라면 이번엔 왠지 이뤄질 것 같았다. 자투리로 남은 마지막 하루를, 요긴하게 채워 보기로 마음먹었다.

그에 대한 첫 실천으로 일찍 기상했다. 영화 〈악마는 프라다를 입는다〉의 첫 장면처럼, 중요한 인터뷰를 앞둔 듯 분주한 아침이었다. 피자 조각을 입에 물고 어제 짠 계획을 한 번 더 검토했다.

검색해 둔 발레 클래스로 향했다. 지도가 알려 준 정류장에서 내려 5분 걸으면 도착이었다. 보통 이런 수업들은 건물 안으로 들어가서 또 어떤 문을 통과해야 하고, 왜 그런지는 잘 모르겠지만 안내판도 잘 붙어 있지 않았다. 헤매던 차에 한 여자가 길을 안내해 주었다. 원데이 수업료는 18유로. 수업은 독어로 진행된다. 파리에서 산 발레복과 슈즈를 신고 몸을 풀고 있는 사람들 사이에 자리를 잡았다. 참가 인원은 총 열 명 정도였고, 한 명을 빼고는 전부 여자였다. 선생님이 등장했다. 깡마른 근육질 몸매에 아무렇게나 묶은 긴 머리칼, 스타킹 위에 덧입은 워머, 빛바랜 은색 팔찌. 한마디로 검은색 표범처럼 걸어 들어오는 그의 동작 하나하나가 바르고 고결해 보였다. 선생님의 등장은 수업 전체에서 내가 제일 사모하는 순간이었다. 모든 걸 내맡길 수 있는 완벽한 믿음이 생성되는, 한마디로 한 분야에 통달해 누군가를 가르칠 수 있는 수준이 된 사람들에게 반해 버리는 순간이다.

수업은 바를 잡고 일렬로 서서 선생님이 시험 보이는 동작을 따라 하는 식으로 진행되었다. 모두가 진지했고, 불편하거나 자칫 우스꽝스러워 보일 수 있는 동작이 있다고 한들 결코 웃지 않았다. 그 진지함만큼은 여느 유명 발레단 못지않았고 나는 그들의 진중함이 정말로 좋았다. 아무 말도 알아듣지 못했지만 초보가 아닌 온전한 한 학생으로 참여해 최선을 다하는 시간이 값졌다. 눈치를 보며 따라 하는 동작들에도 뜬금없는 자신감이 생겨났다.

내 앞에 선 학생은, 40대 정도로 보이는 아주머니였다. 키가 작고 살집이 있는 체형에 새침한 듯 쉬이 웃어 보이지 않는 얼굴. 의상도 화려한 것으로 갖춰 입었고, 진한 눈화장 위에 무테 안경을 쓰고 있었다. 음악이 시작되자 그는 모든 동작을 날렵하게 이어 나갔다. 누가 뭐래도 이 클래스의 우등생이었다. 직업은 무엇일까? 여기서 태어난 사람일까? 궁금한 것이 많았지만 아무것도 물어보지 않았다. 아무리 많은 시간을 여행했다고 해도 나는 아직도 고정관념이 섞인 단어를 쓰는 여행객이었으므로 혹여나 실례를 범하는 말을 할까 두려웠다. 그러나 관찰은 자유였으니 그의 땀 흘린 뒷모습을 참 열심히도 관찰했다.

40대 아주머니가 파격적인 노출이 있는 아주 현란한 무용복을 입고 매주 한 번씩 발레를 하러 다닌다.

그녀 자체가 이미 영화라고 나는 생각했다. 이곳이 만약 한국이라면 조금 어려운 이야기일 수도 있겠다는 생각에서였다. 부유하거나, 혹은 전공자이거나. 발레는 취미로 배우기엔 고상한 분야인 데다 사진 남기길 좋아하는 나 같은 20대 혹은 30대가 주 고객이 되지 않을까 싶었다. 우리 엄마만 해도, 발레는커녕 좋은 시설이 갖춰진 요가 클래스를 다녀 본 적도 없고, 다닌다고 한들 파격적인 옷은 남들이 본다며 꺼려할 것이 뻔했다. 이 나이에는 무조건 엉덩이를 덮어야 편하다는 말을 덧붙이면서. 무엇이 우리 엄마를 숨게 만들었고, 무엇이 발레복을 입은 저 아주머니를 당당하게 했을까. 아니, 당당하다는 말보다는 차라리 '아무렇지 않다'는 말이 더 잘 어울릴지도 모르겠다.

수업에 집중하던 그녀가 수업이 끝나자 내게 짤막한 영어로 말을 걸어왔다. "처음 하는 거 맞아요? 정말 잘해요!" 보기보다 사근사근한 분이었다. 더 대화를 나누고픈 아쉬움을 뒤로하고, 짐을 챙겨 나가는 그녀의 뒷모습을 바라보았다.

다음 계획은 비엔나에서의 마지막 저녁식사였다. U3, '우반'이라고 부르는 비엔나 지하철을 타고 누군가 여행 초반에 추천해 주었던 한식당으로 갔다. 어떤 장소에 들어갈 때마다 외투를 벗어 두고 자리에 앉아 메뉴를 주문하는 그 연속적인 동작들이 견딜 수 없이 겨울답다고 생각했다. 고국의 음식을 파는 곳에서는 그 애틋함이 더 커졌다. 근사한 실내는 한적한 거리를 민망하게 할 만큼 각국의 손님들로 붐볐다. 사람이 꽉 찬 한식당으로 들어설 때, 말할 수 없는 뿌듯함을 느꼈다. 그들은 서툰 젓가락질로 열심히 김치를 집고 내가 무엇을 시켰는지 힐끔힐끔 엿보았다. 나는 혼자 앉아 와인 한 잔과 비빔밥을 주문했다. 너무 더워서 스웨터 셔츠를 벗고 발레복에 코듀로이 바지를 입은 차림이었지만, 나는 알고 있었다. 아무도 내게 관심이 없으리라는 것을. 그리고 한 가지 더 알게 된 사실이 있다. 나는 실로 탁월한 한국어 기능자였던 것이다! 뇌를 거치지 않고 나오는 모든 말들에 원초적인 행복이 있었다. 그 행복은 자극적이었고 자연스러웠고 기세등등했다.

한식당에 가는 일은 언젠가부터 내 여행의 가장 중요한 사건이 되었다. 전부 처음부터 다시 시작해야만 했을 때, 나는 늘 한식당으로 갔다. 한국 사람 없이는 여행해도, 한국 음식 없이는 할 수 없었다. 스테이크와 감자튀김과 연어구이로는 내 마음을 위로하고 푹 적실 무언가가 부족했다. 내가 한국인인 걸 한눈에 알아본 종업원이 내게 한국어로 인사를 건네오면, 그것보다 따뜻한 말은 없었다. 외국에서 나는 비로소

나의 정체성을 배웠다. 애국심이라는 건 별게 아니었다. 내가 한국인이라는 걸 어찌할 도리 없이 느끼는 것. 그것이 애국이었다.

날아갈 듯한 기분이었다. 값을 지불하고 가게를 빠져나와 길을 걸었다. 담배 한 대를 피우고 싶어진 찰나 혼자서 담배를 피우고 있는 한 남자를 발견했고 한 대를 빌려 그 옆에 섰다. 골목엔 우리뿐이었다. 비엔나 출신이라는 이 서양 남자는 어찌된 일인지 내게 걱정스러운 눈초리로 안부를 물었다. 그는 한국 사회의 병든 모습과 그로 인한 희생에 대해 알고 있었다. 나는 부끄러웠고, 할 말이 없었다.

"맞아요, 그런 일이 있었어요."

대답하면서도 나의 방관이 살인과 다를 바 없다는 생각에 초라함을 느꼈다. 생각에 잠기려 할 때쯤 그는 내게 나이를 물었다. 나는 말했다.

"생각보다 나이 많아요."

"그래서 몇 살인데요?"

그의 되물음에 스물여덟이라 답했더니 그가 말했다.

"You are actually young. 28 is young."

(스물여덟이면 젊죠.)

단번에 기분이 좋아져 버렸다.

그에게 이름을 물었다. 다시는 만나지 못할 사이인 걸 알면서도 초면인 사이에 꼭 이름을 묻는 건 몇 안 되는 나의 좋은 습관이었다. 그는 담배를 다 피웠는데도 곁에 있어 주었다. 우리 입에서 입김과 연기가 번갈아 나왔다. 그와의 대화는 더할 나위 없는 완벽한 후식이었다. 이 글을 쓰는 지금, 신기하게도 그의 얼굴이 아닌 이름만이 기억난다. 세바스찬. 참 젠틀하기도 한 이름이다.

6

스물여덟,
파리

컵케이크를 든 여자가
코트를 벗으며 내 옆에 앉았다.
코트를 가장 작은 형태로 접어
빈 공간에 올려 두고
가방 안에서 책을 꺼내는 장면에
겨울이 집약되어 있었다.
그것은 누구라도
주인공으로 만들 만큼
천천히 흐르는 장면이었다.

여행과 여행 사이

한국에 돌아오면 이국의 무언가를 평범한 일상에 끼워 넣는 일부터 시작한다. 물건이든 생각이든 경험이든 짐 꾸무니에 매달려 온 무언가를 내게 더해 이전과는 다른 나를 만드는 일. 흐뭇한 미소를 지으며 내 방 여기저기에 변화를 배치하기가 여행 후의 첫 번째 할 일이다. 그러나 이국의 무언가는 여행 당시의 들뜸과는 달리 생각보다 애지중지 다뤄지지 않으며, 생활에 곧 묻혀 버리고 만다. 마음에 쏙 들었던 스웨터는 찌든 상태 그대로 옷장에서 뒹굴고, 유별나게 모은 영수증과 티켓 들은 처치 곤란한 쓰레기가 된다. 호기롭게 사 모은 근사한 원서들도 끝까지 읽지 않았다. 의미 가득했던 사물들을 둘러볼 겨를 없이, 서울은 아무 일 없이도 바빴다.

너무 많은 여행을 해서였을까? 마치 다 삼키기도 전에 전혀 다른 맛의 음식을 입에 넣어야만 하는 기분이었다. 소화되기도 전에, 음미하기도 전에 다른 맛을 보아야 했다. 만연한 교집합이 피곤하게 느껴졌다.

그러다 어김없이 짐을 싼다. 떠날 수밖에 없기 때문이다. 할 줄 아는 게 여행밖에 없기 때문이다. 정리되지 않는 청춘을 보낸다 해도 훗날 후회하지는 않을 것 같았다.

구글맵에 예약해 둔 에어비앤비 주소를 저장하고 상상 속에서 그 주변 산책을 시작한다. 도보로 1분 거리에 대형 슈퍼마켓이 있다. 깐깐하지만 일처리가 빠른 마트 직원의 모습을 상상해 본다. 영화관 사이트에 들어가 요즘 그 동네에서 상영하고 있는 영화들을 대충 훑는다. 내가 도착하기 전에 상영이 끝나는 영화를 아쉬워하기도 한다. 2000년대 초반에 만들어졌을 법한 세련되지 못한 영화관 홈페이지를 둘러보는 것으로 나의 여행이 시작되고 있었다.

이번 숙소 근처에는 이란 음식점, 중국 전통찻집, 손뜨개 상점이 있다. 희귀서적을 판다는 서점도 있다. 마레지구까지 걸어서 가는 시간을 체크한다. 숙소는 센강과 가까워 아침마다 조깅을 할까도 고민해 본다. 아침 커피와 크루아상 하나를 간단한 프랑스어로 주문하고 중요한 약속이라도 있는 사람처럼 가게 밖으로 튀어나와서는 한적한 강가 앞에서 청승 떠는 내 모습을 그려 본다. 염치없게도 잠시 머물다 가는 사람으로는 보이지 않기를 바라 본다.

인파에 섞여 거리를 걷는 나를 상상한다. 한껏 꾸며 놓고도 꾸미지 않은 척하는 유행의 실천보단, 전혀 꾸미지 않아도 멋이 나는 파리 사람들을 따라 밑단이 닳은 청바지와 낡은 가방에도 기죽지 않고서, 오히려 더 당당하게 걷는 내가 보인다.

파리행 비행기

"커피 한 잔 더 드시겠어요?"

승무원이 물었다. 나는 이 사람에게 반년쯤 알고 지내야 보여 줄 만한 모습들을 보여 준 지 오래였다. 침을 흘리며 잠에 빠져든 모습, 반쯤 감긴 눈으로 "생선 요리요"를 외치는, 도저히 도도하거나 매력적일 수 없는, 오히려 굴욕적인 모습들을 말이다. 나직한 목소리를 가진 이 남자는 경력이 꽤 돼 보였다. 깊이 잠든 승객을 깨울까 말까 전전긍긍하는 초보 승무원과 은근슬쩍 눈치를 주는 선배 승무원 사이에 그가 있었다. 어딘가 모르게 전체적인 분위기를 부드럽게 거머쥐고 있다는 느낌이 들었다. 혹시나 비행기에 무슨 문제라도 생기면 내가 믿을 사람은 저 사람이겠구나, 생각했다. 모두에게 친절한 것이 직업인 그에게 어쩌면 목숨을 맡기고 있는 셈이다. "네, 더 주세요." 나는 연한 커피 한 잔을 더 마셨다.

좀처럼 집중할 수 없는 공기 속에서 이런저런 잡념을 시작했다. 찬바람 한번 쐬면 금방 괜찮아질 꿀꿀한 기분은 이토록 수동적인 공간에서는 태도로 진화했다. 파리로 떠나는 꿈같은 여정을 잊고, 스스로 별 볼 일 없는 인생일지도 모른다는 압박감에 시달린다든지, 하는 자학적인 태도로 몇 시간을 때웠다.

그럼에도 시간이 남아 휴대폰 사진을 보기 시작했다. 구도만 조금씩 다른 수많은 사진들에 지쳐 버려 이 비행기 안에서는 열 장 안팎의 사진만 남기기로 했다. 플라스틱 커피잔, 기내식 과일, 고급스러운 색감의 기내용 담요. 공들여 각도를 재고 완벽한 사진을 찍은들, 휴대폰 사진들은 다시 잘 들여다보지 않는다는 걸 알기 때문이었다. 추억하기도 전에 이미 규모에 압도당해 버리는 느낌이었다. 그중에서도 습관적으로 저장해 두었던 남의 사진들이 꽤 많은 비중을 차지했다. 붙잡고자 했던 남의 생각, 남의 행동 들이 방치되어 있었다. 남의 것을 탐해 내 것으로 만들고자 했던 시도는, 사진 속에 욕심이 되어 남아 있었다. 나는 미련 없이 몇백 장의 사진을 지워 버렸다. 속이 시원했다. 비워 내고 시작하는 여행에서 무언가 발견할 수 있을 것만 같았다. 전보다 훨씬 한적해진 사진첩이 마음에 들었다. 기분을 바꾸는 것은 무수한 생각들이 아니라 단 하나의 작은 행동이었다. 아무리 작은 다짐이라도, 여행 직전의 시간에 다짐한 것은 영향을 미치기 마련이다. 이제부터가 여행의 시작인 것이다.

무사히 도착했다는 축하 한마디 없이 모두가 비몽사몽한 상태로 착륙했다. 일곱 번째 파리였다. 피곤했다. 피곤하다는 말이 프랑스어로 뭐였지? 아, fatigue. 빠띠그. 피곤하다는 말은 조금이라도 덜 예뻐야 하는 것 아닌가? 발음 하나 허투루 하지 않는 도시에, 화내는 목소리마저 사랑스러워 웃음이 새어 나오는 도시에 도착했다.

비싼 택시비를 나눠 내려고 30대쯤 되어 보이는 한국 여자에게 말을 걸었지만, 택시기사와 협상이 불발되었다. 간절하게 기사와 흥정하는 나와 달리 그녀는 될 대로 되라는 여유로운 표정이었다. 돈을 아끼려는 목적이라기보다, 이런 작은 노력이 가끔은 여행을 더 생기 있게 만들기도 하는데. 속으로 생각하며 버스를 타고 공항을 벗어나던 2년 전을 회상했다. 모든 고생은 반드시 미화된다는 것을 그녀는 알 필요가 없는지도 몰랐다.

할 수 없이 혼자 우버를 불렀다. 너무 신난 나머지 노래를 불렀고, 기사님은 "코레안 송?"이라며 물었다. 한국에서도 혼자 흥얼거리는 것이 좋았지만 외국에 나오면 그 데시벨이 더 당차진다. 왠지 모르게 씩씩해진다. 세상이 아무리 야박하다고 해도 노래 부르는 사람에게 야단치는 풍경은 좀 낯설다. 노래는 누구에게나 명백히 좋은 것이니까.

작은 방

나이를 가늠할 수 없는 집주인은 거실 건너편 방에 산다. 머리가 조금 벗겨진 그는 지퍼가 달린 까만 니트를 입고 있다. 프랑스인 특유의 영어 억양으로 집 소개가 시작되었다.

"한국인 손님을 많이 받아 봐서 그들이 얼마나 추위에 예민한지 알아…… 라디에이터를 강하게 틀려면 이 방향으로…… 커피포트, 와인잔, 그릇들은 여기 선반에…… 화장실에 너를 위한 타월이 있고…… 베란다에서 담배를 펴도 좋아…… 저기 녹색 지붕 슈퍼마켓 보이지? 내 친구가 하는 곳인데 물건들이 꽤 괜찮아. 내일 한번 가 보도록 해……."

"위 위(oui, 프랑스어로 '네'라는 뜻)"를 반복하다가 각자의 방으로 해산했다. 깨끗하지만은 않은 커피포트와 거실 탁자 위에 산더미처럼 쌓여 있는 메모지와 영수증은 이곳이 진짜 이 사람의 거처라는 사실을 말해 주었다.

티셔츠를 벗어 버리고 따뜻하게 샤워를 한 뒤 티를 마셨다. 처음 보는 남자의 집, 잠금장치도 잘 되어 있지 않은 욕실에서의 샤워가 이렇게나 편안할 수 있다는 건 무언가를 상징하고 있었다. 떠나는 날까지 외워지지 않던 그의 이름과 실제보다 더 진득하게 발음되는 내 이름을 교환하고 돈을 지불하는 것만으로 지구 반대편에 거처를 마련할 수 있다는 것. 이보다 더 진보적인 일이 어디 있을까?

사진보다 훨씬 클래식한 이 방은 꼭 앞으로 내가 살아갈 마음가짐을 말해 주는 듯했다. 책상 하나, 옷장 하나, 창문 하나, 침대 하나, 거울 하나. 자잘한 소품 하나 없다. 식물 하나 없는데도 어쩐지 푸르름이 있었다. 꼭 필요한 것만 간직해서 그렇다. 단순함은 사람으로 따지자면 자신감의 표상이다. 단순함은 비장하다. 하나의 문장이 몇백 번 읽히는 한 편의 시처럼, 간결함 속에 많은 뜻을 담고 있는 사람처럼.

찻잔을 비우고, 일기를 다 쓰고 나니 두 발짝쯤 더 이 방에 가까워져 있었다.

파리는 오랜 연인과 닮았다

목도리를 칭칭 동여매고 카페로 향했다. '셰익스피어 앤드 컴퍼니' 바로 옆에 똑같은 이름으로 생긴 카페였다. 아침 메뉴로 구성된 과일과 그래놀라가 들어간 요거트, 따뜻한 라테를 주문했다. 비좁은 실내가 칠이 벗겨진 오래된 가구들에 앉은 사람들로 붐볐다. 희끄무레한 바깥 풍경은 명소를 찾은 관광객들의 셔터 소리로 흠뻑 젖어 있었다. 겨울의 파리답게 날은 몹시 흐렸다. 멜랑콜리한 날씨에 높이가 알맞지 못한 의자, 화장실의 부재, 특별하지 않은 맛의 커피까지 모든 것이 불만족스러웠다. 밖도 사정은 같았다. 오염된 지하철 좌석, 먼지 구덩이나 다름없는 계단, 그릇을 던지다시피 서빙하는 불친절한 점원은 파리라면 당연했다.

뉴욕의 발랄함, 베를린의 시원시원함, 런던의 안정감과는 달리 이곳은 어떤 형용사를 덧대 설명해도 무언가 모자랐다. 파리에 사는 내가 아는 유학생들은 입을 모아 파리를 이렇게 정의했다. 애증의 도시. 반대의 감정이 충돌한다는 거였다. 하나의 감정으로 말하기를 포기해 버리고 그것의 변화무쌍함을 인정해 버리는 태도였다. 파리라서 참아 보는 것, 견뎌 보는 것이었다.

나에게 파리는 오랜 연인과 닮았다. 우리는 만난 지 얼마 안 된 풋풋한, 대체 단점이 무엇인지 고민할 만큼 서로를 완벽하다고 느끼는 신생 커플과는 거리가 멀다. 산전수전 다 겪은 오래된 연인 같다. 권태를 느끼거나 토라지는 것, 섭섭해하는 것, 이해하려고 노력하는 것마저 모두 사랑이기에. 사사로운 불만들로 놓아 버릴 수는 없는 존재. 일말의 오해 따위로 놓아 버리기에는 이미 내 삶의 일부가 되어 쉽게 포기할 수 없는, 견디고 헤쳐 나가는 그 과정마저 포함된 사랑. 그런 오래된 사랑을 닮았다. 그럼에도 불구하고, 다시 한번 만나 보고픈 그런 사랑이었다.

독보적인 존재감으로 그 모든 불만을 상쇄시킬 만큼의 도시. 파리는 느끼기 위한 곳이었다. 내 감정과 싸워 보기에 탁월한 도시였다.

깨끗함이나 편리함은 낭만의 필수조건이 될 수 없다. 포기해 버리기에는 이미 너무 많은 아름다움이 증명된 곳. 기분을 잠기게 하는 습기에도, 불길한 날씨에도, 새 옷에 얼룩이 생기더라도 외출해야만 하는, 매혹의 도시임에 틀림없었다. 그림 같은 풍경과 차갑지만 아름다운 사람들은 파리를 변호하고 있었다. 파리는 파리이기 때문에, 그 이유 하나만으로 나는 견뎌 보기로 했다.

정처 없이 길을 걷기 시작했다. 파리에서는 그래야만 한다. 거리는 웬일인지 덜 추운 느낌이었다. 해가 저물 때까지 조금 더 돌아다니기로 했다. 길거리를 구경했다. 서점, 트리 상점, 정육점, 케이크가 진열된 제과점, 옷가게, 가구 전시장, 갤러리 앞에서 잠시 멈추어 섰다가 다시 발길을 옮겼다.

집으로 가는 길에 저녁거리를 사기로 했다. 파리의 정육점은 조리된 육제품을 원하는 만큼 무게를 달아 구매할 수 있게 되어 있었다. 어제 봐 두었던 우리 집 앞 정육점으로 가서 파프리카를 곁들인 감자볶음과 닭날개 다섯 개를 샀다.

"Quatre…… oh, no! Désolé. Actually cinq s'il vous plaît." (네 개…… 아, 아니에요! 죄송합니다. 다섯 개 부탁할게요.)

엉망진창 영어와 아는 프랑스어를 총동원해서 주문을 했다.

해질 무렵 저녁거리를 사 들고 집으로 돌아오는 일에는 언제나 삶을 살고 싶게 만드는 힘이 있다.

좋아하는 영상을 보면서 질펀하게 앉아 음식을 먹으며 하루를 마무리하려 했지만…… 파리라는 이유만으로 바깥은 언제나 눈부신 선택이었고, 약속 장소로 이동해야 하는 시간이 왔다. 친구를 만나러 팔레 드 도쿄로 가는 지하철에 올랐다.

첫 자유

모르는 곳으로의 첫 여행은 막막함과 두려움을 동반한다. 도저히 가늠할 수 없어 어떤 조언이라도 구하고 싶어진다. 그러나 나는 그에 대한 대답으로 장소의 목록을 나열하는 일이 달갑지 않다.

좋은 카페, 좋은 가게, 좋은 식당, 좋은 숙소.

내가 선택한 그 장소가 익명의 여행객의 계획 속에 침투하는 순간 이미 모든 게 망가진다고 생각하기 때문이다. 여행이 어려운 것은 난생처음으로 장전된 자유가 주어지기 때문일 것이다. 발사되길 기다리는 며칠간의 되바라진 자유. 우리는 꽉 짜인 시간표 안에서 생활하던 고등학생이 대학생이 되며 느끼는 무력감과 혼란스러움을 느낀다. 그토록 바라던 자유 앞에서 막상 몸 둘 바를 몰라 하는 것이다. 하루 24시간 무엇을 먹든, 누구를 만나든, 어디를 가든 모든 것이 내 의지대로 결정되는 일은 신나지만 꽤 무게감이 따른다. 온갖 자유들이 쏟아져 나오는 기회는 도전 그 자체다.

누군가의 여행을 잘 들여다볼 수 있는 건 이 시대의 불편한 특혜이지만 알게 된 모든 것을 지우고, 자신만의 판단으로 시작되는 처음을, 그 생소함을 격려하고 싶다. 조금 맛없는 스테이크를 먹든, 예상 외로 평범한 감상에 젖든, 이는 오직 나만의 것이 된다. 다시 말하자면, 실망, 기쁨, 안도, 모든 게 좋은 여행에 포함되는 것이 분명하다. 그러니 그 복불복 속에 무엇이든 괜찮다는 호탕한 마음가짐을 가지고 일단 뛰어들면 어떨까. 완벽에 대한 추구를 버리고 익살맞은 불확실성에 기꺼이 몸을 맡겨 보기.

미술관에 간 여자

팔레 드 도쿄 1층에 있는 카페에서 친구를 만났다. 나는 이곳의 분위기를 유독 좋아한다. 아치형 문을 통과할 때면 쾌적하고 넓은 동아리방에 들어서는 기분이 든다. 이곳은 안내책자의 폰트마저 위트 있고 경쾌하다. 전시장으로 들어가기 전 표를 사지 않은 사람들에게도 열려 있는 로비 공간은 무궁무진한 체크리스트를 제공한다. 네 컷짜리 사진을 찍을 수도 있고, 카페에서 음료를 마시며 친구를 기다릴 수도 있고, 없는 게 없는 서점에서 눈요기를 할 수도 있다. 모든 감각과 모든 궁금증과 모든 사람이 환영받을 것 같은 유아적인 친절함 속에, 가장 주목받을 만한 현대미술 작가들의 작품이 있다.

톤이 죽은 어스름한 실내 분위기는 차분했지만 극적인 무언가를 품고 있었다. 아마도 이런 분위기에서 깔끔하게 차려입은 여자가 맥주 한잔을 하고 있다면 즉시 반해 버리리라. 사람들의 말소리는 안개처럼 자욱했는데, 그 속은 마치 중력이 없는 공기라도 있는 듯 몽환적이었다. 조금 높은 바에 엉덩이를 빼고 기대어 메뉴판을 구경하다가 불현듯 맥주를 마셔야겠다는 생각이 들었다. 맥주라는 선택이 머릿속에 들어오니 커피나 티를 마시는 일은 상상도 되지 않았다. 그날그날 이유 없이 끌리는 음식과 음료를 선택하는 일과가 요즘 즐겨 찾는 행복이었다. 어떤 날에는 스시, 또 어떤 날은 족발이 당겼다. 피자 없이는 죽을 것 같은 저녁도 있었다. 그날그날에 도달하지 않고서는 미리 알 수 없는 그 이상한 끌림은 일상을 게임처럼 만들었다.

레몬이 동동 뜬 맥주는 맛이 좋았다. 그 자리에서 비우고 우리는 전시장에 입장했다. 전시도록을 손에 쥐고 무언가를 느끼려 안간힘 쓰는 모습은 나를 꽤 근사한 사람으로 만드는 듯했다. 하나하나 구태여 의미가 있다고 판단하지는 않았다. 그런 강박에서 벗어나 그저 존재했고, 시간을 흘려보냈다. 현대미술이란 건 곧 정답이 없는 물음표였다. 정체 모를 조명들과 무작위로 펼쳐진 고서들, 파스타를 먹는 반라의 남자를 찍은 사진, 헝겊을 연결해 만든 거대한 커튼과 에스닉한 문양의 매트리스, 아이의 것으로 보이는 헌 옷, 솜을 넣어 만든 여우 인형 등을 관람했다. 허름한 유아차 한 대가 작품 옆에 놓여 있었는데 이게 작품인지 관람객의 소유물인지 알 수가 없었다. 그만큼 예술과 생활은 구분이 없었다.

작품 설명을 읽어 보려는 노력조차 하지 않았다. 그저 보고, 그저 걸었다. 작품들 사이사이를. 생각이 끼어들 틈 없이 그저 느껴 보고자 했다. 몇몇 작품을 그냥 지나치면 어떤가. 뛰다시피 지나쳐 가면서 기프트숍을 기대한다 한들 전시장 안에 존재했던 내 시간은 분명했고, 나도 모르는 사이 무언가를 담아냈으리라 믿었다. 예술은 언제나 애매모호하고 상대적이었다. 꼭 작품 이름과 작가를 외우지 않아도, 골똘히 고민해 보지 않아도 게으른 방문객이 되는 것만은 아니었다. 나는 여전히 '미술관에 온 여자'였고, 마음에 드는 작품이 단 하나라도 있다면 그만한 성공은 또 없을 것이었다. 차분히 하루를 보내던 중 그 작품들은, 불쑥 고개를 들어 어떤 방식으로든 미래의 나를 두드릴 터였다. 전시장에서 벗어난 이후야말로 진짜 감상이 시작된다고, 나는 생각했다.

휘적휘적 전시장을 훑고 다녔다. 그러다 한 동양 아이의 움직임에 시선을 뺏겼다. 국적은 정확히 모르겠지만, 아마도 가족과 함께 여행을 온 것 같았다. 아이는 어리둥절한 표정으로, 조금은 심심하다는 듯 돌아다니고 있었다. 너무도 작은 몸집을 한 아이 한 명의 등장으로 모든 것이 무의미해졌다. 이를테면, 작가가 고군분투하던 작업실의 공기와 수도 없는 새벽과 병들거나 힘찬 마음들과 세상에 대한 요구들과 온갖 예술과 이를 뚫어져라 쳐다보며 의미를 찾으려 애쓰고 있는 어른들의 노력 같은 것들이. 날고 기는 예술도 살아 있는 생명 앞에서 허무하리만큼 무력해졌다. 그 작은 생명은 각광받는 젊은 예술이 가소롭다는 듯 반짝이는 생명력을 뿜어내고 있었다.

미술관을 빠져나왔다. 기억에 남는 건 아이의 검은 머리칼밖에 없었다.

교복도 유행가도 없는

프랑스 사람들 진짜 무례하고 불친절하다는 거 나도 알아. 그런데도 왜 뭐에 홀린 사람처럼 파리에 가는지 묻는다면 깨어 있는 느낌이 드는 곳이라서야. 프랑스는 혁명으로 만들어진 국가여서인지 국민들이 뭐만 하면 들고 일어서고 길거리 지나다니다 보면 소소하게 시위도 많이 해. 난 그런 모습들이 보기 좋더라고. 표현하는 모습들, 국가가 국민한테 꼼짝 못하는 모습. 물론 필요 이상으로 투덜댄다는 관점도 있지만 내가 생각할 땐 참는 것보다 백배 좋은 태도야.

옷을 기가 막히게 잘 입는데, 그 감각이 단순히 시각적인 것이 아니라 전반적으로 모든 모습에 걸쳐 있다는 점이 좋

아. 프랑스에 사는 친구가 그러더라고, 빈티지만 많이 사지, 새 옷은 잘 안 사고 세일 때만 산다고. 생각보다 되게 검소하다는 거야. 길거리 사람들 보면 10년은 되어 보이는 옷을 입어도 어쩜 그리 감각이 넘치는지. 노란색 스카프에 줄무늬 티셔츠를 입은 할머니를 보면 왠지 프랑스다워서 흐뭇해져. 책은 얼마나 많이 읽는지. 한 손에 들려 있는 갱지로 된 책 한 권이 그들의 패션을 완성한다 해도 과언이 아니야. 책 안 읽는 파리지앵은 상상할 수 없으니까.

타인을 신경 쓰지 않는 점도 좋아. 뉴욕은 너무 또라이들이 많아서 하나하나 주목하기 피곤하다는 뉘앙스인데, 파리는 네가 뭘 해도 관심 없다는 투야. 그 시크함이 사실 좀 차갑기도 해. 아는 이들끼리는 똘똘 뭉쳐 있는 느낌이라 수다로 꽉꽉 들어찬 노천카페 앞을 지날 때는 조금 외로워지기도 하지. 그래도 그들은 쓸데없이 감상적인 친절을 베풀지 않아. 타인을 배려하는 척하면서도 뒤에서 딴말하는 것보다야 낫지. 조금 싸가지 없어도 자기 자신인 편이 차라리 나아.

아이들 학교 보낼 때도 명품 옷 입히는 걸 별로 자랑스러워하지 않아서 라벨을 잘라서 보내기도 한다고 들었어. 남과 똑같은 걸 제일 싫어해서 교복 없는 건 당연하고 유행하는 곡도 잘 없대. 남과 똑같지 않은 것을 추구함으로써 나 자신이 될 수 있는 용기. 너무 대단하지 않아? 평범해도 괜찮아, 라는 말은 프랑스에서는 유행하지 못할 거야. 모두가 다르다고 생각하니까. 그 말인즉슨, 모두가 특별하다는 생각이 바탕이 된다는 거지. 너도 나도 비슷하다는 말은 그들 사회에서는 위로의 말이 될 수 없을 거야. 프랑스에서는 누군가와 닮았다는 말도 실례야. 우리나라에서는 첫 만남에서 외모에 대해 말을 하는 것이 흔하고 닮은 연예인 이야기도 많이 하는데. 아무리 예쁜 배우라도 그 사람과 비슷하다고 하는 건 프랑스에서는 욕인 거지. 나는 과연 그들처럼 반응할 수 있을까? 예쁜 배우 닮았다는 말에 나는 나예요, 라고 반박할 수 있을까? 아직 내게 그 정도 예민함은 없나 봐. 그 정도 용기는 없나 봐.

가끔 프랑스 사람들은 정답을 알고 있는 것 같아서, 안 착하고 안 쾌적해도 또, 또, 프랑스에 가고 싶어져.

자기만의 세계 만들기

미술관을 나오면서 친구에게 선물을 건네받았다.

"이 글귀를 보며 너 같다는 생각을 했어."

달콤한 소감을 말하며 친구가 책 한 권을 건넸다. 새하얀 정사각형 모양의 그 책은 오노 요코의 짧은 글을 엮어 놓은 책이었다.

"My favorite place is in my mind. What's yours?"

(내가 가장 좋아하는 곳은 내 머릿속이야, 너는?)

다른 사람이 보는 나 자신을 겪게 되는 황송한 순간들이 있다. 어느 여름, 나는 모르는 사람에게서 이런 순간을 선물받은 적이 있었다. 내가 생각났다며 그녀가 보내온 것은 어느 소설의 귀퉁이였다.

> 그녀는 분명 엉뚱하고 종잡을 수 없는 사람이었지만, 항상 그녀 스스로 결정했다. 스스로 결정하는 힘이 필요 이상으로 강한 사람이었다. 옷도, 머리 스타일도, 친구도, 회사도, 자기가 좋아하는 것과 싫어하는 것도. 아무리 사소한 것이라도.
>
> 그런 것이 쌓이고 쌓여, 훗날 진정한 '자기'가 자리 잡게 되는 것은 아닐까 싶다.
>
> 그 사람이 그 사람임은, 망가지는 자유까지 포함하여 이다지도 아름답다고, 다른 사람이 정해 주는 것 따위 무엇 하나 진짜인 것이 없다고, 빛나는 삶을 살아가는 그녀를 보고 나는 절실하게 종종 생각했다.
>
> -요시모토 바나나,《암리타》에서

어떤 진심은 에둘러 말하는 편이 더 효과적이라서 나는 이 문장들에 깊숙이 잠겨 버렸다. 스스로 결정하는 이는 자기답다는 말. 소름 끼치도록 멋진 표현이었다. 단 한 사람이라도 이런 멋진 글을 보고 나를 떠올렸다면, 나는 이미 내 자아를 완성한 것일지도 몰랐다.

당장에 동네서점으로 갔다. 직원의 도움 없이 책의 숲

을 뒤졌다. 그 정도 적극성을 보여야만 끓어오르는 고마움에 보답할 수 있을 거라 생각했다. 무릎을 꿇고 앉은 채로 발견한 그 책을 꺼내 들고 눈으로 그 문장을 찾았다. 파도 속에서 반지를 찾는 일만큼이나 불가능해 보였는데 금세 찾아냈다. 98페이지. 책을 사 들고 서점을 나올 때는 그전보다 훨씬 더 당찬 모습이 되어 있었다. 푸르른 우쭐함 같은 것이 내 주변의 공기를 채우고 있었다. 보상받은 기분이었다. 몇 년 전 누군가에게 들은 말 위에 강력한 반창고가 붙여진 기분이었다.

"너는 눈을 딱 감으면 볼 수 있는 자기만의 세계가 너무 부족해."

단순한 외모 지적보다 훨씬 아렸다. 한 대 얻어맞은 기분이었다. 내 존재 혹은 가능성을 통째로 부정당한 것과 다름없었다. 낭떠러지에 선 기분으로 나는 그 폭력적인 말에 앞서, 나 자신을 다시 들여다보았다. 젊음에 취한 20대 초반과는 다른, 애매한 확신조차 없는 20대 중반 어귀에서, 나만의 애틋한 성장드라마가 시작된 것이었다.

눈을 감으면 더 선명하게 보인다고? 그런 세계가 있다고?

그 모든 예술하는 사람들은 엉터리라고 생각했다. 너무

추상적이라고 생각했다. 그러나 가끔은 그들의 세계가 내게도 보이는 듯했다. 그 세계는 경이로울 만큼 새로웠고, 오묘했고, 매혹적이었다. 똑같은 사람일 뿐인데, 어째서 저 사람의 머릿속에서는 그토록 대단한 이야기들이 흘러나올 수 있는지, 무슨 비범한 경험을 하고 살았기에 저런 시와 노래와 영화를 만들 수 있는 것인지 의아했다.

그들의 작품에 비해 내가 흘린 습작들은 너무도 초라했다. 내 일기장은 어떤 예술도 될 수 없을 것만 같았다. 누군가의 말처럼 나는 나의 비하인드 신과 그들의 하이라이트 신을 자꾸 비교했다. 그들의 노력은 보지 못한 채 그런 사유들이 버튼만 누르면 쏟아져 나오는 것이라 여겼다. 나도 그들처럼 볼 수 있었으면. 눈을 감으면 보이는, 먼지가 떠다니는 듯한 '무'의 시야와 가위에 눌린 듯 허무한 어둠 그 자체로 억압되는 기분이 아닌, 눈 감아야만 볼 수 있는 무언가가 있었으면, 그런 능력이 내게도 생겼으면. 간절히 바랐다. 만약 누군가의 머릿속에 그런 세계가 진짜로 존재하는 거라면, 말 그대로 자판기가 아니겠는가. 눈을 감고 보이는 대로 그리기만 하면 될 테니까. 눈을 감고 보이는 대로 적어 내려가면 될 테니까. 나만의 세계를 갖는 것. 그것이 급선무였다.

그대들이 세계라고 부르는 것. 그것은 우선 그대들에 의해 창조되어야 한다. 그 세계는 그대들의 이성, 그대들의 심상, 그대들의 의지, 그대들의 사랑 안에서 만들어져야 한다! 그대들 인식하는 자들이여, 그러면 그대들은 그대들의 행복에 도달하게 되리라!

-니체,《차라투스트라는 이렇게 말했다》에서

'나'라는 사람을 똑바로 알아야 했다. 첫 번째 단추는 좋아하는 것을 단숨에 말하기 위한 준비였다. 선택해야 하는 시점에서, "아무거나요"라고 하거나 좋아하는 것을 물었을 때 "글쎄요"라고 답하는 사람이 될 수는 없었다. 내게 좋아하는 것을 물으면 기다렸다는 듯이 호감이 묻은 단어들을 쏟아 냈다. 누군가에게 그것은 천진난만하다는 오해를 살 수 있겠지만 내 나름대로 열렬한 탐색 끝의 발사였다. 예기치 못한 순간에 질문이 닥쳐도, 바로 대답할 수 있는 무수한 것들이 채워졌다. 나만의 군대를 얻은 듯 든든한 기분이 들었다.

매일 나의 날들을 기록했다. 항상 해 오던 일이지만 더욱 집요하고 섬세하게 일궈 나갔다. 내가 자주 쓰는 단어, 나만의 표현 같은 것들이 눈에 들어왔다. 한 친구는 내게 이런 말을 했다. 흔히 쓰지 않는 단어인데 넌 매일 꾸준히 쓰는 단어들이 있어. 그 단어를 말할 때 네 표정, 너만의 느낌, 너만의 말투, 너만의 상징이 있어. 네가 쓰는 단어는 조금 다른 의미를 가져.

그때부터였을 것이다. 모든 걸 스스로 결정하게 된 것이. 쓰는 것과 말하는 것, 읽는 것에 몰입하며 나만의 취향을 만든 것이. 습관과 취향을 분리했다. 습관적으로 쓰는 말들을 골라 나에게 알맞고 어울리는 순서로 조합했다. 단어만 들어도 나를 떠올릴 수 있다면 좋을 거라 생각하며, 나는 나만의 언어를 갈망했다. 점차 나만의 말들이 쌓여 갔다. 마음이 쌓여 갔다.

그 세계 안에는 말과 마음뿐만 아니라 사람들이 있었다. 관계라는 것은 복잡하고 정교해서 오랜 시간이 걸렸다. 진중한 마음가짐으로 내 주변을 살펴 나갔다. 크고 작은 관계들을 하나하나 선택했다. 포기하거나 붙잡거나 이어 나갔다. 가치관이 맞지 않는 관계는 덜어 내고 필요한 일이 있을 때만 연락이 오는 '아는 사람'들과의 시덥잖은 관계를 잘라 냈다. 냉정해지는 만큼 깨끗해졌다. 가짜 관계들을 포기할수록 진짜 관계들에 더할 시간이 생겨났다. 나를 배우는 일은, 친구의 얼굴에 내 모습을 비춰 보는 일이었다. 나 자신만 생각했던 협소한 세계 위에, 점차 뚜렷해지는 나만의 세계라는 견고한 나무가 자랐다. 내 세계의 중심에는 친구들과 가족을 심었다.

내 속에 있던 많은 것들을 포기해야 하는 일이 생겼다. 좋아하는 것만 잔뜩 쟁여 둔다고 나만의 세계가 완성되는 건 아니었다. 아깝지만 완벽히 내 것이 아닌 것들을 과감히 버려야 했다. 거짓말과 허세, 그럴싸해 보이는 변명들을 걷어 내야 했다.

수만 가지의 결정들이 쌓였다. 나만의 세계를 갖는다는 것은 끝없이 결정하는 일이었다. 어떤 결정들이 모여 나를 만들어 내는 거라 생각하면 그 무엇도 사소하지 않았다.

옷 스타일, 태도와 마인드, 가족을 대하는 말투, 자주 가는 식당, 좋아하는 영화, 가구 취향, 12월의 마음가짐, 하루를 시작하는 방법, 휴대폰 하는 시간, 사진 구도, 여행지를 고르는 방법 등등등 수많은 것들을 바꿨다. 어떻게 이렇게 변했는지 의아할 정도로 나는 다른 사람이 되어 있었다.

점점 나는 유연해졌다. 나만의 세계를 만드는 일은 편협한 사고를 벗어던져야만 가능했다. 확신하기보다 움직이는 편에 더 가까웠다. 그 속에서 나는 누구든지 될 수 있었고 어디로든 떠날 수 있었다.

눈을 감으면 보이는 나만의 세계가 있다. 그 속의 공원과 건물과 길과 사람들은 무궁무진한 생명력을 가졌다. 모든 것이 활기차고 안전하고 새롭다. 모든 행동이, 모든 결정이 그 세계 안에 박혀 내가 되었다. '필요 이상으로' 모든 걸 스스로 결정한다는 그 문장처럼, 모든 것이 100퍼센트 나다운 것들로만 채워졌다. 세계는 곧 나였고, 세계를 만든다는 것은 나를 만드는 일이었다.

상상들은 가끔 현실이 되기도 했다. 그럴 때면 나는 뭔가 혼자만 알고 있다는 얼굴로 슬쩍 눈을 감아 본다. 내 세계로 도망쳐, 받아 적기만 하면 되었다.

짝사랑

종이에 손이 베이는 것처럼
수월했다
사랑에 빠지는 일은

타로카드 아주머니는
곧 남자가 생긴다고 말했다
내가 뽑은 카드들의 기운이
온통 분홍색투성이라며

과연 그럴까

기대감이 기지개를 켠다
지금쯤의 마음은
결과인 걸까 과정인 걸까

얼떨결에 사랑
얼떨결에 이별
사람들은 다 그렇게 사는 듯했다
그런 사람들이 나쁜 것은 아니지만
모래 같은 고백에는
구역질이 난다

바야흐로 현실은 억지의 계절이다
나는 현실을 거절하고 차라리 멜로드라마를 맡겠다

성공한 히피가 되려면
영원한 악당이 되려면
전설은 사랑이 되어야 한다
어떻게든
무슨 수를 써서라도

가난한 나의 사전을 책망하며
골목을 뒤진다
새 책과 닳고 새까매진 책 모두를
오직 그를 사랑의 말로 항복시키기 위해

너는 말했다
어쩜 그리도 씩씩하니
변하지 않는 비극 앞에서

나는 말했다
사라지기 전에
한 번이라도 더 만져 보아야 해

서두르지 않는 것과 신중함이
왜 같은 취급을 받는지에 대해
나는 무지했다
대신 과감한 포즈를 하고
셔츠 단추를 하나 푸는 수밖에

사랑 앞에서

나의 초상이 흩어진다
생명이 무슨 장난이라도 된다는 듯

의심은 경계는
피할 수 없는 춤

나는 말할 수 없다
볼품없는 맹세가 왜 아직도 남아 있는 것인지에 대해
증발한 안녕이 왜 걸어가고 있는지에 대해

골몰하는 일이
왠지 싫지 않다
나는 오직
투박한 우연들이
멋스럽게 겹쳐지기를
기도할 뿐이다

점프 인

공항. 짐 가방을 든 사람들이 정확한 목적의식을 가지고 씩씩하게 움직이고 있다. 내려가는 에스컬레이터 진입로 부근에서 망설이며 서 있는 아랍 여자를 지나쳐 몸을 실었다. 의아해하며 고개를 돌려 그녀를 쳐다봤다. 무슨 문제라도 생겼나? 내 앞에 선 남자도 마찬가지였다. 그는 번쩍이는 스팽글이 달린 히잡을 쓴 그 여자에게 이렇게 말했다.

"Just jump in!"

그녀가 한참을 망설인 탓에 그 남자와 나는 역방향으로 움직이는 계단을 하나씩 올랐다.

그 우스꽝스러운 광경을 상상해 보라. 누군가 목격했다

면 예산이 적은 독립영화를 촬영한다고 생각할지도 모를 장면이었다.

여자는 결심한 듯 비상한 표정을 짓고 발을 내딛는 일에 성공했다.

“There you go!” (옳지!)

남자는 말했고, 나는 박수를 쳤다. 벌게진 여자의 얼굴은 기쁨으로 빛났다. 졸업가운을 입은 것처럼 기운이 환했다.

사람마다 용기의 크기는 다르다. 에스컬레이터 앞에 선 그녀에게 이 순간은 호수가 내려다보이는 번지점프의 아찔함과 같은 것일지도 모른다. 그날 내가 본 점프는 전혀 모르는 이들의 합작이었다. 용기의 크기를 재단하지 않는 사람의 말 한마디가 최소 두 명의 행인의 기억 속에 자리 잡았다. 사소하지만 태연히 바라볼 수만은 없는 풍경이다. 용기가, 친절이, 마치 눈에 보이는 듯한 풍경이었다.

사람들은 여전히 서로 연결되어 있었다. 잘할 수 있다고, 해낼 것이라고 말해 주는 일은 여전히 일어나고 있었다. 용기 내지 못하는 사람에게, 서먹한 반응이 돌아오더라도 한마디 건네 볼 것. 용기 내 볼 것. 따사로운 간섭 한마디를 건네는 일이 잦아지면 걸음걸이마다 다른 영화들이 펼쳐질 것이다.

7

스물아홉,
런던

마치 여행이 처음이라는 듯

공항에서 숙소로 가는 택시 안. 아직 그 나라의 매력을 알 수 없는, 도시로 향하는 황량한 고속도로 위에서 나는 비장한 다짐들을 하곤 했다. 이루지 못할 것을 알지만 끝내 호들갑을 떨며 하고야 마는 그런 습관. 그래, 계속 한국에 살 수는 없어, 이곳에 정착해서 멋지게 살아 보는 거야, 지긋지긋한 유랑생활을 이참에 끝내자, 이런저런 수업도 들어 보고, 외국인 친구도 사귀고, 여름엔 베를린이나 파리로 기차를 타고 여행을 다니면서, 훗날 이국에서의 시간들로 점철된 찬란한 20대를 회상하며 미소 지어 보는 거야……. 첫날의 착각이 만들어 내는 장기 체류의 환상. 생활의 고단함이 생략된 채 반짝임만 남은 이국살이를 꿈꾸게 되는 코너다. 근거 없는 상상들을 나열하다 보면 서서히 차량의 속도는 줄어들고, 도시의 음악과도 같은 클랙슨 소리가 들려온다. 횡단보도, 전화통화하며 걸어가는 여자, 웃는 얼굴, 간판, 어두침침한 골목, 건물, 벽돌, 지하철역, 상점들, 사람들…… 마치 여행이 처음인 듯 신이 나서 두리번거리다 보면 기사님이 이렇게 말하곤 했다.

"We're here, dear." (도착했어요, 손님.)

우선 변기 뚜껑이 무거워야 한다. 비데를 찾는다면 코웃음을 듣기 십상이다. 변기 뚜껑으로 내가 유럽에 왔다는 것을 실감한다면 조금 깬다만, 어쩔 수 없다. 여기까지가 유럽을 통틀어 비슷한 점이라면, 지금부터는 나라와 도시마다 특징적인 부분이다. 유아차를 끌고 다니는 남자들이 많이 보인다면 그곳은 베를린이다. 노천카페에 침이 마르도록 수다를 떨며 줄담배를 피우는 사람들이 많다면 당신은 파리에 도착한 것이다. 그에 비해 과연 어떤 장면이 런던을 실감나게 할까.

R 사운드를 죽인 무심한 악센트, 그들이 자주 쓰는 단어, 이를테면 lovely, dear, ladies와 같은 단어들, 비틀스, 이층버스, 차려입은 신사들, 노팅힐, 특색 없는 음식, 비비안 웨스트우드, 천성처럼 보이는 특유의 미소.

영국 하면 단번에 떠오르는 이런 이미지들이 누군가에게는 상냥하고 따스해 보일지 몰라도 나는 언제나 런던이 싫었다. 좋아하는 여행지가 어디냐는 물음에 이곳저곳을 공들여 설명한 후, 덧붙여 '싫어하는 도시'로 콕 집어 말했던 것도 이곳이었다. 절대 잊을 수 없는 혹독함을 경험하면, 마치 남자들이 군대 이야기를 늘어놓듯, 때때로 곱씹어 주어야 직성이 풀리기 마련이다.

내게는 첫 런던이 그랬다. 돌이켜보면 명백한 도피자였던, 동시에 분명히 청춘이었던 스물셋의 나는 가난했고, 가진 건 뭘 해도 용서가 되는 나이뿐이었다. 때는 1파운드에 1,900원을 웃도는 기록적인 환율로 초콜릿 하나 사 먹는 것도 망설이게 되던 2014년이었다. 프렛에서 가장 싼 샌드위치로 두 달여의 시간을 버텼다. 이 집 저 집을 전전하다 결국 극심한 스트레스로 인한 하혈로 응급실 신세를 졌던 것이 런던에 대한 최초의 기억이다. 병원비를 낼 돈이 없어 병원 측에 사정해서 몇백만 원을 1년여에 걸쳐 알바비로 갚았던 일까지 포함하면 너무 지독하려나? 런던은 여행자보험의 절실함을 알게 한 도시이기도 했다. 독촉 메일이 국제우편으로도 금방, 그리고 정확히 도착한다는 걸 알게 한 도시. 20대 초반의 햇살 같은 성향을 어느 정도 빼앗아간 도시.

한때 끔찍하게 여겼던 이 비싼 도시를 올해로 다섯 번째 방문한다. 거의 매년 꼬박꼬박 '싫어하는' 이 나라를 찾은 이유는 지현이 살고 있기 때문이다. 정말로, 오직 그 이유 하나다. 런던 사는 친구에게, "나 사실 런던 진짜 싫어해"라고 하면 가혹하지만 살풀이하듯 매년 그렇게 말하기도 했다. 런던이 싫다고 해서 거기 살고 있는 너에 대한 애정이 줄어드는 것은 아니야, 라고 되뇌어도 친구의 표정에는 애교 섞인 섭섭함이 묻어 있었다. 매번 나를 재워 주는 그녀는, 내게 물었다. 이번 런던 여행의 계획이 무엇이냐고. 나는 계획한 것이 하나도 없어 답할 수 없었지만 선언하듯 한마디를 뱉었다. "이번엔 런던을 즐겨 보고 싶어." 스스로 걸어 둔 편견의 저주에서 벗어나고자 했다.

도착한 저녁, 지현을 만나지 못했다. 지현이 야근을 하고 새벽에 들어왔기 때문이다. 너무 곤히 자서 도저히 깨울 수 없었다며, 뒤집어 쓴 이불을 빼꼼히 내려 내 얼굴만 살짝 보고 자기 방으로 갔단다. 그 대신 그녀의 하우스메이트들이 나를 반겨 주었다. 그녀와 같은 집에 사는 한국인 N은 미술사 강사였고, 내가 도착했을 땐 그의 프랑스인 남자친구 P가 만든 고등어조림을 먹는 중이었다. "안뇽하세요?" 격양된 한국어로 능숙하게 인사를 건네는 P에게 나는 "봉주르!" 하고 답했다. 짭조름한 김과 흰밥이 올라 있는 식탁에서 나는 그제야 마음을 내려놓았다. 우리는 서로에 대해 미미한 정보만을 얻은 채, 나이를, 직업을, 의례적인 것들을 묻지 않고도 원래 알던 사이처럼 꽤 편안히 대화했다. 고된 비행을 자책하고 있을 때쯤 선물처럼 건네지는 이런 순간들은 내가 왜 그토록 여행을 사모하는지 자각하게 만들었다. 왜, 또, 이곳이어야만 하는지, 왜, 또, 같은 도시여도 괜찮은지를. 이런 대화 몇 번이면 유명한 시계탑 앞에서 사진을 안 남긴들 무슨 상관일까, 나는 생각했다. 환영도, 휴식도, 여행의 근거도 사람에게서 얻는다.

P가 한국어로 이야기하면, 나는 짧은 프랑스어로 답했다. 우리는 번갈아 가며 서로의 실수를 예쁘고 알맞게 고쳐 주었다. 애정으로 범벅이 된 우리의 무지는, 실험적인 도전으로 이어졌고, 도전은 대부분 명랑하게 실패했으며, 가끔씩 성공했다. 나는 노랗다는 말만 해도 수많은 다른 표현들이 있다는 사실을 외국인에게 설명하려 애썼다. '신기하다'의 말뜻을 전달할 만한 영어 단어가 없어 난감해하다가 곧 적당한 상황을 예시로 들어 설명했다. "엄청 잘나가는 연예인을 자주 가는 카페에서 본 거야, 근데 그 연예인이 나랑 똑같은 음료를 시킨 거야. 그럴 때 친구한테 급하게 문자를 보내면서 '신기하다'는 표현을 쓰곤 하지!" 그 과정에서 나는 완벽한 한국어

원어민으로서 자긍심을 가지고 말한다. "'요'를 붙여 봐." "그 단어는 부정적인 뉘앙스가 있어서 그런 상황에서는 사용을 안 해." 그도 한 언어의 원어민으로서 즉각적인 반응을 내보인다. 원어민이어야만 할 수 있는 본능적인 표현들로 끊긴 단어 단어들이 올바른 맥락을 찾았다. 그러나 반대로 그가 한국어를 말할 때, 내가 프랑스어를 말할 때, 우리는 순진무구한 아기가 되어 몇 없는 단어들을 정성껏 뱉었다.

이미 몇 번의 대화만으로 나는 프랑스인 P가 좋은 사람이란 걸 눈치챘다. 10년째 서울에 살아도 한국어 한마디 못하는 외국인들에 비해 그의 끝없는 한국어 연습은 내 마음을 빽빽하게 했다. 오늘은 한국어 수업 때 직업에 대해 배웠다면서 "여행 가이드입니까?"라고 묻기도 했다. 사방에서 웃음이 터져 나왔다. 진지할 때를 아는 사람의 진지함은, 거기 묻어 있는 사랑과 존중은 얼마나 귀한지. 어눌한 발음과 엉망인 문법이 더디 고쳐진다 해도 어떠랴, 그 중심에 애정이 있는 것을. 영어, 프랑스어, 한국어로 시차가 뒤바뀐 밤을 채우니 어느새 잘 자라는 말을 할 시간이 왔다.

P: 잘 좌!

나: 본 뉘! (Bonne nuit, 프랑스어로 '잘 자'라는 뜻)

다음 날 아침. 모든 게 변한 이부자리에서 부스스하게 일어나 창가를 훔겨보고, 날씨를 확인하고, 한국에서 온 메시지들을 살펴보면서 아직까지는 떠나온 곳에 연결되어 있는 아침. "티 마실래요?" 잠옷 차림인 N의 물음.

우리 사이의 힘을 빌려 기억하는 시절

N은 어렸을 적부터 가족끼리 해외여행을 줄곧 다녔다고 했다. 우선 그 빈도수에 놀랐다. 1년에 두세 번은 무조건 외국으로 가서 새로운 것을 보고 느꼈다고 하니, 부러워하기에도 벅찬 횟수다. 당시는 1990년에서 2000년 사이로, '휴대폰이 없는 여행'이 가능한 시대였다. 인터넷 지도인 구글맵이 아니라 종이에 인쇄된 지도를 펼쳐 들고서, 이곳저곳을 헤매고 걸었던 그때의 여행에 대해 N은 애틋이 회상했다. 정신없는 시행착오를 겪는 와중에 어떤 대단한 깨달음을 얻었던 것은 아니지만, 집에 돌아오고 나면 마음에 슥, 하고 남는 것이 많았던 여행이었다고 했다.

내가 꿈꾸는 여행으로 채워진 이 사람의 한 시절을 나는 위인 보듯 바라보았다. 잠시 나의 시야에서 벗어나 남의 기억으로 바라보는 세상은 꿈 같다. 다른 사람의 다른 여행 이야기가 내게 어느 때보다 이상적인 여행의 시작을 선포하는 듯했다. 처음 만난 N에게서 이런 귀한 이야기를 듣고 있자니, 계획은 또 한 번 그 무력함을 증명해 보였다는 생각이 들었다. 보통 인생이 그렇다. 생각하지 못한 일이 자꾸 일어나고, 기대하지 않았던 일이 계속 벌어진다. 상황이 상황을 보상하고 그 사이에 불만 혹은 만족으로 평가될 이야기들이 끊임없이 야기되고, 여행에서 유일한 할 일은 그것을 관찰하는 일이다.

야근하는 지현은 연신 아쉽다고, 미안하다고 했다. 그러나 괜찮다. 엉겁결에 가장 많은 시간을 함께 보내고 있는 N은 예기치 못한 축복이었다.

기력이 회복될 때쯤 런던에 살고 있는 다른 친구, 주현과 저녁식사를 하기로 했다. 친구의 퇴근시간 세 시간 전에 친구의 회사 근처에 도착했다. 런던에 도착한 지 일주일 만에 시내로 나온 셈이었다. 사람들은 미소 짓는 것 말고는 아무것도 할 줄 모른다는 듯 화사한 표정을 지었고, 도착하자마자 몸이 안 좋아 주문음식으로 끼니를 때워야 했던 내게는 없는 생기 가득한 면면들이 저마다의 향기를 뿜어내고 있었다. 영화 속의 주인공이 극중에서 카메라를 바라보지 않듯 아무도 카메라를 의식하지 않은 채 자신만의 인생에서 활약하고 있는 평범한 거리의 밤, 위기를 느꼈다. 카메라와 빤히 눈 맞추고 있는 건 오직 나 하나뿐이었다는 걸 깨달았을 때쯤 황급히 시선을 빼내 당장 빈티지숍부터 찾아 들어갔다. 도시에 도착하자마자 의식처럼 행했던 일을 잊고 있었다니, 있을 수 없는 일이었다. 이 행위는 단지 겉모습을 치장하는 일이 아닌 내 여행에 바치는 준비 과정이자 낭만적인 궁리였다.

폐 안 가득 먼지 낀 공기를 기꺼이 환영하며 내 옷차림부터 탈바꿈하리라 마음먹고 옷가지를 뒤졌다. 해외에서, 스타벅스나 맥도날드처럼 누구나 알 만한 대형 프랜차이즈에 가면 왠지 모르게 마음이 편해지는 것처럼, 나는 빈티지숍에서 안정감을 느꼈다.

빈티지는 사람과도 같았다. 자세히 보아야 예쁘다, 첫인상과 끝 인상이 다를 수 있다, 시간이 쌓여야 비로소 그 진가를 발휘한다, 는 점에서. 오히려 조금 낡았기 때문에 사랑받을 이유가 생긴다는 사실과, 유일무이함의 정체성을 동반하는 헌 옷들의 의미는 우리에게도 적잖은 위안이 된다. 겉모습에 상관없이 어떤 관계에 있어서, 새 출발이 보장되어 있다는 뜻이다. 마침 양털 코트가 눈에 띄었다. 꿈에 그리던 모양새다. 마치 70년대 록스타인 그녀가 하늘하늘한 원피스 위에 걸쳐 입고 레코드점으로 향할 듯했다. 거울 앞에서 여러 각도를 살핀 뒤 바로 값을 지불했다.

쿨한 태도가 필요하다. 이를테면 곧바로 가격표를 제거하고 원래 내 옷인 양 걸치고 나오는 것. 옷차림에게서 빌린 자신감으로 하루가 다시 시작되었다.

친구를 만났다. 집에 짐을 두고 그녀가 예약해 두었다는 식당으로 갔다. 안내받은 바테이블 위에 양초로 친구 이름과 예약 시간이 쓰여 있었다. Irene, 7:30 시끌벅적한 오픈 주방이 한눈에 들어오는 자리가 마음에 들었다. 따뜻하게 소란스러운 실내를 둘러보며 코끝이 찡해졌다. 사람들은 저마다 가까운 사람들과 둘러앉아 맛있는 음식을 먹고 있었고, 모두가 행복 안에 잠겨 있었다. 다정한 웨이터와 눈을 맞추며 메인요리 두 개와 애피타이저, 와인 두 잔과 맥주를 시켰다. 생맥주는 얼어 있는 유리잔에 나왔는데, 도쿄 선술집에서 먹었던 것보다도 맛있었다. 근사한 분위기 속에 우리들은 뻔한 이야기를 늘어놓았다. 일 이야기, 연애 이야기, 핑계와 자랑과 확신과 고민이 뒤섞인 근황들……. 말을 고르지 않고 잘 보일 필요

없이 있는 그대로의 내 모습을 드러내는 것, 그것은 참된 우정의 기준이었다. 모든 사람을 만족시킬 수는 없으나 내가 선택한 사람들을 정성껏 꾸려 그들의 기대에 충족하는 행동을 하는 것, 대가 없는 도움을 주고 오히려 내가 더 기뻐하는 것, 뭐든지 같이하려고 애써 보는 것. 친구의 눈을 볼수록 애써 명명하지 않아도 우리 사이의 거리가 좁혀지고 있음을 느꼈다. 그녀 덕분에 오랜만에 제대로 된 밥을 먹었다. 난 퇴근시간 수많은 행인들 사이에 섞여 그녀를 기다리는 하루짜리 애인이었고, 생활자로서 또는 여행자로서 우리의 피곤은 씻겨 내려갔다.

그동안 내 여행은 내 노력의 결과가 아니라고 변명하곤 했다. 특별한 여행이라 말해 주는 이들의 칭찬에 낯 뜨거워질 때가 많아서, 잘한 일이 없는데 칭찬받는 게 부끄러워서였다. 계획하지 않은 막역한 사이들이 축복처럼 생겨났고, 그 사이들의 절반이 유럽에서 생활하고 있었다. 나의 여행은 더는 무언가 새로이 발견하고자 하는 시도가 아닌 손꼽아 기다리는 재회이자 방문 행사가 되었다. 우정이 없었다면, 내 여행이 이렇게나 잦고 완벽했을지 가늠할 수도 없었다.

"아무나 할 수 있는 여행은 아니야."

한 친구가 말했다. 맞는 말이었다. 따로 숙소를 예약할 필요 없이 비행기표만 끊어서 그들의 집에 도착해, 그들의 현지 친구들과 어울려 직접 만든 음식들로 저녁을 준비하는 일, 평생 다시는 만날 일 없는 각국의 친구들 앞에서 시시한 한국 대표가 되어 정치, 경제, 문화, 사회에 대해 한마디 던지려 애쓰는 식사 시간이 끝나면 언제라도 다시 만날 것처럼 헤어지는 일. 점심시간에 맞춰 친구네 회사 앞으로 찾아가 공원에서 샌드위치를 나눠 먹고, 그들 지인의 공연에 초대받아 밤을 보내고, 친구 집에 있는 몇 안 되는 한국 책들에 흠뻑 취한 저녁을 보내는 여행…… 고마워할 일이 축적되어 추어이 무거웠다. 제대로 된 만남, 제대로 먹고 제대로 마시고 제대로 말하는 것, 제대로 듣는 것, 제대로 보는 것을 가능하게 하는 나의 친구들. 그들의 힘을 빌려 내 것으로 만든 기회들과 경험들. 짧은 여행에서마저 선선함을 느낄 수 있는 것, 한숨 자고 일어나도 시간이 조금 남아 있다는 안도감을 주는 그런 기분들, 예민하지 않은 친구들과 그들의 일상에 살짝 끼어들어 아무 채근하지 않는 나. 무던하고, 진실하고, 말할 수 없이 너그러운 나의 친구들과 매년의 여름과 겨울 참견하러 날아오는 부지런하고 대책 없는 나. 언제나 환영받는 이 기분, 계절을 기다리는 과정이 되어 버린 우리의 연락. 잠시 그들 생활의 일부가 되어 같은 날씨와 장소를 기억하는 일. 스리슬쩍 오고, 조용히 함께 흘러가다가 돌아가고, 아쉬워할 틈도 없이 다시 만나는 것.

평생 떠올릴 눈부신 시절이 아무렇지도 않게 지나가고 있다. 시간이 지날수록 피부로 느껴져 아찔하다. 내가 할 수 있는 건 그저 모든 순간을 귀히 여기는 것, 그리고 집요하게 모든 것을 써 내려가는 것뿐이다. 그래서 나는 느끼기를 주저하지 않고, 감사하기를 주저하지 않고, 오늘도 나와 내 친구들과 내 별것 없는 하루를 쓴다.

이상적인 친구들과의 젊은 시절 없이
어떻게 삶이 성숙해지고,
8월을 지나지 않고서야
어떻게 와인 맛이 들 수 있을까?

-장 폴 리히터(독일의 소설가)

모두의 응접실

주현의 집. 곧 하우스메이트인 타냐가 외출을 마치고 돌아왔다. 그녀는 도착하자마자 소리쳤다.

"Anybody home?" (집에 아무도 없어?)

부엌으로 간 나는 인사를 나누고 각종 티가 있는 서랍과 커피머신 작동법을 안내받았다. 그녀는 배우와 극작가를 겸하고 있는 열정 많은 영국 아가씨다. 곧 퇴근한 주현을 만나러 역 앞으로 마중을 나섰다. 저녁으로 파스타를 먹을 계획이었다. 우리는 간단히 장을 보고 집으로 돌아왔다. 부엌에서 식사를 하고 있는 타냐와 그의 친구와 마주쳤다. "Hi, hello." 친구의 방에서, 그들의 음식에 주재료로 쓰인 꽈리고추 냄새를 맡으며 그들의 식사가 끝나기를 기다렸다. 기다림은 억울하지 않고, 각자의 순서나 이익을 따지는 과정은 더더욱 아니었다. 전혀 알지 못했던 타인과 같이 산다는 것은 과연 어떤 기분일까? 이들은 공동으로 쓰는 식탁과 거실의 사용에 대해 언제나 웃으며 묻고, 솔직하고 편안하게 답했다. 화장실은 방금 치운 것처럼 깨끗했고 누가 먼저랄 것 없이 앞다투어 청소기를 돌렸다. 혼자 살았다면 모든 공간이 내 것이고 음악을 크게 틀거나 설거짓거리를 쌓아 두어도 좋았을 것이다. 누가 봐도 혼자 사는 편이 더 편하고 좋다. 하지만 모든 공간을 독차지한다고 해서 나의 삶이 자유분방해질까를 묻는다면, 이야기가 달라진다. 나누면 그 공간의 가치는 두 배가 된다. 그 공간을 향유하는 삶이 두 배라서 그렇다. 두 개 이상의 취향과 성향이 오간다. 각자의 방은 더 철저히 고요를 보장받고 공용 공간은 누구나 환영받는 응접실이 된다. 나의 친구와 친구의 친구가 인사하는 일이 흔해지고 누구든 낯을 가리는 일이 없다. 낯을 가리는 성격은, 이곳에서만큼은 조심스럽고 섬세한 성격으로 받아들여지지 않는다. 누구에게나 열려 있지 않다는 뜻이다. 누구에게도 잘 보일 필요가 없다면, 언제나 나 자신이 될 수 있다. 누구와도 쉽게 말을 주고받을 수 있고 그건 처음 보는 사이라도 마찬가지이다. 그들의 거실과 부엌에는 늘 타인이 오간다. 나 또한 한때 머물고 지나가는 타인으로서 고마움을 가득 안고 그곳에 머문다. 어떤 이도 내게 눈치 주거나 핀잔을 늘어놓지 않는다.

주현은 아무도 없을 때에도 혹시 누군가 방에 있을까, 크게 인사하고 나간다고 했다. 타냐가 집에 들어왔을 때 소리쳤던 것처럼. 외출을 할 때는 "나 갔다올게!"라고 말하고, 돌아올 때는 "나 집이야!"라고 외친다. 기다리는 사람이 있는 집이기 때문이다. 그들은 함께 사는 데 익숙한 사람들이다. 함께 산 경험이 있는 이들은 악덕할 수 없다. 그들은 현명한 분류자들이며 양보와 배려의 전문가다. 집세를 아끼려 했든, 생활비를 나누려 했든 상관없다. 의도가 어찌되었든 그들은 이미 자연스럽게 더 나은 사람이 되어 있었을 것이다. '사람들'은 집을 완성한다. 그런 면에서 이 집은 완벽하게 완성된 집이었다.

같이의 가치. 뻔해서 싫은 게 아니라 몰라서 싫었던 거였다. 안 해 봐서 뻔하다고 치부했던 거였다. 내가 진정 원하는 것은 더 이상 혼자만의 시간이 아님을 느낀다. 때론 방해받고 부딪치더라도 부대끼며 살아가길 원하고 있음을. 혼자만의 공간에서 세련되기보다 나눔으로써 커지는 가치를 발견하고 싶음을.

쉬운 천국

시골로 기차 여행을 떠나기로 했다. 미술을 공부하는 정원과 그의 영국인 남자친구 조지의 부모님 댁을 방문하기로 한 것이다. 그들은 런던에서 미술대학을 함께 졸업한 커플로 진학을 고민하며 런던에서 기차로 한 시간쯤 걸리는 시골 부모님 집에서 머물고 있다. 평범한 영국 가정집 경험은 처음이었다. 가방에는 칫솔, 속옷 하나, 글을 쓸 때 꼭 필요한 노트북과 공책을 챙겼다. 딱 필요한 것만으로 꾸린 단출한 차림이 마음에 들었다. 갈아입을 멋진 옷을 챙길 필요가 없다. 할머니 댁 가는 명절 날 꾸미고 가지 않는 것처럼 이름도 모르는 중년의 부부와의 만남이 왠지 모를 느긋한 기대감으로 가득 찼다.

지난여름, 조지와 정원, 그리고 그들의 하우스메이트인 프랑스 여자애와 독일인 남자애와 함께 사는 시간을 이미 한 번 보낸 적이 있었다. 직접 만든 저녁을 먹고 근처 공원으로 걸어가는 길에 함께 담배를 피우고 아무도 없는 공원에서 숨바꼭질을 했다. 조지와 일대일로 이야기할 기회는 없었어서 이번에 만나면 그에 대해 조금 더 궁금해해야겠다고 다짐을 했다. 역으로 마중 나온 정원과 만났다. 조지가 아르바이트를 한다는 마트 안에는 카페가 있었고 우리는 그곳에서 조지의 일이 끝나길 기다렸다. 정원이 음료를 시키러 간 사이 누군가 카페 전면의 통유리를 톡톡, 두드렸다. 조지였다. 그는 손에 있는 짧은 담배를 내보이며 손을 흔들었다. 아마도 다 피우고 들어온다는 뜻 같았다.

우리는 20분에 한 번 있는 버스를 눈앞에서 놓쳤다. 그러고는 창백한 얼굴을 구기며 각자의 언어로 욕했다. "Oh my god." "Fuck sake, did we miss it?" "그래서 다음 버스는 언제 온다고?" 우버 따위는 당연히 없으므로 우리는 걸었다. 겨울이길 거부하는 푸른 하늘과 시야가 트인 거리에 투덜거리며 걷는 우리들이 있었다. 장엄하기보다 소소한 마을의 자연이 금빛으로 물들고 있었다. 영국식의 전형적인 벽돌집이 즐비한 골목에 들어서자 나는 묻기 시작했다.

"이 집이야?"

"No."

"이 집이야?"

"I hope so." (그랬으면 좋겠네.)

"No! Actually your house is better than that!"

(너네 집이 더 좋잖아!)

진청 오버롤에 안경으로 자연스레 잔머리를 올린 조지의 엄마가 우리를 반겼다. 한눈에 봐도 자유로운 영혼이었다. 사랑으로 가득 찬 눈빛은 엄마들의 전유물인가 보다. 첫마디는 칭찬이다. 어쩜 이렇게 어메이징한 머리칼을 가지고 있느냐고. 나는 경쟁하듯 그녀의 배우 같은 얼굴을 언급한다. 영국 집답게 도착하자마자 티를 대접받고 곧 오늘 묵을 방을 안내받았다. 조지 여동생이 쓰던 방에서 식사 시간이 될 때까지 완전히 곯아떨어져 잤다. 꼭 오랜만에 엄마 집을 찾은 기숙사 학생처럼, 마음속 실타래가 풀리는 것 같은 잠이었다.

곧 저녁식사 시간이 되었다. 부스스한 얼굴로 식탁에 앉았다. 엄마의 특기라는 라자냐가 오늘의 메인 메뉴다. 뚱뚱한 잔에 채워진 프랑스 와인과 신선한 재료로 만든 샐러드와 우리가 마트에서 사 온 마늘빵이 둥근 테이블에 가득 놓였다.

모범적이고 평범한 중산층 가정의 식사 시간이었다. 틀림없이 조화롭고 활기찬 시간이었다. 여자로서, 아빠로서, 한국인으로서, 영국인으로서, 남자친구로서, 직장인으로서가 아니라 오직 사람으로서 서로를 궁금해했기 때문이다.

뜨끈하고 정다운 저녁 식탁에는 기분 좋은 말들과 표정이 오가기 바빴다. 마요네즈 병을 건네줄 때, 두툼한 샐러드 보울이 사방으로 옮겨 다닐 때, "땡큐"라는 말은 기본 추임새였다. 우리가 사 온 빵은 그 변변치 않음에도 끊임없이 칭송받았고 특별할 것 없는 스물아홉의 인생 이야기도 열렬한 지지를 받았다. 상황에 딱 떨어지는 농담들은 순발력 있게 계속되었다. 우리는 함께 먹고 웃어서 쉽게 마음을 놓았다. 서양 사회에서 'funny'는 몹시 좋은 뉘앙스의 칭찬이다. 한 사람의 인격을 설명하려 할 때 가장 좋은 의미 중 하나로 쓰이곤 한다. '재밌다'는 단지 재치 있다는 의미를 넘어서 어떤 이의 섬세하고 단단한 성격을 뜻한다. 먼저 겸손함으로 자신을 낮추며 주변 사람 누구도 소외받지 않게 하는, 모두가 웃음으로 긴장을 풀게끔 앞장서는 부지런하고 똑똑한 사람이라는 뜻이다. 유쾌하고 심신이 건강한 사람. 우리는 지금 이 순간 서로를 웃기려 애정을 탕진하는 이들이었다. 동양에서 온 검은 머리 여자애에 대한 순수한 궁금증으로 한껏 신난 어른들의 존

중 어린 말들 속에 웃음이 숨어 있었다. 식사는 자연스레 티타임으로 이어졌다. 거실로 자리를 옮겨 누군가는 위스키를 한잔하고, 누군가는 현란한 비스킷을 집어 든다. 아늑함으로 공간은 만원이었다. 나는 사랑이든 술이든 분위기든 그 어떤 것의 탓으로 조금은 취했다. 만화영화에 나올 것 같은 큰 개 두 마리, 강한 악센트로 이것저것에 대해 쉬지 않고 질문하는 아버지, 시시때때로 내 안녕을 확인하고는 찡끗 눈웃음을 짓는 엄마, 레오파드 셔츠와 볼드한 귀걸이가 잘 어울리는 고모와 정신없이 대답하고 있는 나, 이 모든 광경을 흐뭇하게 관람하고 있는 정원, 피곤한 얼굴을 하고 엄마, 제발 좀(Mom, please), 아빠 안 웃겨(Dad……), 라는 말만 반복하는 이 집 아들 조지. 각자의 불행은, 각자의 고민은, 가족의 울타리 안에서 힘을 잃는다. 모두가 웃고 떠드는 사이 엄마의 한마디가 모든 집중을 내게 모은다.

“네 책에 대해 들어보고 싶어!”

작은 강당에 오른 연사가 된 기분이다. 순간 누군가의 집에 놀러갔을 때 괜히 서운해지던 기억이 떠올랐다. 친구 부모님께 형식적인 인사를 건네고 나서 친구 방으로 들어가면 그것으로 부모님과의 대화는 끝이 났다. 부모님과 이야기를 나누는 것은 그 집에 머물기 위한 예의라고 생각했지만, 그렇지 않은 집도 많았다. 첫인상을 받은 그대로, 어떤 것도 더하거나 빼지 않은 채 친구의 집을 나설 때면 무언가가 빠져 있는 방문이라는 생각이 들었다. 이 집은 달랐다. 진심으로 궁금해했다. 아들의 친구, 혹은 동양에서 온 여자애라는 이유 이외에도, 세상에 맞서고 있는 다음 세대에 대한 애착과 응원이 느껴졌다. 자신의 경험으로 된 유리가 있어도, 사랑은 햇빛처럼 그 생각을 관통했다. 사랑을 짧게 정의하자면 그런 것이다. 궁금해하는 것. 들어 주는 것.

내 이야기는 충분히 했으니 이제 엄마 이야기를 듣고 싶었다. 엄마는 기다렸다는 듯 휴대폰을 꺼내들고 자신의 모든 사진을 보여 주었다. 최근 인터넷으로 산 재킷에 대해, 딸 찰리의 디자인 실력에 대해, 지난겨울 구경한 파도에 대해, 암스테르담 크루즈 여행에 대해, 아이처럼 이야기를 늘어놓았다. 나는 나의 엄마를 떠올렸다. 힘든 하루를 끝내고 집에서 엄마를 마주할 때면 신이 나서 질문하는 엄마를 외면했었다. 다음에, 잠깐만, 피곤해, 나중에. 눈을 맞대고 대화하고 싶었을 엄마에게 나는 무심할 때가 많았다. 피곤하다며 먼저 방으로 올라가는 조지의 모습은 낯선 풍경이 아니었다. 우리 집에서는 내가 늘 자처하는 행동이니까. 오늘만큼은 런던에서 만난 엄마에게, 그 또래의 언제나 희생적이고 푸근한 여자에게 호들갑스러운 청자가 되어 주고 싶었다. 정말요? 대단해요! 너무 멋져요, 를 남발해 가며 끊임없이 그녀를 들었다.

"이 빈티지 재킷 얼마 주고 샀는지 아니? 단돈 10파운드! 믿어지니? 호호호."

옆에 앉은 아빠는 미간을 찌푸리며 계속해서 재밌는 사진을 찾으려 애쓴다. 엄마는 그 모습을 보고 이렇게 말한다.

"Don't compete with me darling, it's my game!"

(나 이기려고 하지 마, 여보, 이건 내 게임이야!)

이 밤은 작은 축제였다. 누군가에게 귀를 기울이는 행위는, 결국 나 자신에게 마음을 여는 행위임을 절실히 체험했다. 사람은 사람으로 치유된다. 사람에게는 사람이 필요하다. 친구, 형제, 동료, 가족. 그 어떤 형태든 좋다. 두려워 말고 관계에 뛰어들어 어떤 말이든 주고받고 사랑을 표현하길. 케케묵은 편견을 걷어 내고 나이와 국적을 무시하는 우정을 쌓길. 침착하기보다 약점을 보일 만큼 흥분하며 지금 이 순간의 감정을 쏟아 내길. 부끄러운 얼굴도 사랑이 어린 뺨으로 용서받길.

내 세계를 깨뜨리는 작은 무언가. 그것은 언제나 사랑이었다.

정답 없음이 정답

올해로 스물다섯이 된 정원은 그림을 그린다. 나는 그녀의 예술 세계를 희미하게나마 엿보고 있지만 그 속마음을 들은 건 처음이었다. 그녀 나름대로의 의미 있는 방황이 있을 것이고 이는 어쩌면 20대를 넘어 평생 지속될지도 몰랐다. 실종된 자아를 찾거나, 지나치게 견고한 그것을 무너뜨리거나, 그런 개인적인 시도들을 하기에도 바쁜데 시스템은 늘 그녀를 괴롭게 했다. 비단 그녀만의 불만이겠냐만은.

"돈, 돈, 돈 하며 아티스트의 의도를 자기 마음대로 팔아먹기 좋게 해석해 버리는 예술시장이 지겨워요. 뭐가 뭔지 잘 모르겠어요. 런던 사람들은 언제나 런던 이야기만 해요. 다른 세계에 대해서는 무관심이죠. 이제는 잘 모르겠어요. 런던에서 내가 작업을 이어 가는 일이……."

"네가 원하는 예술은 뭔데?"

"저는 주로 감정에 대해 다루고, 친밀감에 대해서 다뤄요. 아, 그리고 하고 싶은 이야기가 생각났어요."

그녀는 말을 이었다.

"저번에 조지와 갤러리에 갔던 적이 있어요. 작은 마을의 커뮤니티였는데 한쪽에서는 아이들이 찰흙을 가지고 도자기를 만들고 있었어요. 마음 따뜻해지는 그런 풍경 속에 분위기가 참 좋았어요. 먹을거리도 팔고, 하나의 장터처럼, 이것저것 열리는 광장 같은 곳이었는데 그곳에 우리의 작품을 전시했어요. 100명이 그 공간을 방문한다면 그들 중 열 명쯤은 갤러리에 들어와서 내 작품을 보겠죠. 그때 좋았어요. 예술이라는 게 그런 사람들을 위한 거잖아요, 애초에. 평범한 사람들. 돈 몇천 들고 와서 이게 좋을지 저게 좋을지 도도하게 고르는 사람들에게 내 작품을 보여 주는 게 맞는 건지, 아니면 작품이 팔리지 않더라도 평범한 사람들을 위해 예술을 하는 게 필요한 건지…… 고민 중이에요."

스물다섯 살의 예술가는 자신의 세계를 보여 줄 관객들을 찾고 있었다. 그러나 어쩌면 답은 정해져 있는지도 몰랐다. 상황은 언제나 우리 편이 아니다. 시대를 통틀어 언제나 그래 왔다. 척박한 환경 속에서도 전설로 불리는 예술가들은 태어났고 불만을 덮는 유일한 방법은 '꾸준히' 탄생시키는 것이었다. '그럼에도 불구하고'의 정신은 어디에나 필요하다. 그냥 시작하는 것, 더불어 많이 해내는 것은 유일한 돌파구며 해결책이다. 어떤 상황에서든 '하는 사람'은 존재하는 법이니까. 행동하는 사람은 고민하는 사람을 언제나 이기는 법이다.

"많이 그려. 그러다 보면 찾게 될 거야. 넌 잘 해낼 거야, 반드시."

나도 뾰족한 답을 몰라서 이렇게 말해 줄 수밖에 없었다. 말이란 참 오묘해서 아무리 모호한 이야기라도 그것이 긍정성을 띠고 있다면 우리는 금세 희망을 품게 됐다. 우리는 믿는 수밖에 없었다. 이런 시간들이 빛을 뿜어내는 결과를 발하기만을. 언제나 과정 속에 있는 것이 우리의 의무였다. 치열하게 고민하는 사람의 결실을, 매일 골몰하는 이의 성공을 의심치 않으며 달려 나가는 수밖에는 없었다. 그 시간이 올 때까지 충분히 시달리고 몸부림칠 것. 이왕 젊음을 쓰려면 그렇게 써야 했다.

헤어질 시간이 되었다. 런던으로 돌아가는 열차가 엉금

엉금 들어왔다. 문득 무엇이라도 주고 싶어 주머니를 뒤졌다. 그 속에 있던 20파운드를 쪽지처럼 접어 주먹을 내밀었다.

“선물이야!”

그녀가 손바닥 안을 확인할 때쯤 나는 열차에 올랐고 우리는 서서히 멀어져 갔다.

언제나 물어야 해, 언제나 의심해야 하고. 그러나 일은 아주 간단해. 예를 들면 그런 나방이 자신의 뜻을 별이나 뭐 비슷한 곳까지 향하게 하려 했다면, 그건 이룰 수 없는 일이겠지. 다만 나방은 그런 시도 따위 안 해. 나방은 자기에게 뜻과 가치가 있는 것, 자기가 필요로 하는 것, 자기가 꼭 가져야만 하는 것, 그것만 찾는 거야. 그리고 바로 그렇기 때문에 믿을 수 없는 일도 이루어지는 거지. 그는 자기 외에는 다른 동물은 갖지 못한 마법의 제6감을 개발하는 거야! 우리 같은 사람은 동물보다는 활동의 여지가 더 많을 것이고, 관심도 더 크겠지. 그러나 우리도 얼마만큼은 정말 좁은 테두리에 매여 있어서 그걸 벗어날 수 없어. 상상 같은 건 해 볼 수 있지, 이런저런 상상의 날개를 펼 수는 있겠지, 꼭 북극에 가고 싶다라든지, 혹은 그런 무엇을. 그러나 그걸 수행하거나 충분히 강하게 원할 수 있는 것은 오로지, 소망이 내 자신의 마음속에 온전히 들어 있을 때, 정말로 내 본질이 완전히 그것으로 채워져 있을 때뿐이야. 그런 경우가 되기만 하면, 내면으로부터 너에게 명령되는 무엇인가를 네가 해 보기만 하면, 그럴 때는 좋은 말에 마구를 매듯 네 온 의지를 팽팽히 펼 수 있어.

- 헤르만 헤세, 《데미안》에서

비 오는 날 여행 지침서

날씨가 좋지 않으면 왠지 그날 여행은 망친 기분이라고 누군가 말했다. 화창함 속에 낯선 풍경은 우리가 여행에서 바라는 가장 기본적이고도 중대한 조건이다. 햇살은 그 무엇이든 그 날의, 기억의, 걸음의 기쁨을 두 배 이상 높이기 때문에 우리들은 기분 좋은 착각을 한다. 햇살이 끼어든 하루는 더 근사하게 기억되곤 한다.

비가 오는 날이라면 어떨까? 우선 눈을 뜨자마자 실망으로 하루를 시작할 것이다. 창밖을 확인하고서는 일어나고자 하는 의욕이 들지 않을지도 모른다. 천둥 번개가 치는 날이라면 공원에 앉아서 떠들기만 해도 좋은 날과는 다른 계획이 필요하다. 게다가 한국에서부터 챙겨 온 새 신발을 캐리어 안에 묵혀 두어야 한다. 새로 산 얇은 원피스는 또 어떻고! 모든 계획은 순식간에 어그러진다. 반면 어떤 경우만큼은 그 비가 기억을 불러일으키는 역할을 하기도 한다. 내가 아는 사람은 어린 시절 비바람이 부는 쌀쌀한 날씨에 이탈리아를 여행하다가 급히 카페로 뛰어 들어가 마셨던 에스프레소를 잊지 못한다고 했다. 야외 활동하기 좋은 뜨거운 날이었다면 분명 카페는 인산인해를 이뤘을 테고 미소 짓는 모두들 가운데 그도 날씨를 즐기러 나온 또 하나의 사람이 되어 그저 그런 커피 맛을 즐겼을 것이다.

"딱 영국다운 날씨네." 오늘 하늘을 확인한 후 뱉은 한마디이다. 영국스러운 날씨란 축축하고 신경질적인 날씨를 의미한다. 뭔가를 시작하기에는 적합하지 않은 기운. 날씨에 굴복해 끝도 없이 지쳐 가는 몸과 그 때문에 탄생하는 모호한 상념들. 빛을 잃은 회색 하늘에서든, 사람들의 표정에서든 그 어떤 흥분도 기대할 수 없는 하루. 이런 날이면 카페에 앉아 있는 내 모습이 처량하게 느껴질 때가 있었다. 그러면 친구와의 연락도 의도적으로 단절한 채 철저히 나 혼자만의 시간을 가져야겠다는 다짐을 하게 된다. 꼬리에 꼬리를 물고 변화하는 생각들에게 기회를 주고 침착하게 기다려 줄 줄 알아야 하는 날은 꼭 이런 날이다.

날씨가 좋지 않은 날엔, 혼자 있어도 시간이 아깝지 않다. 웃고 떠들며 보내는 시간보다는 나 자신을 만나는 진지함이 걸맞은 무거운 구름이 수십 개 걸려 있다. 누군가와 함께하는 행복은 이런 날일수록 더욱 아득하게 보인다. 그래서 차라리 혼자서, 함께였던 기억들을 복습하고자 한다. 노트를 꺼낸다. 펜을 쥐고, 아무도 귀담아듣지 않는 호흡을 정성스레 뱉는다. 내 앞에 커피가 놓인다. "There you go." (주문하신 커피 나왔습니다.) 어떤 이의 상업적인 친절도 꽉 쥐고 놓아 주고 싶지 않은 날이다. 친절한 직원에게 용기 내어 더 크게 웃음 짓고 나는 일기를 써 내려가기 시작한다.

2020년 2월 13일

조지 가족과의 하루가 머릿속에서 떠나질 않는다. 여운이 쉽게 가시지 않는 콘서트에 다녀온 것처럼, 입가에서 추억을 계속 흥얼거리고 있다. 좋아 보인다는 말을 많이 들었지만, 내가 느낀 이 순간은 오직 나만 알 수 있다. 이것이 경험의 무서운 점이다. 지극히 개인적이고 주관적이고 영원하다는 점에서. 내게는 더할 나위 없는 특별한 시간이었지만 조지의 엄마는 이런 나를 더 신기하게 보는 듯했다. "우리들의 이야기를 책에 써줘!" 그녀는 농담 반 진담 반 이런 말을 계속 반복했다. 정원이는 말했다. 변변한 슈퍼마켓도 없는 시골 동네에서 다양한 사람들과의 접촉 없이 살아가는 삶에 대해. 그리고 내가 계속 감사하다고 하니 당황하신 것 같다고. 나는 머리를 한 대 얻어맞은 듯 멍했다. 내가 누군가의 특별함에 대해 확신할 때 누군가는 몸 둘 바를 몰라 하며 진실과 쉽게 친해지지 못한다. 조지의 엄마는 의아해했다. 아마도 그녀에게 특별하다고 힘주어 말해 주는 사람이 한 명도 없었을지도 모른다. 그것은 비극이다. 순전히 그녀에게만 일어나는 비극일까?

순간 내가 좋아하는 요시모토 바나나의 글귀가 떠올랐다.

"살아 있는 한 끊임없이 표현하고 있다."

소도시에서 가족들을 돌보며 살아가는 그도, 여행하는 수많은 젊은이들 중 하나에 불과한 나도 사실은 평범할지 모른다. 하지만 과연 평범한 사람이 있을까. 특별함이란 비교하지 않음에서 시작되는 가치임을, 특별함이란 비교 대상을 필요로 하지 않고 유일성에 기반하는 가치임을, 그런 우리들이 만나서 함께 만들어 가는 시간은 당연히 특별할 수밖에 없음을, 이제 어느 정도 확신을 가지고 말할 수 있게 되었다. 여행은 이런 확신을 더욱 공고히 만든다. 멈출 수 없는 이유는 하나면 족하다.

다음 날 아침, 아직도 비는 그치지 않았다. 흩뿌리는 비가 파렴치하게 계속된다. 이런 날에는 아예 외출을 포기해 버리는 것도 좋은 방법이다. 만약 집에만 있는 오전이나 오후가 단 한 번도 없었다면, 당신은 조금 야박한 여행자다. 생활자이고 싶다면 흐드러지는 낮잠 한 번을 감행해야만 한다. 만약 어쩔 수 없이 집에만 있는 날이 있다면 우리는 우리에게 게으름을 허락한 그날의 날씨에게 감사해야 할 것이다. 뜨뜻미지근한 날 하나쯤은 보장되어야 한다.

그런 날 나는 쉽고 빠르게 행복해질 수 있는 방법을 알고 있다. 바로 샤워를 하는 일이다. 욕실로 뛰어 들어가 가장 적절한 온도와 세기로 물을 맞추고 그곳에서 마음을 벗어젖히는 일. 이는 비 오는 날뿐만 아니라 내가 마침내 숙소를 완벽히 만나는 순간이기도 했다. 아무것도 걸치지 않은 무방비한 상황에도 아무렇지 않은 편안함 덕분에 이제서야 도착을 인정한다. 깨끗해지는 일, 마음 또한 닦아 내는 일, 새로 시작하고 싶게 만드는 일, 계획했던 일을 상기시키는 일, 기꺼이 내 머리카락을 떨어뜨리고 새삼 이곳의 거주자로서 인정받는 일은 화장실에서 일어난다. 신기한 것은 나 자신을 만지는 아주 밀접한 행위임에도 뇌는 더 말끔하고 객관적으로 작동해 어쩐지 나 자신을 한 발짝 떨어져서 바라보는 느낌이 든다는 것이다. 뜨거운 물줄기를 지금, 여기서 느끼고 있는 동안에도 내 사고는 더 높고 먼 곳을 향해 달릴 채비를 끝낸다. 그런 의미에서 몸과 마음을 모두 닦는 샤워는 명상 행위와 흡사하다. 원초적인 생각들을 점검할 시간을 준다.

집주인의 샴푸와 바디워시를 샅샅이 살피는 것도 나름의 재미다. 그러다 하나의 제품을 선택하고 그 향기를 진중히 맡아 본다. 향기는 행복의 지름길이다. 좋은 향기를 맡는 것은 실오라기 하나 걸치지 않은 자연의 상태에서도 나 자신을 꽤 괜찮은 사람처럼 생각되게 만든다. 향기는 그 무엇보다 영혼에 가깝다. 쉽고 간편하게 나 자신에게 집중할 수 있는 시간이다. 입체적인 행복은 솔직하게 느낄 줄 아는 후각들로 완성된다. 한 호흡 깊게 들이마시고 온몸 구석구석에 비누칠을 하면 나는 금세 다시 태어난다.

비 오는 날 젖은 머리를 수건으로 비틀어 올리고 말끔한 얼굴을 하고서 대낮에 잠옷을 입어 버린다. 날씨 따위에 지지 않기 위한 노력이 여행 전반에 대한 마음가짐까지 달라지게 만드니, 꽤 극적인 결과다. 15분가량 물에 들어가 있었을 뿐인데 웬일인지 삶에 대한 감각이 다시 살아나는 기분이다.

한낮의 비틀스 스토어

시대를 풍미한 사상 최대의 록밴드들은 대부분 영국에서 나왔다. 이를테면 퀸, 라디오헤드, 블러, 콜드플레이, 롤링스톤스, 오아시스 등 분명히 혁신적인 그 모든 음악들이 이 작은 섬나라에서 나왔다는 것을 안다면 런던을 궁금해하지 않을 수 없을 것이다. 그중에서도 비틀스는 타의 추종을 불허하는 최고의 밴드다. 이들을 모르는 사람은 다른 행성에서 왔다고 해도 좋을 만큼 유명하다. 이견이 없는 자타공인의, 교과서적인. 이 모든 극찬의 형용사가 그들을 수식한다. 그들은 이 먼 동양 나라에서조차 너무도 당연한 존재여서, 한컴오피스에서마저 한국어로 친 밴드명 음절 세 개가 오타 처리되지 않는다.

그들은 음악을 넘어 하나의 상징이자 의미 자체가 되었다. 비틀스의 보컬 존 레넌이 죽던 날 〈타임스〉는 "음악이 죽었을 때"라는 헤드라인으로 표지를 장식했을 정도니까.

나는 얼마 전까지만 해도 그들을 알지만, 잘은 모르는, 그저 그런 세계인들 중 하나였다. 친구 집 근처였던 애비로드를 그냥 지나치고는 했다. 멤버 네 명이서 횡단보도를 건너는 사진으로 유명한 그곳을 건성건성 가로질러 갔다. 카메라를 목에 건 관광객들이 왼다리와 오른팔을 들고 포즈를 취하고 있었다.

그들의 앨범 전체를 틀어 두었던 어느 날 나는 생에 필수적인 조각 하나를 발견한 기분이 들었다. 이를 모르고 살았던 시간들이 형편없이 느껴질 만큼, 잘 알지 못하는 수백 개의 노래에 조바심이 들었다. 극심한 허기마저 느꼈다. 그 이후로 내 하루의 배경은 그들이었다. 내 인생에 단 하나의 노래로 배경을 깔아야 한다면, 응당 그들의 음악이어야만 했다. 그들의 음악 속에서 살아 보지도 않았던 시대를 살았다. 이어폰만 꽂으면, 버스 정류장과 카페와 아이스크림 가게, 비행기와 부엌과 제주도와 편의점이 영국으로 바뀌었다. 기교 부리지 않으면서도 다정한 발음이, 경이로운 가사가, 몽환적인 멜로디가 내가 다니는 곳곳에 묻었다.

그들의 노래를 듣는 일은 마치 모국어로 쓰인 글을 읽을 때와 비슷한 느낌을 주었다. 눈이 아닌 피부로 와닿는 본능적인 느낌, 생각하기도 전에 이미 알아차리게 만드는 그들의 감성이 내 미간을 찌푸리게 했다. 너무 좋아서, 한숨이 나왔다. 그들의 노래는 경쾌함 속에서도 뭔가를 남겨 두고 갔다. 캐주얼하게 삶에 대한 고민을 던져두었다. 프로는, 가장 기본적인 요소를 가지고, 가장 단순하고 담백하게 가장 근본적이고 신성한 무언가를 만들 줄 알아야 했고, 비틀스는 합격일 뿐 아니라 만점이었다. 그들이 만들어 놓은 것을 들으면, 뭐든 다 될 것 같았다. 삶이 갑자기 아름다워 보였다. 즐길 일만 남은, 재밌는 삶을 살고 싶은 충동이 들었다. 평화로웠고, 사소하지만 멋졌고, 언제든 다시 시작했고, 짓궂거나 즐겁거나 살아 있었다. 나는 그들을 따라 문어의 정원을 찾아 떠나기도 하고, 다리가 후들거리게 매력적인 '허니'에게 고백하기도 하고, 오렌지 나무와 셀로판 꽃들과 회전목마가 있는 환상의 세계로 초대받기도 했다.

그들을 알아 버린 채로 도착한 다섯 번째 런던은 달랐다. 새해가 되자마자 런던으로 가야 한다는 확신이 들었던 것도 그 때문이었다. 사랑에 빠진 채, 전혀 다르게 발견되는 그곳을 다시 배우고 싶었다. 껌 붙은 거리와 공짜 신문에 신발

자국이 남은 지하철과 어딘가 불안해 보이는 젊은이들이 많은 도시로, 찬란한 역사를 짊어진 그들의 배경화면 속으로 뛰어 들어가고 싶었던 것이다. 비틀스로 인해 런던은 다른 의미를 가졌다. 나는 영광스러운 마음으로 거리를 두리번거리면서, 배낭 하나를 메고 씩씩하게 걸으며, 교통카드를 주머니에서 뒤지며, 때때로 담배를 물고 비틀스의 노래를 들었다.

여행 전부터 계획했던 비틀스 스토어에 가 보기로 했다. 그곳은 시내로 가는 큰 길가에 있었다. 줄까지 서서 입장하는 바로 옆 셜록 홈즈 뮤지엄은 탐정 모자를 쓴 사람들로 북적이는 반면 비틀스 스토어는 나 말고는 눈길 주는 이가 아무도 없었다. 섭섭한 마음이 들었다. 실내에도 사람이 없었다. 구경꾼들 대신 비틀스의 사진과 이름을 담아서 만들 수 있는 모든 물건들이 즐비하게 늘어져 있었다. "please please me"가 적힌 질 나쁜 스웨트 티셔츠, 리버풀에서 처음 공연했던 펍 이름이 적힌 냉장고 자석, 비틀스 로고가 대충 박힌 가짜 가죽 크로스백, 1,000파운드 가격표가 붙은 폴 매카트니의 사인 액자, 각종 엽서, 수첩, 열쇠고리, 머그컵, 병따개, 반팔 티셔츠 등이 있었다.

다소 무미건조한 얼굴의 직원들이 오후 인사를 건네왔

다. 내가 기대했던 것은 비틀스의 모든 것에 통달한 극성팬의 모습이었다. 반짝반짝한 눈빛으로 도저히 불가능할 것 같은 과제들을 뚝딱 해내고 마는 그런. 비틀스에 관한 모든 사건과 장소와 연도와, 광팬이 아니라면 결코 알 수 없는 비하인드 스토리까지 모두 섭렵한 사람들이리라는 예상은 순전히 내 착각이었음이 밝혀졌다. 그들은 단순 사무직 회사원과 다를 바 없었다. 그들에게 비틀스 스토어는 그저 직장이었으므로, 그들은 몇몇 손님들의 호들갑에 잠깐씩 동조할 뿐 더 나아가서 피곤할 일을 자처하지는 않았다. 그들은 적당히 친절했고 적당히 웃었다.

순간 요란 법석한 러시아 남자 두 명이 들어왔다. 등장과 함께 촬영을 해 가며 방송 허가라도 받은 사람처럼 행세했다. 러시아 억양이 잔뜩 섞인 영어로 그들은 말했다. "내가 여길 오려고 얼마나 먼 길을 왔는데! 꿈에 그리던 비틀스 스토어!" 막무가내인 그들은 카운터 직원과 잠깐의 실랑이를 벌였고, 나는 너무 높이 걸려 있는 맨투맨 티셔츠의 사이즈를 찾으려 끙끙대며 그 광경을 구경했다. 의미 없는 굿즈들을 둘러볼 바에는 그들의 무례한 행동을 지켜보는 게 더 흥미로웠다. 등장의 떠들썩함에 비해 그들은 금방 둘러보고 갑자기 떠났다. 한낮의 비틀스 스토어, 그곳의 시간은 다시 무료해졌다.

이곳은 회사 사무실처럼, 물을 잘 주지 않아 늘어진 화초처럼 지루했다.

무엇을 기대했던 것일까? 죽은 존 레넌이 갑자기 부활해 오노 요코랑 손잡고 지나가는 걸 우연히 마주치길 바라기라도 했나? 마실 나온 폴을 우연히 목격하고는 어깨동무 사진이라도 남기길 바랐던 걸까? 비틀스 스토어에는, 당연한 이야기겠지만, 비틀스가 없었다. 그도 그럴 것이 그들을 상품화하여 온갖 잡동사니들을 만들어 놓은 그곳에서 판매 이상의 고귀한 의도는 찾아보기 어려웠다. 물론 나는 기념하기 위해 몇몇 상품을 구매했고 나름 만족했다. 하지만 확실히 이곳을 찾기 전 들뜬 마음이 조금 부끄러워졌다. 비틀스를 사랑하는 사람은 그럼에도 불구하고 나처럼 이곳을 방문할 테지만 말이다. 형체 없는 공간도 그들의 이름으로 되어 있다면 한 번 더 들여다보고 싶은 마음이 있다. 별거 없음을 알면서도 기꺼이 속아 주는 팬의 입장. 그러나 내가 원하는 그들은 음악 속에서만 영원하니 내가 할 일은 오직 그들의 음악을 끝까지 사랑하는 일뿐이었다. 어쩌면 비틀스는 우리의 기억 속에서 살고 있는지도 몰랐다.

거리로 나오자마자 무언가에 쫓기는 사람처럼 노래를

Beatles

틀었다. 비틀스 스토어에는 없었던 그 존재감이, 가방 안에서 꺼낸 이어폰에서 흘러나왔다. 나는 고개를 흔들며 노래를 크게 따라 불렀다. 몇몇은 가던 길을 멈추고 고개를 돌려 나를 신기하게 쳐다봤다. 영국인인 자신보다 어떻게 더 잘 아냐는 눈초리로…….

작별하기 좋은 밸런타인데이

방을 내어준 지현이 야근을 하느라 대체로 함께 시간을 보내지 못했다. 같이 카페 한 번 가고, 배달음식 두 번 시켜 먹은 게 우리가 보낸 시간의 전부였다. 밤이 되기 전 떠나는 나를 배웅해 줄 수 없는 지현과 작별 인사를 하기 위해 점심시간에 맞춰 지현의 회사에 들렀다. 오늘의 메뉴는 이탈리안 전통 파스타였다. 식료품점처럼 잡다한 음식 재료들이 쌓여 있었고 칠판에는 손글씨로 메뉴들이 적혀 있었다. 대낮부터 와인을 주문하는 사람들이 많은 이곳은 순한 인상의 주인이 주문을 받았다. 메뉴를 휘갈긴 작은 쪽지들이 오가고, 신선한 고성이 터지고, 면이 볶아지고, 포크와 나이프가 부딪히는 소리가 쌓여 가는 곳…… 이곳은 꼭 한여름 같았다. 이탈리아 특유의 정열적인 분위기가 가게 전체에 흩어져 있었다. 지현이 말했다. "여기가 이래 봬도 밥은 정말 맛있어." "이래 봬도라니, 스파게티가 이탈리아 요리인데 우린 이탈리아 식당에 와 있는 거잖아! 완전 트러디셔널!" 태권도를 배우려는데 한국 도장에 가서 배우는 거랑 똑같은 이치이다. 외관이 허름한 식당에 구태여 신발을 벗고 들어가 뜨끈한 장판 위 위생적이지 않은 방석에 앉을 때 구수함을 기대하게 되는 것처럼, 네모반듯하고 세련된 떡볶이 집은 왠지 내키지 않는 것처럼, 식료품점 같은 수수함이 마치 이탈리아 할머니가 만들어 준 것 같은 가정식과 완벽히 맞아떨어졌다. 이곳의 꾸밈없음은, '진짜'임을 나타내는 여유였다.

사진을 찍는 이가 아무도 없었다. 모두가 밥을 먹고 눈을 맞추느라 바빴다. 한국에서처럼, 누군가 갑자기 일어나 예쁜 벽 앞으로 가서 포즈를 취한다면, 그것만큼 기이한 일이 또 없으리라. 이곳은 필터 보정을 해 뽀얀 업로드용 사진이라기보다, 화소가 적은 디지털 카메라로 플래시 터뜨려 찍은 촌스러운 사진에 더 가까웠다. 진짜 음식 냄새, 진짜 사람 냄새가 나는 곳이라 눈 녹듯 마음이 풀어졌다. 우리는 토마토 파스타와 라자냐, 탄산음료를 시켰다. 시골 동네식당 같은 테이블에 자리를 잡았다. 돌아가야 한다고 생각하니 까마득해서 술을 주문하고 싶어졌다. 날은 유난히 화창해서 지현을 다시 일터로 돌려보내는 일이 가혹하게 느껴졌다. 어떻게든 사고를 쳐서라도 그녀와 일탈을 시도해야 할 것 같은, 그런 날씨였다.

스무 마디쯤 주고받았을까, 우리의 마지막 커피타임은 헐레벌떡 마무리됐다. 카페에서 나와 길거리에서, 그녀의 책상에 둘 꽃을 샀다. 마지막 날이니, 남은 현금을 모두 탕진해야만 한다. 공항으로 출발할 시간이 얼마 남지 않았다. 버스를 타고 집 근처 꽃집으로 갔다. "How much for these pink roses?" (이 분홍 장미는 얼마예요?) 마침 떠나는 날은 밸런타인데이였다. 싱싱한 분홍 장미를 사고 제일 좋아하는 슈퍼에 들러 라벨이 근사한 와인과 카드 세 장을 샀다. 떠나야 할 시간이 정확히 30분 안으로 다가왔다. 게임에 출전한 선수의 심정으로 꽃 밑동을 자르고 목이 긴 컵을 찾고, 물을 받고, 카드를 썼다.

돌아가기 전, 어떤 흔적이라도 남기려는 내 노력이었다. 사람에게 기억되는 일은 어떤 것보다 소중하기에. 지현의 집 거실에서 머물게 해 준 그녀의 하우스메이트들 방문 앞에 꽃병과 카드를 하나씩 세워 두었다. 고마운 마음을 여과 없이

전하고 싶었다. 1년의 3분의 1을 누군가의 호의를 받아 생활하는 데 전문가가 된 나에게, 낭만을 발휘하는 일은 필수적인 작별 인사 항목이었다.

Happy Valentine's Day, my temporary housemates.

(해피 밸런타인, 나의 임시 하우스메이트들에게.)

아침이면 사뿐사뿐 아침거리를 가지러 부엌에 다녀가던 나의 회사원들, 잠시 실눈을 뜨고 날씨를 확인하던 아침, 탐내지 않기에는 너무 먹음직스러워 보였던 컬티스의 요리. 파리 남자 P와 함께했던 한국어 강습, 아침 티타임, 옹기종기 모여 있길 좋아했던 'ㄷ'자 부엌, 하굣길 학생들 구경하며 설거지하기, 눈앞에서 113번 버스 놓치고 짜증내기, 지현의 간식으로 요거트랑 과일 박스 챙겨 주기, 잘 만든 계란프라이 자랑하기, 비몽사몽한 얼굴로 같이 이 닦기, 서로의 하루 보고하기…….

추억할 거리가 많다는 걸 깨달으며 어느새 히드로 공항에 도착했다. 비행기에 타자마자 지현이 아까 건네주었던 편지를 꺼냈다.

또 보듯이 보내는 게 쉬운 일도 아니지만
또 매번 우리가 볼 수 있게 선택과 행동을 하는 건
표를 끊어서 오는 너니까.

휴대폰을 꺼내 답장을 보낸다.

갈게, 가 아니라 다녀올게!

또 하나의 기다림이 시작되는 순간이다. 기대가 섞인 기다림. 어디로든 돌아갈 곳이 있다는 것은 분명 보통 일은 아니다.

8

스물아홉,
여섯 번째
런던

일요일의 할 일

지난 토요일, 다시 런던으로 왔다. 이번이 여섯 번째 런던이다. 나는 자연스레 지현의 집으로 갔고 그녀가 일하지 않는 일요일을 함께 맞았다. 멀리 살지만 너무 자주 보는 탓에 어제 본 것처럼 식탁에 마주 앉은 아침이었다. 일어나자마자 날씨를 확인하기 위해 블라인드를 천천히 걷어 올렸다. 비현실적인 파랑이 눈앞에 번졌다. 이렇게 날이 좋으면 주말에 대한 기대는 우천 시의 강물처럼 불어난다. 뭘 해도 좋은 날. 된장찌개를 끓이는 친구에게 오늘의 날씨를 새로 산 가방처럼 자랑하다 찌개 한 순갈을 떠먹는 순간 비가 내렸다. 어김없이.

런던의 날씨를 예측하는 일은 연인의 마음을 추측하려

는 시도만큼이나 허망하다. 1분 전까지만 해도 화창하던 하늘에 촬영 세트장처럼 갑자기 비가 내리곤 한다. 이미 학을 뗐다는 듯 우산을 쓰지 않고 걸어가는 사람들이 보인다. 런던은 그 변덕스러운 날씨를 통해 자신의 존재감을 드러내곤 했다. 예고도 없는 비를 흩뿌리고는 안개 뒤로 숨겨 두었던 살가운 봄 햇살을 내밀기에 미워할 수만은 없다.

지현과 나는 실망하지 않고 짐을 챙겨 집 근처 아트센터로 갔다. 1층에는 서점과 카페가 있고 2층에서는 무료 전시가 열리는 곳이다. 주말을 알차게 보내고자 하는 우리들의 움직임을 응원하려는 듯 하늘은 거짓말처럼 또 맑게 개었다.

우리는 이름하야 '다이어리 타임'을 가지기로 하고 각자의 천가방에 든 무거운 살림살이들을 꺼내 놓았다. 친구는 내가 아는 이들 중 가장 수첩에 욕심이 많았다. 다른 말로 하자면, 새해를 시작하기에 앞서 총명하고 예민한 장치들을 미리 준비해 두고자 하는 사람이다. 각 수첩의 양보할 수 없는 장점들을 인정하는 바람에, 늘 지퍼백에 다섯 개의 수첩을 넣어 다녀야 했지만 나에게는 그 모습마저 사랑스러웠다. 1월의 호들갑으로 장만한 많은 페이지들이 친구만의 음표들로 보란 듯 채워지기를 바랐다. 친구는 한 권의 노트도 처량하게 내버려 두지 않았다. 사물을 대하는 태도는 사람을 대하는 태도와 다르지 않다. 친구는 어떤 사람도 소외된 채 내버려 두지 않는 사람이었으니까. 그 타고난 성품이 이곳저곳에 자신도 모르게 깃든 장면들을, 종종 목격하곤 했다.

우리들은 무한한 가능성을 선사하는 빈 종이에 마음을 쏟았다. 희고 말갛고 빳빳한 새 종이는 어느 소유물보다도 더 설레고 듬직했다. 쓰면 나의 것이 되는 비밀. 그 비밀을 알고 있는 나는 말없이 고개를 기울인 친구의 옆모습을 보며 몰래 키득거렸다. 너는 곧, 꼭, 행복해질 거야, 하고 말이다. 고민이 많아 보이는 요즘의 친구에게 내가 할 수 있는 조언은 오로지 써 보라는 것이었다. 종이 두 장을 가득 채울 만큼 쏟아 내라는 말이 조금은 무책임하게 들렸을지 모르지만 처절한 경험에서 나온 말이었기에 오만을 무릅쓰고 강요하듯 말했다. 쓰는 사람은, 도피하지 않고 직면한다. 파도가 밀려올 것을 알면서도 물러서지 않는 서퍼처럼, 오히려 그 파도를 활용해 자신의 자유를 뽐내는 그들처럼, 쓰는 것은 매번 용맹한 도전이다. 감정의 배설물을 목격하게 하고, 나의 생각과 존재를 분리시킨다.

고개를 들어 주변을 살펴보니 아이들이 보인다. 물감으

로 칠한 것 같은 뺨과 조물주의 섬세한 손길이 느껴지는 이마와 별을 박은 듯 총기 어린 눈동자가 눈에 띈다. 시간과 장소를 따지지 않는 아이들의 눈치 보지 않는 요란함이, 나는 무척 반갑다. 꽃무늬 패딩, 색색의 줄무늬 외투, 무지개색 반스타킹. 한창 어린 시절을 보내고 있는 그들을 나와 어떤 방식으로라도 연결되어 있는 사람처럼 바라보았다. 아이들과 연결되어 있다면, 구원받을 것만 같았다. 아이들은 부모님의 손을 잡고 주말 나들이를 나온 듯했다. 내일이면 다시 출근해 고된 일을 수행해야 하는 어른들과는 달리 언제까지나 태평하기만 할 것 같은 아이들의 모습은 가히 존경스러웠다. 아이들은 도통 지칠 줄을 모른다. 매번 새로운 놀이를 찾고 단어의 다른 의미를 찾고 엉뚱함을 발전시킨다. 수많은 사회의 정의가 그들 머릿속에서 다르게 쓰인다. 찢길 듯 고통스러운 것은, 불안하고 가난한 것은, 그들의 천진난만함에 씻겨 내려가고, 웃음이 터져 나오고, 긴장이 풀려 버린다. 꺄르르, 웃어 버리면 그만이다. 왜 그렇게 진지하니, 진지하다고 꼭 행복한 건 아닌데. 이렇게 말해 주는 것 같다. 매사에 장난스러운 성격으로 혼이 난들, 행복하기만 하다면 평생 아이 같은 악동으로 살아도 좋을 것 같다.

잠시 짐을 맡기고 2층으로 올라갔다. 전시 중임은 익히 알고 있었지만, 주말마다 어린이를 위한 클래스가 열리는 줄은 몰랐다. Sunday Art Class. 아이들이 작은 이젤 앞에 서서 물감뿐 아니라 정체불명의 다양한 재료들을 만지고 있었다. 물감이 말라 휘어진 8절지들이 선반 위에 보물처럼 쌓여 있고, 아이들은 발이 닫지 않는 높은 의자에 앉아 시시때때로 웃었다.

나는 다시 자리에 앉았다. 커피와 티를 연달아 마신 탓에 온몸이 긴장되어 있었는데, 그 흥분 덕에 종이를 가로지르는 손놀림이 생각의 속도를 따라잡을 수 있었다. 기진맥진해질 정도로 집중을 했다. 한창 글을 쓰던 중인데 범상치 않은 외모의 부부가 옆 테이블에 자리를 잡았다. 색 조합이 뛰어난 스카프와 니트 카디건을 입은 그들은 가볍게 머리를 흔들며 글을 쓰는 내 모습을 뚫어져라 쳐다보기 시작했다. 노부부의 시선이 걷잡을 수 없는 햇살처럼 쏟아졌다. 어떤 지점에서 나는 그들의 눈길을 사로잡은 것일까? 내가 천연색의 아이들에게서 눈을 떼지 못하듯 그들도 젊음의 한가운데 위치한 나에게서, 그 자신이 잃거나 간직하고 있는 무언가를 비추어 본 것일까?

주말, 각자의 라이프스타일. 어른은 젊음을 탐하고 아이는 그림을 그리고, 어리지도 늙지도 않은 우리들은 끄적인다. 지금쯤 모두들 월요일을 준비하며 집으로 향하고 있을 것이다. 각자의 머릿속에는 주말의 체취가 남아 있다. 다시 주말이 돌아올 때까지, 삶에 조난당하고 길을 잃어도 고고하게 일상을 버티게 하는 체취가. 집으로 돌아가는 길, 파스타 면 삶는 냄새가 난다. 누군가의 가정적인 주말의 체취를 맡는다. 일요일이 저물어 간다.

젊음

"저 아파트 보여? 나 꼭 저기 살 것 같아. 저기 살아서 언니가 지나갈 때마다 창문에 고개 내밀고 아는 체할 것 같아."

긴 복도에 다닥다닥 방들이 늘어선 아파트를 가리키며 나는 말했다. 우리들은 잠시 이웃이 된 것을 상상하며 웃었다. 어쩌면 실현 가능할지도 모를 작은 아파트. 매일 글을 쓰고 화분을 키우고 가끔 요리를 준비해서 친구들을 초대하는 일상이 있는. 저렇게 칙칙한 곳에 사는 것을 상상하면서도 웃을 수 있다는 게 좋았다. 젊은 날에는 그 어떤 것도 비극이 될 수 없었다.

쇼디치는 이처럼 앳된 마음을 가진 젊은이들을 위한 곳이었다. 다른 사람의 시선을 의식하지 않아야만 쟁취할 수 있는 것이 자유와 개성이라면, 그들은 이미 부자였다. 일주일을 지현의 집에서 지내다가 오늘 아침 이곳으로 혼자 짐을 옮겼다. 숙소가 바뀌는 날에는 왜인지 항상 날씨가 좋았다. 설렘 반, 두려움 반으로 창밖을 내다보는 내게 어떤 살가운 손짓이 안도감을 주었다. 코로나 바이러스에 대해 염려하며 쉴 새 없이 뉴스 소식을 언급하던 기사님은 승객들에게 한 명씩 무슨 일을 하느냐고 물었다. 나는 글을 쓴다고 대답하면서도 우물쭈물했다. 작가라는 단어는 너무 부끄러워서, 글을 쓰는 행위 자체에 더 치중해 대답하곤 했다. 기사님은 흥미롭다는 표정을 하며 무엇에 대해 쓰냐고 물었다. 나는 이렇게 답했다.

"Everything I saw, everything I felt."

(내가 보고 느낀 모든 것에 대해서요.)

주머니에 손을 꽂은 남자 여럿이 어슬렁거리고, 핫핑크 숏팬츠를 입은 여자가 배달음식을 받으러 나온 거리에 택시가 멈춰 섰다. 바깥쪽 계단을 한 층 올라가면 아주 오래된 한국 주택처럼 중문이 있었다. 2088. 열쇠함 비밀번호를 열 때에는 긴급히 암호를 푸는 탐험가가 된 기분이다. 철컹, 하고 자물쇠가 열리는 장면은 숙소에 대한 첫 인상이었다. 마침 청소 담당 아주머니와 맞닥뜨렸다. 그녀들은 언제나 영어에 미숙하고 매우 다정한 얼굴을 하고 있었다. 도시에서 제일 싼 에어비앤비를 찾는다면, 그리고 조금 서둘러 체크인한다면 가장 먼저 만나는 사람들이다. 1번부터 5번까지의 방이 늘어서 있고 공용 욕실과 부엌이 가운데에 자리하고 있었다. 이 집은 낡고 허름하지만 아주 말끔하게 정돈되어 있었다. 신촌 하숙집 같은 분위기를 내는 데는 쓰다 만 각종 샴푸들이 놓인 욕조와 아무도 읽지 않을 오래된 가이드북이 꽂힌 책장, 녹슨 토스트기, 사방을 가득 메운 섬유유연제 냄새가 한몫을 했다. 방문을 걸어 잠그고, 침대에 털썩 누워 본다.

침대 하나, 책상 하나, 머리맡 스탠드 하나, 옷걸이 다섯 개와 의자 하나가 있는 작은 방.

방 한 칸에 짐 가방을 두고 숨을 고를 때면, 빨간 머리 앤이 떠올랐다. 한 소녀만을 위한 작은 방, 큰 창, 촛대 하나가 놓인 책상과 달빛이 드리워진 이불. 아침이 오는 것을 기대하며 홀로 잠드는 그 마음을 그녀만큼 더 상징적으로 표현하는 이는 없을 것이다. 오늘은 미세한 조명만 켜 두고 그녀처럼 책상에 바르게 앉아 일기를 쓰고, 침대 옆에 무릎을 꿇고 저녁 기도를 올려도 좋겠다.

혼자인 것이 실감나기 시작했다. 친구가 돌아올 시간을

고려해 이불 정리를 해야 하는 일도, 퇴근길을 기다려 같이 밥을 먹는 일도 당분간은 없을 것이다. 하지만 이곳에 있는 동안은 새벽 내내 잠들지 않는 환희를 맛볼 수 있을 것이다. 내 속의 말랑하거나 딱딱한 모든 이야기들을 꾹꾹 담아 볼 것이다.

언제나 그렇듯 동네 산책을 나섰다. 한 시간 전까지만 해도 포르셰가 즐비하고 유기농 마트와 꽃집이 늘어선 부유한 동네에 있었다. 하지만 지금 이 거리에는 쓰레기와 담배꽁초, 씹다 뱉은 껌이 보였고 행인의 거의 대부분이 내 또래였다. 백팩을 멘 스케이트 보더, 이른 오후부터 술에든 분위기에든 이미 만취한 이들, 실험적인 의상을 입은 형광색 머리의 여자, 연인의 손을 꼭 쥐고 횡단보도를 건너는 남자, 헤드폰을 낀 청년. 모든 게 산발적이지만 하나의 맥락으로 이어진 듯 보였다. 머릿속에 음악소리가 울려 퍼져 이들을 하나로 엮어 주고 있었다. 그들의 흥분이 내게도 전염되었다. 어수선한 분위기를 눈감아 줄 만한 그 혈색, 열기, 들뜸. 색다른 장난이 일어날 것 같은 동네였다. 여기저기서 희미한 고성이 들렸다. 감정을 이기지 못하고 튀어나오는 날선 욕설들 또한 젊어 보였다.

지나가다 자동차 유리에 얼굴을 비춰 보았다. 순진하고 동양적인 얼굴은 이들 사이에서는 고등학생 취급을 당하기 십상이었다. 하지만 내 밋밋한 외모 말고, 나는 과연 이들의 시끌벅적한 청춘에 스리슬쩍 끼어들어도 티 나지 않을 만큼 젊을까? 내 몸가짐은, 내 마음가짐은 지금 몇 살일까? 어디쯤일까? 여전히 튼튼하고 탄력 있을까?

이런 생각들을 하며 걸었다. 생각을 더 하고 싶어서 밥은 대충 때우기로 했다. 누구보다도 휴대폰을 많이 사용하는 세대이면서도, 갑자기 휴대폰을 쥐고 있는 나 자신이 싫증나 버려서 주머니 깊숙한 곳에 넣어 버리고는, 눈에 보이는 피자집에 들어섰다. 덩치 좋은 사내에게 5파운드를 지불하고 캔 콜라와 비건 피자 한 조각을 받아 들었다. 동영상을 찍는 틈에 직원 남자애가 내 어깨에 살짝 기대며 앵글 속으로 들어와 브이를 했다. 불쾌함이 없는 친한 척이었다. 이마저도 쇼디치다웠다.

먹는 행위는 방해라도 된다는 듯, 허겁지겁 음식을 해치우고 다시 나와 걸었다. 버스나 지하철을 타지 않고 내 걸음만으로 닿을 수 있는 이 어마어마한 풍경을 하나하나 씹고 삼켰다. 이 거리에는 유난히 옷가게, 그중에서도 빈티지숍이 많았다. 여덟 군데 정도를 들러 구경을 하다가 꿈에 그리던 여름 리넨 수트를 발견했다. 세트로만 판매한다는 철칙도 마음에 들었다. 얇은 천으로 만든 허술한 피팅룸에서 옷을 갈아입고 나왔다. 그 순간 상점 직원 몇몇이 모여들어 옷매무새를 칭찬하기 시작하는데, 이 또한 거침이 없다. "어메이징"이나 "러블리" 같은 흐물흐물한 칭찬은 여기에 없다.

"You look fucking sick, girl!"

순식간에 벌게지는 내 얼굴. 수작을 부리는 것으로 보이지 않는 순수한 욕지거리는 잠시나마 친구와 함께 쇼핑하는 기분을 주었다. 런던은 두 개의 얼굴을 가져서 매혹적이다. 클래식한 수트를 걸치고 멋진 매너를 뽐내는 신사 그 저편에는 닥터마틴을 신고 로큰롤을 외치는 반항아들이 있다. 그 중심에 있는 사람들을 구경하러 레코드점으로 갔다. 비틀스의 앨범을 샀다. 비틀스를 찾고 있다고 했더니, all time classic이라는 표시가 있는 곳을 보면 된다고 했다.

all time classic. 실로 장엄한 말이라고 생각했다. 내가 그들을 이토록 동경하는 이유는 환상적인 재능이 돋보이는 그들의 젊은 시절이 좋아서가 아닐까 생각해 본다. 그들의 음악은 오래됐지만 낡지 않았다. 와인처럼 생생히 살아 있었고 오늘과 내일, 꺼내어 마음에 닿는 맛이 각기 달랐다. 누군가의 기억 속에서 끊임없이 재생산되고 변화하는 예술이야말로,

살아남는 문화가 될 수 있었다. 그들은 반항적이었고 유명했지만 엉뚱함을 유지하는 주류였고, '모든 시간-클래식'으로 불렸다.

밤이 되니 거리에 사람이 더 많아졌다. 피로는 젊음에게는 용서되지 않는 잘못이다. 우울은, 더 진한 추억을 만들기 위한 착각이다. 다들 밝았고 멋졌다. 눈이 말똥말똥해진다. 이 밤을 포기하기는 아직 이르다. 아직 나는 너무 젊다. 무엇이라도 써 놓아야만 한다.

순간에 몸을 던지는 무모함. 요령이 없는 순수함. 열병에 걸린 표정. 아무 소용이 없는 꿈을 여전히 포기하지 않은, 사라지지 않는 잎사귀를 남겨 둔, 여실히 흐르는 시간 앞에서 초연한. 미완성의. 안달난. 가진 게 없어서, 또 잃을 게 없어서 가뿐한 마음. 젊음은 나이나 그에 따른 모습이 아니라 형용사나 동사로만 완성되는 행동거지와 마음가짐이렸다. 아니, 꼭 그래야만 했다. 새벽 1시. 밤이 오는 것을 개의치 않고 폭소를 터뜨리는 젊은 목소리들이 들린다. 그들도, 나도 영원히 나이 들지 않을 것만 같다.

그녀라면

처치 곤란인 쓰레기통 주변을 깔끔히 만들기 위해 험악한 경고문을 붙이는 것보다 더 좋은 방법이 있다. 쓰레기통 바로 옆에 화초를 두는 것이다. 깨끗하고 예쁜 것은 그 자체로 지켜주고 싶어진다. 정원은 내게 그런 사람이었다. 어수선한 세상의 영향쯤은 무시해 버리고 지금 느낌 그대로 지켜졌으면 좋겠는 사람. 영어로는 '가든'이라고 불리는 정원과 주말 오후 쇼디치 한복판에서 만나기로 했다. 내가 지난 여행에서 그랬듯, 이번에는 그녀가 탬워스에서 열차를 타고 런던으로 나를 보러 오기로 한 것이었다. 오후 1시, 북적이는 사람들 사이로 런던답지 않은 햇살이 드리우고, 일에서 해방된 사람들은 주말을 만끽하기 위해 거리로 나와 있었다. 달려와 안기는 그녀를 만났다.

우리는 카페, 길거리 음식점, 서점을 구경했다. 그중에서도 서점에서 가장 많은 시간을 보냈다. 층고가 높고 사뿐히 걸어도 삐걱대는 나무 바닥의 고지식함이 예쁜 서점이었다. 책을 보다 말고 고개를 들어 눈으로 그녀를 찾았다. 몰입한 뒷모습이 보였다. 찰랑이는 인도풍의 금색 귀걸이와 닥터마틴 구두, 파란색 칸켄 백을 멘 그녀는 자기의 성격마저 스타일로 표현해 내고 있었다. 나는 그런 사람이 좋았다. 무언가를 보면 단번에 그 사람 같다고 떠올릴 수 있는 확고한 느낌을 가진 사람. 그녀는 그런 사람 중 한 명이었다. 뒷모습을 가만히 쳐다보자니, 말간 빛이 느껴졌다. 무언가에 집중한 사람에게서 번지는 빛. 지혜가 적힌 종이를 읽고 있는 중이라면 더더욱 하얗게 퍼지는 빛. 그런 빛을 보았다.

그녀를 내가 묵고 있는 작은 방으로 데려갔다. 그녀는 내가 최근에 산 비틀스 음반과 빈티지 셔츠들을 구경했다. 셔츠와 재킷이 어지럽게 걸려 있는 작은 행거에 그녀의 모자가 추가되었다. 코듀로이로 된 빵모자다. 올리버 트위스트가 신문 배달하며 썼을 것만 같은, 해질수록 더 멋스러운 느낌은 역시나 그녀다웠다. 나는 장난스럽게 말했다. "야! 누가 조지 여자친구 아니랄까 봐!" 그녀는 키득거리며 웃었다.

봄과 여름 사이에, 정원과 그녀의 남자친구 조지가 한국에 오기로 되어 있었다. 나는 어떤 곳을 데리고 다녀야 잊지 못할 기억이 될까 고심하고 있다. 우선 우리는 한남동에 있는 내가 제일 좋아하는 한식집에서 정갈한 점심식사를 할 것이다. 더덕과 새송이 구이와 된장 비빔밥과 동치미가 반찬으로 나오는 점심 특선을 시킬 것이다. 300밀리리터짜리 술이 담긴 작은 잔을 곁들여 기분 좋게 취하다가 매실주스로 입가심을 할 것이다. 택시를 타고 정체된 터널을 지나 종로로 이동할 것이다. 남산을 가로질러 이태원의 전경을 목격하고 이미 져 버린 벚꽃을 아쉬워할 것이다. 서로의 이름도 모르면서 친구처럼 장기를 두는 아저씨들과 타로점 천막들을 지나, 인사동의 전통찻집으로 갈 것이다. 신발을 벗고 방석 위에 앉는 어색함을 무릅쓰고 대추차와 떡을 주문할 것이다. 그러면 조지는 대추의 영어 단어를 묻고, 우리는 얼버무리며 사전을 찾을 것이다. 길거리에서 별로 예쁘지 않은 공예품을 관심 있다는 듯 구경할 것이다. 해가 질 때쯤의 광화문이 얼마나 눈부신지 보여 줄 것이다. 첨단 도시를 자랑하는 마천루 밑에서

두리번거리며 대형 서점에 들어서 지나치게 많은 신간들을 주목할 것이다. 서촌으로 넘어가는 길목에서 한복을 입고 포즈를 취하는 여고생들을 지나쳐 주택가에 있는 오래된 맥줏집을 찾을 것이다. 말린 생선과 치즈를 곁들여 술을 진탕 먹은 뒤에 달빛이 녹아든 서울 거리를 걸을 것이다. 길을 걷다가 마침 생각난 노래를 우리의 배경음악으로 깔아 둘 것이다. 한옥을 개조한 숙소에 편의점에서 산 주전부리를 들고 찾아갈 것이다. 특유의 자취방 분위기를 느끼며 하얀 벽에 빔 프로젝터를 쏴 영화를 보다가, 갑자기 지루해져 잠옷인지 외출복인지 애매한 편한 옷차림으로 포장마차로 향할 것이다. 소주가 얼마냐고 묻는 말에 2파운드라고 답하면 조지는 한 병을 더 시키자 제안하고 우리들은 '아주머니'라는 단어를 그에게 연습시키며 그의 서툰 발음에 헤헤거릴 것이다.

"언니, 나 요즘 오락가락해요."

다시 런던. 카페에서 우리는 봄이 왔다는 걸 증명하기 위해 구태여 추위를 참고 야외 자리를 택했다. 근황을 묻는 나의 말에, 그녀는 내게 이유 없이 우울해진다고 고백했다. 그러면서도 나아지는 날엔 끝도 없이 파고들었던 밤에 대해 스스로를 이해하지 못한다고 했다. '왜 그렇게까지 우울해졌었지?' 스스로 의아해하다가 나의 쓸모, 나의 삶, 나의 가치에 대한 생각들로 다시금 늪에 빠지는 것 같다고도 했다.

나는 그녀의 우울한 이야기에 충분히 공감했지만, 한편으로는 태연했다. 이미 알고 있어서 그랬을 것이다. 끝이 없을 것만 같은 메스꺼움이 끝나는 날이, 육지에 다시 발을 딛고 더는 부유하지 않게 되는 날이 분명 온다는 것을 알아서였을 거다. 스물다섯의 우울이 얼마나 서글픈 것인지, 젊고 예쁘다는 이유만으로 얼마나 가벼운 고민쯤으로 취급되는지를. 나는 알고 있었다.

6년 전 겨울, 명랑한 스물셋의 나는 아무것도 없이 50만 원을 들고 런던에 왔다. 처음 보는 친구들이 침대를 제공해 주었고, 나는 이 집 저 집을 전전하는 떠돌이 생활을 시작했다. 영국 발음을 흉내 내며 밤새 취해 젖은 거리를 누비고 새로운 인연에 휩쓸려 모든 게 가능하다는 듯 밝게 웃었지만 그때만큼 위태로웠던 때는 없었다. 고마운 사람에게 제대로 된 밥 한 끼 사 줄 수 없는, 유학생들은 흔히 이용하는 콜택시가 끝까지 어색하기만 했던 가난한 휴학생에 불과했다. 메뉴판을 보며 아무렇지 않은 표정을 연기하고, 누구보다도 빨리 환율을 계산하던 나였다. 밥은 먹고 만나자고 활기찬 목소리로 말한 다음, 가장 싼 샌드위치를 먹었다. 얹혀 지내는 것에 대한 미안함, 옅은 분노가 깔려 있는 일상, 기죽어 있는 인격. 엉망이었다. 좋아하는 것을 잘하는 것으로 만들어 가기 위한 전환점에서 어떤 지원도 받을 수 없는 상황이었기에 나 스스로가 부모고 스폰서고 팬이었다.

그래서 학교 진학을 앞두고 남자친구 부모님 집에서 지내고 있는 정원의 상황을 머리가 아닌 마음으로 이해해 줄 수 있었다. 그럼에도 불구하고 내 여행을 가능하게 했던 수많은 사람들이 내어준 마음들을, 그녀에게 갚기로 했다. 그녀가 머리 굴리며 밥값을 계산하지 않도록 해 주고 싶었다. 내게 그런 사람들이 있어 줬듯이, 나도 그녀에게 돈 없이도 편하게 만날 수 있는 사람이 돼 주고 싶었다. 그것이 스물아홉의 책임이었고, 그것이 나와 친구들의 연대였다. 나름 부끄럽지 않게 살아가고 있다는 생각이 들었다.

"책 읽다가 잠들려고요."

머리맡에 책을 두고 그녀는 새근새근 잠들어 있었다. 그녀의 노트를 몰래 꺼내어 비밀 편지를 적었다. 그것은 미래에서 온 내가 스물셋의 나에게 하는 말과도 같았다. 새삼스럽게 눈물이 맺혔다.

해피 로드

횡단보도 사이로 평행선에 놓인 두 갈래의 길을 가리키며 그녀는 말했다.

"하나는 워크 로드고, 하나는 해피 로드야. 해피 로드를 걸으면 어떤 일이 생기냐면, 기분이 울적한 날에도 그 길을 걷는 순간 무조건 행복해지는 거야. 조금 나아져. 신기하지?"

내게 해피 로드는 어떤 냄새나 맛이었다. 그것은 돌아가고 싶은 추억을 소환하는 데 탁월해 언제라도 그때처럼 다시 행복해질 수 있다는 착각을 불러일으켰다. 착각이든 망상이든, 행복해질 수만 있다면 그것은 필요한 것이고 선한 것이었다. 수박 맛 풍선껌을 씹거나, 치즈가 듬뿍 들어간 라자냐를 먹거나, 아로마 오일을 귀 뒤에 두세 방울 떨어뜨려 문지를 때면 그 순간이 나의 해피 로드였다. 분명히 행복했던 시절의 향과 맛을 음미할 때면 나는 그때 그 공기, 그때 그 길을 다시 체험했다.

이처럼 내 기분을 무조건적으로 바꿔 버릴 수 있는 강력한 사물, 혹은 행동을 나열해 보기로 했다.

아침을 오렌지주스로 시작하는 것

그릭요거트에 블루베리와 꿀을 곁들이는 것

해야 할 말을 실제로 뱉어 냈을 때의 쾌감을 회상하는 것

무화과 향을 맡는 것

고양이 등을 벨벳 카펫을 만지듯 쓰다듬는 것

끝내주는 칭찬을 떠올리는 것

(수백 번 다시 들어도 처음처럼 좋은 칭찬이어야 할 것)

입맞춤

아슬아슬한 스킨십

포옹

그럼에도 불구하고 책상에 앉아 노트를 펼치는 것

영화 〈프란시스 하〉나 〈썸웨어〉를 보는 것

재질의 쫀쫀함을 느끼며 수영복을 입는 것

엄마가 만든 고추장아찌를 먹는 것

살랑거리는 여름 원피스

좋아하는 옷으로만 가득 채워진 옷장을 바라보는 것

오들오들 떨며 담배의 캡슐을 앞니로 터뜨리는 것

다 마신 맥주캔을 찌그러뜨리는 것

모두가 부산스러운 가운데 나 혼자 낮잠에 빠지는 것

책 읽는 사람들을 훔쳐보는 것

새벽, 편의점으로 부모님 몰래 외출해서 싸구려 빵과 아이스크림을 사는 것

이러한 소소한 행동들은 나의 해피 로드며 내 일상의 무기이다. 눈물이 터질 것 같은 상황에서도 이런 행동을 하면 피식, 웃음이 나고 표정이 누그러진다. 여름밤 입에 문 아이스크림이, 고양이의 털이, 아침의 오렌지주스와 당사자는 이미 까먹었을 기념비적인 칭찬이 내 안에 남아 있다.

때때로 떨어진 머리카락 같은 날들이 있다. 샴페인의 거품이 폭발하듯 벅차오르는 날들도 있다. 슬픔이 가득 차서 지나가는 옅은 바람에도 부서져 버릴 것 같은 날들도 있다. 그

런 날에는 나만의 해피 로드를 꺼내어 걷자. 나만의 해피 로드를 맛보고, 만지고, 맡고, 거닐자. 틀림없이 행복해질 수 있을 것이다. 서서히 관람해 보자. 밝아지는 기분 같은 것을.

단순히 니트 조끼, 카우보이 부츠, 털코트가 아닌 이유

Cash only.

약간의 번거로움은 대부분의 빈티지숍들을 잇는 정겨운 연결고리다. 현금만 가능하다는 말은, 카드만 든 납작한 지갑을 난처하게 만들지만 포기의 사유가 되기는 어렵다. 나는 곧장 현금인출기를 찾아 나선다. 짐을 두고 가도 좋은지 묻고서는 지갑과 휴대폰만 챙겨 나온다. 짐을 두고 오는 건 반드시 돈을 가지고 돌아오겠다는 무언의 확신을 보이고 싶어서다. 저 멀리 횡단보도 건너편에 붙박이장처럼 벽에 달라붙은 현금인출기가 보인다. 거리의 모든 풍경이 그 작은 기계 하나로 수렴한다. 주변을 살피며 안전하게 돈을 인출하고는, 뛰어서 다시 가게로 돌아간다. 땀을 뻘뻘 흘리고 있는 내 꼴이 안돼 보였는지, 주인은 가격을 깎아 주었다. 60년대에 만들어졌을 것으로 추정되는, 립스틱과 작은 수첩 하나가 겨우 들어갈까 말까 한 미니 백이었다.

처음 아끼는 빈티지 옷을 만난 건 3년 전 파리에서였다. 원시적인 핑계로 빈티지숍들을 어슬렁거리고 있었다. 대책 없이 늘어지고 있는 여행 때문에 계절은 변해 있었고, 어떻게든 몸을 데울 따뜻한 겉옷이 필요했던 것이다. 필요에 의해서 사는 옷, 절실한 일상의 목적으로서 옷을 사야만 하는 일은 생전 처음 있는 일이었다. 가진 거라고는 가을 옷밖에 없었던 나는 내복 두 개에 얇은 스웨터, 그 위에는 도톰한 스웨트 티셔츠에 스웨이드 재질이 덧대진 트렌치코트를 입고 목도리를 칭칭 감고 다녔다.

얇게 겹쳐 입은 옷들을 다 풀어헤쳐 가게 한 귀퉁이에 벗어 두고는, 새로운 겨울 코트를 찾아 나섰다. 머리숱이 없고 빼빼 마른 외모의 주인 남자는 장사 수완이 전혀 없어 보였다. 오히려 너무 착한 심성 탓에 말솜씨 좋은 손님들에게 애꿎은 파격 세일을 제공하고 있었다. 그러면서도 반드시 찾고 말겠다는 내 독한 눈빛을 읽었는지 다른 손님을 봐 주면서도 곁눈질로 나를 의식하고 있었다. 왠지 무거운 검정색 코트를 사기가 싫었다. 누구나 하나쯤 가지고 있는 블랙 모직코트 말고, 무난하지는 않아도 매일 입을 때마다 경쾌한 느낌을 주는 옷을 원했다. 입바른 소리가 오가는 겨울의 옷가게에서, 나는 꿈에 그리던 털코트를 발견했다. 〈섹스 앤 더 시티〉의 캐리가 친구의 호출을 받고 파자마 위에 무심히 걸치고 나올 법한, 뉴욕과 파리의 느낌이 적절히 혼합된 멋스러운 코트였다. 내게 딱 알맞은 옷을 맞닥뜨리는 순간은 꼭 사람을 만나는 것과 같이 드라마틱했다.

내 옷장의 역사에 길이 남을 코트를 단돈 10만 원에 구입했다. 그 후로도 여행은 계속되었다. 눈사람을 만들 때, 장을 볼 때, 꽃을 사서 집으로 돌아갈 때, 깜빡거리는 타이머 앞에 홀로 섰을 때, 나는 언제나 이 코트를 입고 있었다. 한 달 내내, 단 하나의 외투로 지내는 겨울은 끔찍스럽다기보다 오히려 인간적이고 흥미진진했다. 때가 타는 그 속도만큼 추억과 시간도 생생히 스며들었다. 코트는 고약한 겨울과 쓸쓸한 이국으로부터 숨을 수 있는 유일한 품이었다. 가장 묵직한 기념품이었다. 나는 매일 똑같은 차림에도 당당할 수 있는 나 자신이 좋았다. 젊음 말고는 아무것도 없는 그 패기와 무모함이 좋았다.

단 한 벌의 코트는 그 시절의 상징물이 되었다. 그것에 배어 있는 천연덕스러운 기억들은 단순하지 않았다. 그런 옷들이 몇 벌 생기면서, 기억들이 겹쳐지면서, 내게도 스타일이라는 게 생겼다. 나만 아는 기억들로 더욱 반짝이는 그것은 타인에게 꼼꼼히 나를 소개했다. 이래도 나답고, 저래도 나다운 복장들은 입체적인 나를 완성시켰다.

'스타일'이라는 단어를 설명할 때 빼놓을 수 없는 여자가 있다. 영화 〈애니 홀〉의 주인공 애니다. 70년대 뉴욕의 연인을 다룬 영화 〈애니 홀〉의 여자 주인공인 다이앤 키튼은 남성의 전유물로 여겨졌던 넥타이와 중절모와 수트 조끼를 입고 등장한다. 넉넉한 통의 바지를 입고, 빳빳한 셔츠에 타이를 멘 그녀의 모습은, 그녀 자체를 완성시킨다. 그녀의 말투, 엉뚱한 표정, 걸음걸이, 툭 튀어나오는 독특한 표현들은 그녀의 옷차림과 일맥상통한다. 애니의 집 풍경도 설명을 덧대 주는 요소 중 하나다. 어지럽게 널브러져 있는 물건들, 동양식 발로 장식된 에스닉한 창가, 실비아 플라스의 시집, 천장에 걸린 식물들은 그녀를 말해 주고, 옷차림을 이해시킨다. 그녀와 관련된 모든 것은 하나로 이어져서, 보는 이를 실망시키지 않는다. 모든 것이 그녀답다.

영화 속 다이앤 키튼의 스타일은, 시대의 아이콘이 되었다. 미국 사람이라면 '다이앤 키튼 스타일'이라는 표현을 누구나 알아들었고 이는 성을 구별 짓지 않는 자유스러운 스타일의 표본으로 쓰였다. '자유'라는 말 대신 그녀의 옷차림이 인용되기도 했다. 그녀의 시계, 부츠, 조끼, 셔츠는 단순한 치장이 아니었다. 빛나는 시절의 상징이자 취향과 성격에 대한 간증이었다.

자신만의 스타일을 구축한다는 것은 하나의 세계를 창조하는 것과 같다. 야망을 품은 하루하루가 반복되어야만 했다. 아무것도 마음에 들지 않는 상황 속에서는, 쉽사리 새로운 것을 찾아 나서기가 어렵다. 어떤 날들은 나 자신이 아닌 채로 지나갔고, 옷차림 또한 건성이었던 그날들은 차라리 스쳐지나갔다고 말하는 편이 좋을 것이다. 그저 그런 옷들을 입고, 마음에 쏙 들지만은 않는 신발을 신었다. 스스로에 대한 방관이었다. 없으면 안 된다는 머스트 아이템들과 계절마다의 유행에 휩쓸려 방황했다.

작년, 릴레이처럼 계속되는 여행 덕분에, 다시 빈티지를 사 모으기 시작했다. 빈티지로의 복귀는 나 자신의 취향을 사냥하는 과정이었다. 끊임없이 입고 벗으며, 나에게 제일 잘 맞는 조각들을 맞춰 가기 시작했다. 그것은 장소를 반영하기도 했다. 뉴욕에서는 뉴욕답게, 베를린에서는 베를린답게 입되 그 다양성 속에서 나의 향기는 오히려 견고해졌다. 어떤 도시를 가든 첫 번째 행선지는 무조건 빈티지숍이었다. 그리하여 모든 것을 그들답게, 그리고 나답게 바꿔 입고 변신해서 나오는 것이 일종의 의식이 되었다.

몇 세기 전 유행했던 소매가 큰 셔츠, 색이 바랜 니트 조끼, 아이보리 빛의 카우보이 부츠, 무지개색 니삭스, 빛바랜 그대로의 멋이 있는 화이트 가죽 재킷, 위대한 개츠비 풍 실크 드레스, 덩치 큰 사내에게 꼭 맞을 박시한 폴로 와이셔츠, 록스타가 입을 법한 파란색 여름 원피스, 정장 조끼와 넥타이. 나는 단단히 빠져 있었다. 나를 완성하는 일과 대체할 수 없는 아름다움을 공부하는 일에. 나는 눈살을 찌푸리며 경멸하던 길거리의 어떤 젊은이들, 그러니까 시선에 불편을 줄 정도로 극도의 개성 어린 옷차림을 한 이들을 지금은 존경할 수밖에 없겠노라는 사실을 깨달았다. 어떤 것에 빠지는 것이야말로 제대로 산다는 증거였다. 스타일은, 온몸을 던져야만 완성되는 것이었다. 허세스럽다는, 껍데기라는 편견에 코웃음이 날 만큼, 어려운 거였다.

'스타일 만들기'의 대장정은, 그 광범위한 품으로 소지품들을 초대했다. 확고한 취향이 내 생각과 행동, 외모에서 풍길 향기를 좌지우지했다. 하얀색 노트, 하얀색 연필, 하얀색

휴대폰 케이스를 휴대하고 다녔다. 지갑은 도쿄에서 산 꼼데가르송의 실버 지갑만을 가지고 다녔고, 구두가 아닌 운동화를 고집했다. 가죽 가방보다는 백팩을 선호했으며 중성적인 향의 향수를 모았다. 비비안 웨스트우드 풍의 하트 브로치와 간결한 디자인의 흰색 알람시계와 비누 향이 나는 스프레이를 곁에 두었다. 좋아하는 CD와 책들을 아무렇게나 쌓아 두었고 값싼 펜들은 자유분방하게 가방 안을 산책하도록 권장했다.

"누가 봐도 딱 네 거야."

친구들은 어떤 사진을, 어떤 옷을, 어떤 물건을 찍어 보내며 가끔 이런 말을 하곤 했다. 누가 봐도 내 것인 것, 누가 봐도 내가 좋아할 만한 것들이 생겨났다. 자유롭고 맑고 긍정적인 생각. 내가 그토록 염원했던 마음들은 옷차림에도 묻어났다. 그것은 결코 내적인 부분에 비해 홀대받아서는 안 되는 가치를 띠게 되었다. 외적인 것은 더 이상 겉치레에 머물러 있지 않았으며, 그것은 내적인 것과의 밀접한 관계를 다져 갔다. 이제서야 스타일, 이라는 단어의 묵직한 진실에 맞선 기분이었다. 패션은 지나가되 스타일은 영원하다는 말에 고개를 끄덕였다. 스타일은 그야말로 어떤 이의 마음가짐, 가치관,

행동반경, 취향을 파악하게 하는 대단히 포괄적인 개념이었던 것이다.

한국에 돌아와서 제일 먼저 옷장을 정리했다. 스물아홉, 드디어 완성된 나의 옷장을 앞에 두고 완벽히 퍼즐을 맞춘 듯 만족스러웠다. 퍼즐 하나하나는 나의 여행이었다. 내 옷장과 방은 단순히 옷과 물건이 나열된 장면이 아니었다. 그것은 내 젊음의 증거였고 과정이었다. 여러 시도 끝에 마침내 도착한 취향의 간이역이었다.

어떤 옷은 나를 살아 있게 한다. 그 옷들을 걸치고 나가는 하루는 스타일리시하고, 꼭 나답다. 나로 시작해 나로 끝나는 이야기들을 옷차림 속에 심어 두려 한다. 우쭐대도 좋을 만큼 근사한 겉모습에 나의 제국을 숨겨 두려 한다. 나답다는 것과 패셔너블하다는 말은 동의어며, 마땅히 감탄받아야 할 모습들이 셔츠, 터틀넥, 나팔바지에 변장해 숨어 있음을 인정받기 위해서.

런던의 어느 저녁

요가 수업은 맨발로 나무 바닥을 밟는 느낌으로부터 시작된다. 직원은 어설픈 발음으로 내 이름이 올라간 예약을 확인해 주고는 이렇게 말한다.

"Take your shoes off."

사람들은 아무 말이 없다. 숨소리만 증기를 쬐듯 뜨겁다. 누워 있는 사람, 무릎을 코끝으로 끌어당겨 긴장을 풀고 있는 사람, 가장 무딘 감각부터 찬찬히 건드리고 있는 사람. 매트와 물통을 들고 사람들 사이에 자리를 잡고 앉았다. 금발의 할머니가 은색 액세서리를 찰랑거리며 들어선다. 오늘의 선생님인 그녀는 섬세한 눈길로 모두의 자세를 살피고 이리저리 참견하러 돌아다닌다. 엎드려 뻗쳐 자세에서 상체를 손바닥 쪽으로 옮겨 플랭크…… 코브라처럼 가슴을 천천히 바닥에 대고 목과 어깨를 하늘 쪽으로 치켜들고 근육을 이완…… 하이힐을 신은 듯 높이 들어 올린 발꿈치로 느껴 보는 본인의 체중…… 다시 손바닥 사이로 발 하나를 옮겨 전사 자세…… 시선은 천장을 향하고…… 집중된 움직임을 통해 펴져 나가는 우리 몸과 마음의 무한한 가능성…… 심오한 떨림, 울림, 무게, 자세, 근육…… 모두의 안녕과 행복을 빕니다, 나마스떼.

땀을 뻘뻘 흘린다. 비틀거리는 사람들이 있어도 비웃는 이 없이 진지하기만 하다.

선생님은 일정 시간이 지나면 언제 시작됐는지도 모르게 음악을 틀어 둔다. 언제 꺼졌는지도 모르게 불을 꺼서 어둠을 만든다. 창밖 사람들의 소리가 어렴풋이 들려온다. 이 시간에 갇힌 행복을 만끽하며, 흘러가듯 무리지어 지나가는 사람들의 잔잔한 소음을 들으며, 다시 손을 모으고, 팔을 천장을 향해 뻗고, 다리를 오므리고, 또 벌리고, 육체로 이룰 수 있는 온갖 풍요로운 모양을 다 만들어 내면서 아무 생각 없이 예민해진다.

숨을 내쉬고 뱉는다. 부끄러움 없이 숨을 내쉬고 뱉는다.

한 번도 쉬지 않으며 성실하게 일하는 호흡을 의식적으로 느껴 보는 시간이다. 자발적인 호흡은 자기 자신을 아주 작은 존재, 혹은 몹시 중요한 일을 거행하는 천상의 존재로도 느껴지게끔 한다. 명상이라는 것은 딱히 도전적인 행위가 아니라 잠시 멈추어 서서 내가 간직하고 있는 모든 것들을 알아차리는 행위가 아닐까, 하는 생각이 들었다. 요가는 이러한 일상의 수행을 가능하게 한다.

순간 나는 최초의 유럽 여행이었던, 로마 여행을 떠올렸다. 에어비앤비와 우버가 신생 기업이던 시절, 부랴부랴 밤 비행기로 도착한 숙소는 기가 막히게 잘생긴 아들 둘을 키우는 멋쟁이 아주머니의 집이었다. 그의 집은 온통 인도풍으로 꾸며져 있었다. 종교적인 무드의 카펫과 금박이 쓰인 각종 장식품들, 코끼리 자수가 놓인 쿠션들, 화려하지만 톤이 낮은 색채들. 그 공간에 들어서자마자 콧잔등에 밀려오던 특유의 향냄새가 있었다. 그것이 그 주인에 대한 모든 기억이었다. 인도의 무드를 좋아하며, 무척 친절했다는 것만 기억나는 이탈리아의 한 중년 여인. 시원시원한 미소 말고는 이름도, 생김새도 이상하리만큼 기억에 남는 것이 없다.

그 집의 향냄새가 인도를 가 보지 않은 당시의 나에게 인도에 대한 첫 인상이었다. 그 이후로도 인도에 갈 일은 없었지만 여행을 떠날 때마다 요가 수업을 찾아 듣게 되었고, 수업이 끝날 무렵 선생님이 피워 주시던 향냄새가 늘 그날의 기억을 불러일으켰다. 냄새는 두려우리만큼 즉각적으로 그때의 기억을 하나로 결집시켰다. 내게 요가란 뉴욕에서도, 런던에서도 로마 가정집의 거실이었다.

여행과 함께할 향을 사겠단 다짐을 하며 거리로 나왔다. 이전과는 다른 몹시 개운한 발걸음으로 거리를 활보한다. 오후 6시 20분, 해가 지고 있는 실시간의 늦은 오후는 아름다움으로 물들어 있다. 옅은 선홍빛 물감에 모든 것을 잠시 담구었다가 빼낸 것만 같다. 사람들, 건물들, 거리가 온통 붉다. 밤이 오고 있었다. 탄성은 여행객이라는 내 신분을 일깨워 주는 즉각적이고 순수한 신호다. 팔짱을 끼고 지나가는 사람들 사이로 외마디 탄성을 내질렀다. 너무 아름다워서, 한참을 보고 서 있었다. 아름다움 앞에 무릎을 꿇고 무력해지는 시간은 가끔 알미우리만큼 완벽하다. 매일매일, 해는 뜨고 진다. 서글프거나 혹은 한없이 들뜨는 날에도 어김없이 해는 뜨고 진다. 그 사실이 모든 것을 평등하게 만들어 주고 있었다.

저녁 약속이 있었다. 친구와 소호 거리에 있는 우동집에서 만나기로 했다. 나는 먼저 도착했다. 약속 장소에 도착해서 수많은 낯선 사람들 중 자신이 아는 이를 찾는 순간만큼 로맨틱한 시간이 또 있을까? 가게에는 이미 웨이팅이 걸려 있었다. 이름을 적어 두거나 번호를 남기는 시스템이 있는 것은 아니고, 그저 안내 직원과 눈을 맞추고 내 존재를 알리기만 하면 된다. 온몸을 기대어 두꺼운 문을 열면 압축되어 있던 가게의 소음이 기분 좋게 퍼져 나왔다. 다닥다닥 붙어서 음식을 먹는 이 시간만큼은 어떤 나쁜 일도 일어나지 않을 것 같았다. 아직 겨울 옷차림을 하고 친구가 퇴근 후 도착했다. 멀리서 걸어오는 친구의 실루엣을, 목도리를, 미소를 확인하자마자 웃음이 번진다. 겨울이었다면, 만남은 더욱 애틋했을 것이고, 만약 여름이었다면 더위를 탓하면서도 어느 때보다도 싱그러운 얼굴을 하고 있었을 테지. 겨울도 봄도 아닌 3월의 어느 날, 우리는 맥주와 야채튀김을 앞에 두고 있었다. 맥주잔에 얼굴을 파묻고 숨을 죽이며 들이켠다. 맨 손톱같이 깨끗하게 하루의 끝을 위로하는 생맥주의 거품이 어떤 상황에서든 존재하는 각자 그 나름의 피로를 서서히 해제시키고 있었다.

'이런 밥을 살 수 있는 게 감사해.'

속으로 생각했다. 매번 익숙해지지 않는 일이다. 돈을 지불하는 행위에 대해 어쩌면 남들보다 조금 더 무거운 의미를 두고 있었는지도 모른다.

"20대 때는 전부 얻어먹고 살았던 것 같아. 친구들이 완성시켜 주는 여정이었달까. 런던에 거의 한 달씩 여섯 번이나 왔는데 이번에 처음 숙소를 구하게 돼서 이게 참 대단한 거구나 싶더라. 감회가 새로웠어. 그땐 구하고 싶어도 구할 수 없었으니까. 얼마나 많은 사람들이 나를 도와줬던 건지, 이제서야 제대로 깨닫게 된 거야. 갚으면서 살 거야, 나는. 갚으면서 살려고."

때로는 시간이 지나고 나서야 제대로 감사하게 되는 일들도 있다.

커피 한 잔을 망설임 없이 주문할 수 있을 때, 아직도 나는 고급 승용차를 현찰로 구매하는 사람처럼 기분이 좋다. 사랑하는 사람에게 밥 한 끼를 대접할 수 있을 때, 순간을 가로채 내가 값을 지불할 수 있을 때, 행복하다는 확신이 밀려온다. 상황과 마음이 반대 방향으로 걸어가던 시절에는 고마움을 표현할 수 있는 방법이 없었다. 기껏해야 이불 정리를 해 두거나 마트에서 파는 꽃을 사 둘 뿐이었다. 미안한 마음으로만 살던 시간이 어느새 지나가 버렸다. 그런 시간들은 나를 비참하게도 했지만 이제는 나를 돋보이게 해 주고 있다. 그런 경험이 없다면 커피 한 잔쯤이야 습관처럼 소비하고 아무것도 느끼지 못할 따분한 사람이 되었을지도 모른다.

우리는 한잔 더 하러 갔다. 런던에서 펍을 가는 일이 처음이라니 이제부터 여행을 시작한다 셈 쳐도 좋겠다. 다시 생맥주의 시간. 춤추며 술을 마시다 택시를 타고 집으로 돌아간다. 개운한 하루였다. 개운한 놀이였다. 제2막이 시작되는 것만 같은, 그런 기분이었다. 취기, 적막한 공원, 봄을 기다리는 밤의 나뭇잎, 젖은 땅, 벽돌집들, 말이 없는 막역한 나의 친구, 대화가 없는 귀갓길 택시 안. 모든 것이 평화다. 너무나 아름답다. 말하지 않아도 말하고 있었다.

유일무이한 것들에 대한 찬사

기념품을 살 때, 나는 꼭 하나만 사기를 고집한다. 가령, 테이트모던 기프트숍에서 연필을 산다고 치면 딱 한 자루만 산다. 그래야만 아껴서 사용할 수 있기 때문이다. 연필을 다 써서 버린 적이 있는가? 내 경험상으로는 거의 드문 일이다. 길들여질 무렵 반짝반짝한 신생 필기구들이 유입되고 우리의 관심은 자연스레 분산된다. 어떤 사물이나 사람을 애지중지하기 위한 조건은 유일성이다. 요즘 나는 5년 전 미술관에서 산 연필 하나를 애지중지하고 있다. 몽땅연필 수준이 되어 버린 그 연필은 수많은 다른 연필들과 다른 의미를 가진다. 이유는 간단하다. 단 하나뿐이니까!

그런 의미에서 나는 즉석사진에 남다른 매력을 느꼈다. 포토마통. 지금은 '인생 네 컷'으로도 유명한 즉석 네 컷 사진기를 경험한 것은 2014년 이탈리아 로마에서였다. 포토마통은 유럽 여행의 소소한 버킷리스트였다. 작은 기계에 몸을 구겨 넣고 네 번 다른 얼굴을 만드는 일. 성인 두 명의 엉덩이를 담아내기엔 어림도 없는 작은 의자에 어떻게든 자리를 잡고 동전을 넣는다. 숨을 가다듬기도 전에 찍히는 첫 번째 사진. 초점 없이 멍하고 바쁜 눈초리가 그대로 담긴다. 나머지 세 번의 기회를 놓쳐서는 안 되므로 최대한 예쁜 표정을 지으려 애쓴다. 그리 친하지 않은 사이라 할지라도 어깨를 부딪히며 우스꽝스러운 표정을 짓는 그 1분 남짓한 시간 속에서 마음은 급격히 가까워진다.

휴대폰으로 찍은, 각도만 다른 수많은 사진들을 뒤로하고 우리는 어디선가 테이프를 찾아 노트 한 편에, 지갑 속에, 어딘가 매일 보고 닿을 만한 밀접한 공간에 사진을 붙인다. 이는 제대로 된 사진 한 장이다. 미리 아쉬워해도 좋을 만한 사진. 잃어버리면 울음을 터뜨릴지도 모를 못생긴 사진 한 장. 미칠 듯이 사랑스러워서 자꾸만 들여다보게 되는.

기념할 만한 순간에 우리는 사진을 찍는다. 사진기 광고에는 항상 이런 문구가 빠지지 않는다. 소중한 순간을 담으세요!

사진이 아닌 순간을 파는 것이다. 그리고 그 순간은 싱거울 정도로 금세 지나가는 단 하나의 찰나이기에 애틋하다. 먼지를 털어 내고 비닐로 감싼 앨범을 한 장 한 장 넘길 때에 우리는 소중하고 숭고한 기분을 느끼며 감격한다. 유아차를 타고 꽃내음을 맡던 순간, 마루 장판에 고꾸라져 울음을 터뜨리던 순간, 세 번째 생일 케이크의 초를 끄던 순간이 그 속에 멈춰 있고 지극히 일상적인 순간들이 저장된 사진들을 보며 우리는 비일상적인 기분에 사로잡힌다. 이 모든 감정은 앨범 속 모든 사진이 단 하나뿐이라는 것을 전제한다.

좋아하는 책이 낡았다고 해서, 다시 그 책을 새것으로 교체하지 않는다. 말끔하다는 것은 애정의 세계에서는 승리의 반대말이다. 좋아하는 책은 닳고 해진 귀퉁이, 빛바래고 너덜너덜해진 겉표지, 지워진 서점 마크와 틈새의 메모들로 애정의 크기를 인정받는다.

그런 책들 중에 진정 유일무이의 의미 그 자체를 대변하는 것은 곧 일기장이다. 일기장은 재현될 수 없다. 2020년 3월 26일 그 당시의 나의 기분, 생각, 할 일, 날씨 등은 단 하나의 노트에 적혀 나 자신의 일부분이 된다. 단 하나뿐인, 서툴고 지나치게 솔직한 자서전이 되는 것이다. 단 하나뿐이기에 나는 안달이 난다. 생각이 흩어져 있는 수많은 노트들 중에, 내가 '일기장'이라고 지정한 한 권의 수첩은 그 유일함을 인정받아 보물 이상의 의미를 지니게 된다.

손편지를 좋아하는 이유도 그와 같다. 그 사람이어야만 하고, 나에게 닿고 싶어 하는 깨끗한 노력이 있어야 하며, 그 당시 고른 종이와 그때 잡은 연필, 글씨의 꼿꼿함과 무너짐, 당시 떠올랐던 표현과 솔직함의 정도까지 모두 하나뿐이다. 이로써 완성된 편지를 받은 나는 세상에서 가장 좋은 대우를 받은 사람처럼 늠름해지는 것이다. 단 하나의 마음이 주는 엄청난 존재감. 손편지를 받은 직후, 그것을 경호하며 집으로 향하던 나의 날들이 떠오른다. 아직 읽지 않은 편지를 운반하는 마음. 나는 얼마나 조마조마했던가. 마음을 아끼고 아껴 감동의 시간을 미루던 내 모습을 기억한다.

순간들은 어떨까. 삶의 몇 안 되는 결정적 순간들을 기억해 보자. 그런 순간들은 경험의 당사자를 이기적으로 만들어 과거와 미래를 지우고 현재만을 겨냥하게 한다. 행복한 사람이 언제나 현재에 머물러 있는 것은 그 때문이다. 그런 순간들은 그리워질지도 모른 채 흘러간다. 부모님과 함께하는 안전하고 다정한 유년시절의 순간들, 아직 젊고 생기 넘치는 부모님, 마음이 맞는 친구와 떡꼬치를 입에 물고 걷는 오후 5시경의 하굣길, 해질녘의 육교, 엄마가 만들어 준 샌드위치, TV에서 방영하던 〈가을 동화〉와 그것을 보며 눈물을 훔치던 30대의 엄마, 때때마다 가던 한증막, 미역국과 계란을 주문하고 엄마에게 거스름돈을 쥐여 주던 순간, 마음 편해지는 한증막 냄새, 우유팩, 아무 사건 사고 없이 흘러가는 평화로운 주말의 한때.

가끔 나는 유일한 것들에 대한 사랑으로 견딜 수 없이 괴로워지기도 한다. 혹여나 집에 불이라도 나서, 어디서도 구하지 못할 그것들이 재가 되어 버린다면 내 일부분이 사라져 버리는 것이나 다름없다는 생각 때문이다. 불이 나면 부리나케 물건들을 챙겨 달아나는 상상을 한다. 다시 살 수 있는 SPA 브랜드의 옷가지를 집어 들 리는 만무하다. 제일 먼저 나는 가장 최근의 일기장, 친구들의 편지를 챙길 것이다. 그 다음은 제일 아끼는 빈티지 옷들부터 챙길 것이다. 런던에서, 파리에서, 뉴욕에서 쓸모없어 보이는 옷더미들 속에서 찾아내 나만의 이름과 가치를 새긴 옷들을 두고 떠날 수 없을 것이다. 웨스턴 가죽 부츠와 때 탄 가죽 재킷과 무지개색 니삭스를 가방에 구겨 넣을 것이다. 어디에서도 살 수 있는 기본적인 옷가지들은 미련 없이 포기할 것이다. 그러나 이 모든 것들을 거두기 전에 나의 가족들과 고양이를 대피시키고는 모든 게 괜찮다는 듯이 홀연히 떠날 것이다.

하물며 우리들은 어떻겠는가. 사람은 각각 모두가 유일해서, 모두가 특별할 수밖에 없다. 유일하다는 것은 곧 특별하다는 것이다. 그런 사람들이 서로에 대해 또한 특별한 마음을 품는다면 그것만큼 보호받아야 할 귀중품은 없을 것이다. 나에게도 그런 사람들이 있다. 좋은 친구는 한 권의 일기장 같다. 잃어버려서는 안 될 나날, 나의 젊음이 그들의 기억 속에 저장되어 있다. 아끼는 친구들의 얼굴을 한 명씩 떠올리면 어떤 것도 그들을 대체할 수 없다는 사실을 금방 깨닫고야 만다. 내 머릿속에는 이런 장면이 재생된다. 쉴 새 없이 조잘거리는 나, 웃는 우리, 서로를 필요로 하던 한때, 기분 좋은 밤, 같이 나눈 몇만 개의 메시지들, 그리고 수억 개의 평범하고 유일무이한 순간들. 그들은 내가 모르는 나의 모습을 기억해 준다. 트집 잡거나 얕보지 않는다. 아무 말이 없는 일기장처럼 그들은 부모와 같은 마음으로 나의 뜀박질을 바라봐 준다. 그들은 하나뿐인 우리의 시절을 기억한다. 공유한다. 사람이 온다는 것은 온 세계가 오는 것이라는 말처럼 세상에 단 하나뿐인 서로가 만나 서로의 우주를 공유한다. 엄청난 일이다. 획기적인 만남이다. 그것을 가능케 하는 것은, 다른 누구도 아닌 '너와 나', 단 하나뿐인 이름으로 완성된 '우리들'이다.

나를 안달나게 하는 것들은 모두 하나였다. 여분이 없는 그것들은 유일무이했고, 나는 그것들을 사랑했다. 다른 꿍꿍이를 두지 않고, 결백한 마음가짐으로 하나뿐인 내 마음을 불살라 사랑했다. 그런 사랑은 늘 상쾌하고 후회가 없다.

지금이 아니면 언제

뉴스에서는 무미건조한 목소리로 이런 기사가 흘러나온다.

> 일자리를 찾아 영국으로 떠나는 아일랜드 청년들이 기하급수적으로 늘고 있습니다. 겨우 며칠을 버틸 현금만 갖고 떠나는 이들은 아일랜드에는 사라진 희망을 찾아 떠나는 것입니다…….

여기, 10대에 해야 할 버킷리스트를 모두 이룬 소년이 있다. 목록은 이와 같다. 첫눈에 반하기, 사랑 때문에 엉겁결에 밴드 만들기, 로큰롤 정신 배우기, 친구들과 음반 나눠 듣기, 기차여행 하기, 무언가 만들어 내기.

아일랜드의 작은 도시, 기타 치며 노래하길 좋아하는 소년. 그는 파산 직전의 경제 상황과 이혼 위기로 삐거덕대는 불안하고도 평범한 가족의 막내아들로 교육비 절감을 위해 덜 좋은 학교로 전학을 왔다. 벌겋게 번진 뺨과 덥수룩한 앞머리, 무엇도 덧대지 않은 단정한 교복 재킷. 얼떨떨하고 줏대 없는 얼굴로 등하교를 하는 그는 그저 군중 속의 한 사람이다. 그러던 어느 날, 누구나의 청춘이 그렇듯 예고 없이 등장한 한 명의 이성으로 그의 하루는 완전히 뒤집힌다. 모델을 꿈꾸는 그녀를 보고 친구에게 묻는다.

"Who is she?"

모든 이야기가 시작되는 대목이다. 앤디 워홀의 뮤즈 에디 세즈윅을 다룬 영화 〈팩토리걸〉에서 파티장에서 춤추는 그녀를 보고 앤디가 했던 말도 이와 같았다.

"저 여자, 대체 누구야?"

분위기와 존재감에 압도당해 홀린 듯 튀어나오는 말.

그녀의 번호를 묻기 위해서라면 거짓말이 절로 나온다. 있지도 않은 자신의 밴드를 소개하며 뮤직비디오에 출연할 모델이 필요하다고 연락처를 묻고, 뒤돌아서 당차게 친구에게 돌아가며 이렇게 말한다.

"밴드 만들자."

그는 먼저 자신과 함께할 친구들을 모은다. 모든 악기에 능통한 친구 한 명, 기타 한 명, 키보드 한 명, 매니저 한 명. 방과후 연습은 엄연한 놀이이자 용서받는 반항이 된다. 간단한 코드 하나를 잡아 멜로디를 짜면 다른 이는 코러스를 짜고, 혼자의 힘이 아닌 조금씩의 다양한 힘으로 소년들의 음악은 쌓여 간다.

"로큰롤은 배우는 게 아니야. 그게 비결이지. 바로 로큰롤 정신!"

담배와 음악을 달고 사는 그의 형은 이 소년이 자신만의 세계를 구축해 나가는 데 거대한 시발점이 되어 준다. 그를 채찍질하고, 견디게 하고, 시시한 결과물에 대해 주먹을 쥐고 흥분하는 건 형의 몫이었다. 인생을 바꿀 중요한 기회 앞에서 형은 마치 자신의 꿈이라는 듯 소년의 등을 떠민다. 소년 자신보다도 더 큰 목소리로 지지한다.

시작의 명분이 되었던 그녀는, 이제 노래 자체의 핵심이 되어 간다. 자신보다 더 성숙한 그녀가 던졌던 이유 모를 심연의 말들을, 소년은 다름 아닌 그녀를 향한 사랑을 통해 깨닫는다. 노래는 첫사랑을 읊는다. happy sad. 행복이 기초가 되는 슬픔. 전혀 다른 가치가 충돌해 하나가 되는, 이 역설적

인 말을 깨닫게 하는 건 다름 아닌 사랑이었다. 바라만 봐도 눈물이 날 것 같은 사랑은 어리숙하던 소년을 변화시킨다. 마음에 근육을 심어 주고 멍한 표정 안에 행동력을 숨긴다. 그의 패션 또한 그녀와 즐겨 듣는 음악에 따라 변화해 간다. 데이비드 보위를 따라 파란색 아이섀도를 바르고 뒷머리를 기르고 통이 넓은 바지를 입는다. 태도도 변했다. 걷지 않고 활보했다. 남 눈치를 보지 않았다. 어느새 그는 학교에서 제일 멋진 남자애가 되어 있었던 것이다. 이제 그는 누가 봐도 밴드 하는 티가 난다. 그는 더 이상 군중 속에 섞인 그저 그런 소년이 아니다. 서서히 하지만 확실히 그는 자기 자신이 되어 가고 있었다. 주변의 시선을 아랑곳 않는 대담함을 보여 주는 한편 자신을 괴롭히던 친구에게 사뭇 묵직한 일갈을 날리기도 한다.

"넌 무언가 부술 수는 있어도, 창조해 내지는 못하지."

마침내 그의 음악과 진심이 그녀를 관통한다. 무대 위에 오른 그를 보고 그녀는 확신한다. 그런 확신은 희한하게도 수많은 군중 속에 그가 섞여 있을 때 비로소 드러난다. 나와는 상관없는 몇백 명의 사람들 중 유일하게 나와 상관 있는 한 사람. 유일하게 나와 같은 언어로 말할 수 있는 한 사람. 그 사람만이 눈에 들어온다. 마치 세상에 두 사람밖에 존재하지 않는 것처럼, 모든 것이 명료해지는 순간이다. 소년은 소녀에게 자신의 운명을 건다.

그 시절의 사랑은 그런 것이다. 운명을 함께하기로 다짐하는 것. 시간은 이 아득한 결정을 앞두고 멈춰 있는 듯하다. 그들은 형에게 도움을 청한다. 그들은 꿈을 이루기 위해 런던으로 떠나기로 한다. 언제 떠나겠냐는 말에 그들은 눈을 맞추고 단번에 이렇게 말한다. "지금!" 소녀에게는 포트폴리오, 소년에게는 데모테이프와 비디오뿐이다. 소년은 기타와 짐 가방과 꼬깃꼬깃 가사를 적은 종이 뭉텅이를 챙긴다. 그들은 보트를 탄다. 앞이 보이지 않을 만큼 폭우가 내린다. 소년의 코듀로이 재킷과 소녀의 가죽 재킷이 몽땅 젖는다. 그러나 그들의 결연한 표정은, 젊음이 뿜어내는 무시무시한 순수함으로 무장했다. 그 모습을 보며 형은 표정을 바꾼다. 염려 섞인 표정에서 축제의 표정으로. 그는 발을 동동 구르며, 주먹을 쥐며 이렇게 말한다.

"Yes!"

영화는 끝이 난다. 이 영화 〈싱 스트리트〉가 말하고자 하는 바는 마지막 장면과 함께 크레딧으로 이어지는 노래 가사에 넌지시 기록되어 있다.

네게 기회가 찾아왔다면 인생을 걸고 떠나

계속 가, 네가 옳아
그동안 쭉 알고 있었지
가만히 서서 생각만 하지 마
시간 낭비일 뿐
당당히 맞서고 뒤돌아보지 마
네 인생을 위해 달려
한번 결정하면 뒤돌아보지 마
모든 게 무너지더라도
목표를 정했으면 끝까지 가 봐야지
그게 인생인 걸
지금 가지 않으면 절대 못 가니까
지금 알지 못하면 절대 모르니까

한때 욜로(yolo)라는 말이 청년들 사이에서 선풍적인 인기를 끌었다. you only live once. 모든 걸 미루면서 살지만 실은 인생은 하나뿐이라는, 그 누구나 알고 있는 뻔한 사실을 시의적절하게 짚은 유행어. 맞다, 인생은 한 번뿐이고 한 번 선택한 순간은 다시는 돌아오지 않는다. 그래서 모든 순간을 처음, 그리고 마지막으로 사는 것처럼 대해야 한다. 그런 열의가 있는 이들을 격려하며, 그렇지 못한 이들에게는 뜨끔한 메시지를 전하려는 이 말은 어딘가 잘못 쓰였던 것 같기도 하다.

누군가에게 욜로는 무책임한 행동을 일삼고 현실을 부정하는 일, 해야 하는 일을 하지 않기 위한 핑계로 쓰이거나 떼쓰는 데 써먹기 좋은 미성숙한 변명이 되기도 했다. 하지만 진정한 욜로는 그와는 정반대의 의미를 가지고 있으며 그것이 이 영화가 말하고자 하는 모든 것이다. 욜로 정신은 누구보다 자신의 삶 전체에 막대한 영향을 미칠 사건을 스스로 선택함에 있다. 책임지고자 하는 주체적 결심에서 온다. 취하지 않은 올곧고 맑은 정신으로 자신의 자아를, 꿈을, 욕구를 똑바로 마주쳐야만 한다. 지금이 영원하지 않음을 알기에 매 순간을 영원할 것처럼 사는 것. 지금을 두려워할 줄 알기에 매 순간을 놓치지 않고 잡아 두는 것. 오직 지금 내가 하는 행동만이 미래의 나에게 빚을 갚아 줄 수 있다는 사실을 눈치채는 것. 눈을 맞추고 조급한 마음으로 서두르지 않아야 하지만, 때가 오면 망설이지 않을 용기, 밀어붙일 집념도 있어야 한다. 진정한 욜로는 성실함을 요구한다. 낭비할 시간이 없음을 깨닫고 기쁜 초조함에 헐떡이며 자신이 정한 목표로 모든 걸 뚫고 전진하는 끈질김을 끄집어낸다. 지금, 이 순간이 지나가는 것을 지켜보고만 있지 않는다. 욜로는 시공간을 무시하고 덤비는 무모함이며, 그 순간의 달콤함에 압도당하는, 매혹되는, 중독되는, 다시 도전하는, 다시 꿈꾸는 대단함이다. 단순한 낭만을 넘어 나만의 인생을 만들어 나가는 절실한 시도이자 선언인 것이다.

꿈이 녹슬었을 때, 아무것도 해낼 수 없을 것 같을 때에 전혀 펑키하지 않은 아이들이 나와 펑키한 노래를 부르는 이 영화를 튼다. 그리고 뜨거운 마음으로 매번 그들이 떠나는 장면에서 눈물을 흘리며 형처럼 외친다. "Yes!" 그리고 나 자신에게, 친구에게, 사랑하는 이들에게 고한다. 포기하지 말자고, 떠나자고, 계속 쓰자고, 괴로워도 읽자고, 사랑하자고, 한 번도 상처받지 않은 것처럼 사랑하자고, 두려움을 도려내고 그 안에 야망을 심자고, 언제라도 느슨하지 말자고, 소심을 깨뜨리자고, 치열하자고, 깨끗해지자고, 일단 해 보자고, 기뻐하며 슬퍼하자고, 기적을 믿자고, 머뭇거림에 유감을 표하자고, 사랑하자고, 사랑하자고, 꿈꾸자고, 사랑하자고, 사랑하자고, 사랑하자고.

이런 말들을 반복하며
네게 함께 가자고 하는 이유는
지금, 여기, 너와 내가 아니면
영영 안될 것 같아서.

여전히 모르기 위해서

> 나는 자유롭게 있어야 한다는 것 외에는 분명히 알고 있는 것이 없습니다. 나는 내 속에 수백 개의 가능성이 있는 것을 느껴요.
>
> -루이제 린저,《삶의 한가운데》에서

누군가 내게 말했다. 너에게 행복의 기준은 다른 사람에 비해 낮은 것 같다고. 맞는 말이기도 했다. 나는 천성적으로 조금은 기쁜 사람이었다. 사소한 일에 기뻐하는 것은 어쩌면 다른 사람이 주목하는 내 특징일지도 몰랐다. 순간을 붙잡아 그것을 늘어뜨려 조금 더 꼼꼼히 살펴보기에도 그런 내 마음은 효과적이었다.

그런 마음은 분명 청춘을 보내기에 좋았다. 나는 청춘의 한가운데에서 다른 사람들과 마찬가지로 정신없는 10년을 보냈다. 이맘때의 생활과 성장이란 휘몰아치는 파도와도 같았다. 정리하고 정의하기도 전에 엄청난 일들이 끊임없이 일어날 것 같았다.

생각보다 20대는 별것 없었다. 클럽에 갈 수 있고 술을 마실 수 있고 중요한 서류를 처리할 때 부모님의 도장이 필요 없어졌지만, 어른의 자유가 주는 환희는 짧았다. 새로운 자유를 만들어야 했다. 직접 겪어야만 조금씩 만들어지는 나만의 세계 같은 것. 그런 것을 만들고 나면 이목구비에 상관없이 그 사람만의 표정이 생기는 법이었다.

나는 몇몇 표정들을 얻게 되고 나서, 함부로 확신했었다. 내가 어떤 사람인지 내가 무엇을 좋아하는지 어떤 도시가 아름다운지 수시로 적어 두고, 설명하고, 그 어리숙한 확신에 나를 가뒀다. 한편으로는 앞으로 다가올 다양하고 기가 막힌 여정에 대해 아무것도 몰라서, 도리어 어떤 뚜렷함을 갈망했다. 콕 집어 너는 이런 사람이라고, 네 인생은 이럴 거라고 누군가 말해 주길 바랐다. 그런데 삶은 그렇게 단순하지 않았다. 사람이든 삶이든 콕 집어 말할 수는 없는 것이었다. 그 단순하지 않은, 예상치 못한, 정교한 수만 개의 사건들로 인해 나는 입체적인 사람이 되어 갔다.

나는 점점 내 한계를 지웠다. 싫어하던 것을 좋아하게 되어도 스스로 책망하지 않았다. 어떤 책을 읽으면, 어떤 사람을 만나면, 어떤 여행을 하면 순식간에 다른 사람이 되었다. 가끔씩 색깔을 바꾸면서도 나는 나였고 그 자유로움 속에 나만의 향기는 더욱 짙어졌다. 스스로에 대해 굳이 설명하지 않아도 되었다.

스물아홉이 되어서 좋은 점은 딱 하나였다. 흘러가는 대로 내버려 두는 의연함이 생겼다는 것이다. 그것은 무관심이 아니라 일종의 자신감이었다. 내가 알지 못하는, 지금은 상상도 하지 못하는 일들이 벌어질 것을 알기에 긴장의 끈을 살짝 푸는 것이다. 조심스럽기보다 유연하게, 내게 일어날 그 신선하고 파격적인 일들을 기다리기만 하면 되었다.

확신하지 말 것. 무심코 변화할 것. 당당히 무지를 인정할 것. 단지 기대할 것. 단지 내가 될 것.

나는 내가 어떤 사람이 될지 아직 모른다. 지금은 알지 못하는 미래의 반짝임을 아직 모른다. 무엇이 최고의 여행인지 모른다. 앞으로 내게 어떤 영웅이 생길지, 다음 여행은 어떨지, 누구와 사랑에 빠질지, 어떤 기억들이 추억이 될지, 하루하루가 매일 새로운, 그래서 전혀 다른 형태의 애틋함과 실패와 밤을 모른다. 그래서 참을 수 없이 궁금해진다.

나는 스무 살과 다르지 않은 호기심으로 서른이 되어 보려 한다. 그리고 이렇게 선언한다. 더 모르기 위해, 더 겸손하게 세상에 파고들고 나를 배우기 위해 여행하리라. 내게 필요한 건 멋들어진 확신과 용기가 아니라 작은 것을 크게 기뻐하는 마음가짐뿐. 무한한 가능성 앞에서 나는 자유롭다.

(이제 조금 알 것 같다는, 혹은 아직도 잘 모르겠다고 말하는 청춘들에게 이 책을 바친다. 조금은 도움이 될 것이다.)

2020년 11월
당신의 친구 유지혜

쉬운 천국

Simple Heaven

1판 11쇄 2024년 6월 10일
1판 1쇄 2020년 11월 20일
ISBN 979-11-89385-16-3

지은이. 유지혜
편집. 김정옥, 눈씨
마케팅. 황은진
디자인. 풀밭의 여치
제작. 정민문화사
종이. 한승지류유통

펴낸곳. 도서출판 어떤책
주소. 03706 서울시 서대문구 성산로 253-4, 402호
전화. 02-333-1395
팩스. 02-6442-1395
전자우편. acertainbook@naver.com
홈페이지. acertainbook.com
페이스북. www.fb.com/acertainbook
인스타그램. www.instagram.com/acertainbook_official

안녕하세요, 어떤책입니다. 여러분의 책 이야기가 궁금합니다.

홈페이지 acertainbook.com
페이스북 www.fb.com/acertainbook
인스타그램 www.instagram.com/acertainbook_official

점선을 따라 가위로 오려서 보내 주세요. 우표 없이 우체통에 넣으시면 됩니다.

보내는 분

이름

주소

이메일

우편요금
수취인 후납
발송유효기간
2023.7.1~2025.6.30
서대문우체국
제40454호

a certain book

도서출판 어떤책

03706 서울시 서대문구 성산로 253-4, 402호

저희 책을 읽어 주셔서 감사합니다. 독자엽서를 보내 주시면 지난 책을 돌아보고 새 책을 기획하는 데 참고하겠습니다.

1.《쉬운 천국》을 구입하신 이유는 무엇인가요?

2. 구입하신 서점

3. 이 책에서 특별히 인상깊은 부분이 있다면 무엇인가요?

4. 유지혜 작가에게 하고 싶은 말씀이 있다면 들려주세요.

5. 출판사에 하고 싶은 말씀이 있다면 들려주세요.

보내 주신 내용은 어떤책 SNS에 무기명으로 인용될 수 있습니다. 이해 바랍니다.

점선을 따라 가위로 오려서 보내 주세요. 우표 없이 우체통에 넣으시면 됩니다.